JN114543

ナカスイ！

海なし県の海洋実習

村崎なぎこ
Murasaki Nagiko

祥伝社

ナカスイ！

海なし県の海洋実習

もくじ

装画　alma
装幀　bookwall

第一章　那珂川を遡る三匹の若鮎は、ピスタチオの苔を食む

本校の生徒は取材慣れしている――。

それが先生方の共通認識らしいけど、私は緊張で震えていた。

なにせこれは、地元ケーブルテレビでもローカル局でもなく、全国放送の取材だから。

でも、震えの理由は緊張だけではない。寒いのだ。二月末の、しかも取材場所は学校のすぐ近くを流れる武茂川の河原。立春を過ぎたとはいえ、この時期の栃木県北東山間部なんて寒い以外のなにものでもない。予想最高気温は十五度くらいだった気がするけど、今朝の最低気温はマイナス六度。思い出しただけでも寒くなる。

震える私たちを後目に、温かそうななりをした女の子がひとりいた。真っ赤な防寒着に毛糸の帽子をかぶった彼女は、番組のリポーター。ブレイク中のアイドルユニット「Gピークス」のメンバー、「りょんりょん」こと皇海梨音だ。

芸能人は、やはりオーラが違う。枯れた木や草だらけの殺風景な河原に、一輪の花が咲いたようだ。頬を真っ赤に染め、白い息を吐きながらも輝く笑顔を作り、テレビカメラに手を振った。

「みなさん、こんにちは！　リポーターの皇海梨音です。全国の変わった学校や学科、部活を紹

介する番組『咲け！　キャラ立ちの花』。今週の『キャラ立ち学校訪問』コーナーでお邪魔するのは、栃木県那須（なす）郡那珂川町（なかがわまち）にある県立那珂川水産高等学校、愛称ナカスイです」

　これは公共放送みんなの放送協会（MHK）の番組だ。総合じゃなくてEテレの方だけど。

「月曜夜七時の超ゴールデンタイムに、Eテレ観る人、いるのかな」

　ひとりでブツブツ言っていると、後ろから「鈴木（すずき）さん、いまどき重要なのはリアルタイム視聴者じゃなくて、配信の再生回数ですよ」と聞こえてきた。この声は、同級生の島崎（しまざき）守（まもる）君だ。ユーチューバー志望だから、配信の方に興味があるんだろう。

「そこの彼女〜！」

　脳天から突き抜けるような甲高（かんだか）い声を上げ、りょんりょんは私のところに小走りで来るやいなや、マイクを向けてくる。

「教えてください。どうしてナカスイは『キャラ立ち』なんですか？」

　それを私に訊（き）く？　さっきのリハーサルでは担任の神宮寺（じんぐうじ）先生だったような。でも私だって、取材経験者だもの（ただし地元紙に限る）。平静を装って胸を張った。

「それは、全国で唯一の『海なし県にある水産高校』だからです」

「キャラ立ち〜！」

　りょんりょんは番組おなじみの決めゼリフを叫ぶと、カメラに向き直った。

「ナカスイは、いったいどんな授業をしているのでしょう。今回は、一年二組の水産実習に突撃です。一年生は全部で五十八人、一年二組は十九人。一年生の女子三人は、すべて二組だそうです。隣の女子、お名前を訊いてもいいですか」

今度は、私の右隣に立つ女子にマイクを向けた。明るい髪をツインテールにした、派手なギャル。名前を訊くなんて、青い上下つなぎの実習服とのミスマッチが「キャラ立ち」だからだろう。どうせ私は見た目も普通、髪型も平凡なボブ、名前だってありがちな「鈴木さくら」だし。

ギャルは、マイクを奪う勢いで話し始めた。

「あたしは大和(やまと)かさね。趣味はアニメを観ることなんだけど」

訊かれていないことを、かさねちゃんはしゃべり続ける。なぜか不機嫌な顔つきで。

「あたしさぁ、ＭＨＫに言いたいことがあるのよね。日曜深夜のアニメ枠、なんで次のシーズンが『楓(かえで)女子高校　屋上お弁当クラブ』の二期なの？　あれ、一期ですっきり爽(さわ)やかに終わっているんだから二期はいらない、蛇足。余韻ぶち壊しの余韻ブレイカーだよ」

「はい、貴重なご意見ありがとうございます！　担当プロデューサーに伝えておきますね」

りょんりょんはプロ魂を感じるスルースキルでかわすと、真面目なコメントが欲しいのか私の左隣にマイクを向けた。そこには、清楚(せいそ)な小柄女子がいる。

「ショートカットの彼女、お名前を教えてください」

「わ、私ですか？　よ、芳村小百合(よしむらさゆり)です……」

魚は大好きだけど人づき合いが苦手な小百合ちゃんは、私の背後に隠れようとした。その瞬間、河原の浮き石を踏んだのか、バランスを崩(くず)して私の腕にしがみつく。

「おっと、気をつけて！　芳村さん、今日はどんな実習なんですか？」

小百合ちゃんの目の輝きが瞬時に変わった。摑まっていた私を押しのけるようにどかすと、マイクの前に移動する。

「サケの稚魚放流です。サケには海から生まれた川に戻ってくる習性があり、この稚魚たちも四年後の産卵の時期には戻ってくるはずです」

その勢いに押されたのか、りょんりょんは「そうですか」と言いつつ後ずさりする。

「あ、ごめんなさい」

誰かにぶつかり振り返った彼女の目が、小百合ちゃんとは違う種類の輝きを放つ。

「君！　名前は？」

そこには、背の高い王子様が立っていた。またの名の「神童」をほしいままにする、ナカスイ屈指のハイスペック・イケメン。さらに性格も良いという、神に愛されしその名は――。

「進藤栄一です。サケが戻ってくるのは『母川回帰』という習性によるものですが、無事に戻れるのは百匹中一匹とも言われるんですよ。今回放すのは全部で九十五匹なので、一匹でも戻って来られたら、いい方ですね」

そう言うと、彼の足元に置いてあるバケツを指さした。その中には可愛い魚影がみえる。生徒それぞれのバケツには、昨年十一月に三年生が行った「サケの採集実習」で捕獲したサケから卵と精子を取り、人工授精で孵化させ、育てた稚魚が泳いでいるのだ。

「こんなにいて、たった一匹。自然って過酷なんですね……」

見つめた目を潤ませているのは、相手が進藤君だからに違いない。私たちの冷たい視線に気づいたのか、りょんりょんは慌てて周囲を見回した。

「さて、担任の神宮寺歩美先生！」

歩く姿は百合の花――という慣用句を具現化したような先生は、「はい」と答えると優雅な仕草で一歩前に進み出た。長い髪は後ろで無造作に一つに束ね、私たちと同じ実習服だけれども、美人オーラが放たれている。

「わあ、素敵な先生ですね！　生徒さんから見て、どんな先生なんですか？」

また私にマイクが向けられた。答える言葉はひとつ。

「鮎です」

「え？　あ、あなたから見てどうですか。えーと、大和かさねさん」

「鮎だよ」

かさねちゃんは無表情のまま素っ気なく言った。

「はぁ……」

「私の鮎好きは、頭の中で鮎を養殖していると言われるほどですの」

エレガントな笑みを浮かべた先生の表情は、大きな水音とともに一変した。

「こらぁ！　勝手に川に入るんじゃありません！」

怒鳴った先にいるのは、見かけは小学校高学年男子――渡辺丈君だった。歓声を上げながら足首くらいの深さの川を長靴で走り回っている。さすが「河童」の異名を持つ男。寒さも気にならないらしい。

へへへと笑いながら戻ってきた彼の耳に、そっと囁（ささや）いてやった。

「キチッとしなよ。リポーターはりょんりょんだよ、アイドルなんだからさ」

「それがどうした。俺の推（お）しは、ただひとり。薔薇乙女（ばらおとめ）軍団の小松原（こまつばら）茜（あかね）ちゃんだけだもん。あかぴょんオンリー」

「あ、そ」

顔をそむけると、ボサボサ髪に黒メガネの男子がテレビカメラをじっと眺（なが）めていた。島崎君だ。

「あのカムコーダーって顔登録機能があるヤツだ。やっぱり、皇海梨音を登録しているんかな。すると、アングルは……」

彼にとって今日の主役はサケでもなく皇海梨音でもない。カメラマンとその機材らしい。

「はい、それではみなさん。放流しますよ、整列！」

涼（すず）やかな先生の声が響く。この落ち着いたトーンのうちに言うことを聞かないと恐ろしいことになるので、バラけていた生徒たちは瞬時に集まった。川沿いに、横一列に整列する。

「では先頭の生徒から放流しなさい」

私だ！　慌ててバケツを持ち、川の中に入ってかがむ。お尻が水面にふれないように注意した。この姿が全国放送されるんだから、美しい所作になるように気をつけねば。やっぱりテレビ映（ば）えするように、なにか言った方がいいかな。

「また、おうちに戻っておいでね……」

優しく稚魚たちに声をかけながら、バケツを水面に入れて傾ける。

ウソくさー、とかさねちゃんの笑い声が響く。ムカつきながら、バケツを押し出した。中にいた五匹の稚魚が、川に吸い込まれるように遠ざかっていく。私は立ち上がり、手を振りながらその姿を見送った。なかなか良い画（え）になるんでは——。自己満足していると、体がぶるっと震えた。さっさと川から上がらなければ、風邪をひいてしまう。

大きなクシャミをする私と入れ替わりに、同級生たちが次々に川に入って稚魚を放っていった。

「四年後、どの稚魚が戻ってきてくれるでしょうか。一匹でも多く、立派に育った姿に再会できるといいですね。今週の『キャラ立ち学校訪問』コーナーはナカスイでした！」

アイドルスマイルを浮かべながら、りょんりょんはカメラに手を振った。

「今日の内容が放送されるの、五月一日だってさ。楽しみ！」

下宿の広間にあるコタツで頬杖（ほおづえ）をつき、いまはなにも映っていないテレビモニターを見ながら、私は鼻歌交じりに言った。

「レコーダーもあるし、何度でも見直せるね！」

「ちょっとあんた、勘違いしないでよ。テレビもレコーダーも、場所はここに移ったとはいえ所有権はあたしだからね」

文句の主（ぬし）は、コタツの向かいに座るかさねちゃんだ。ボサボサの髪にパジャマに半纏（はんてん）。コンタクトを外してぶっとい黒縁メガネをしている姿は、さっきのギャルと同一人物とはとても思えない。でも、家ではいつもこんな姿なのだ。彼女はリモコンを振り回しながらため息をついた。

「録画したら、さっさとハードディスクに移してレコーダーからは削除するからね。春アニメは録画したいのがいっぱいあって、容量が全然追っつかないんだから」

私と小百合ちゃんは、自宅から通学せず、下宿している。下宿先は、かさねちゃんの家——「民宿やまと」だ。正確に言うならば、かさねちゃんが住む民宿の建物ではなく、離れに住んでいる。四部屋が田の字型の間取りになっていて、一部屋は納戸で住めないけれど、私と小百合ちゃんが一部屋ずつ使い、そして共有の広間がある。築七十年と古いんだけど、古民家好きの私のママからすると「萌える物件」らしい。

家主である、かさねちゃんのお父さんの「みんなで語り合うため」という意向により、離れにはいままでテレビは無かった。だけど全国放送の番組に出ることが決まり、広間にテレビとレコーダーを入れてくれたのだ。かさねちゃんのお古だけど。

「かさねちゃんのアニメを削除すればいいじゃん」

「下宿人のくせして、大家になに言うの！」

「ケ、ケンカはやめなよ」

うるさかったのか、襖が開いて隣の部屋の小百合ちゃんが顔をのぞかせる。背後に見える畳の上に広がる本が、また増えたような。足の踏み場もないほどの本は、全部魚に関するものだ。

「す、鈴木さんも大和さんも早く寝た方がいいよ。明日は卒業式なんだし。式の最中に寝たら、卒業生に失礼でしょ」

「そっか。卒業式だっけ」

私はガックリと首を垂れた。

「いなくなっちゃうんだ……安藤部長も、桑原副部長も……」

ふたりは、私たち三人が所属する水産研究部の女子重鎮。優しく厳しく温かく、私たちを導いてくれた。なのに、もういなくなってしまうなんて――。

ミカンの皮を剝きながら、かさねちゃんはドライな口調で言った。

「川の水は流れてどうしたこうした。生徒は常に入れ替わり、ナカスイだけが残っていくのさ。少子化で未来は暗いけど。今年度よりはマシとはいえ、来年度も定員割れだし」

「こ、この間古典の授業でやった鴨長明の方丈記？　そ、それなら『行く川の流れは絶えずして、しかももとの水にあらず』だよ」

首を傾げる小百合ちゃんを見て、かさねちゃんは鼻の頭をポリポリ掻いた。

「あら授業でやったんだ。あたし、実習以外は寝てるからさ。深夜アニメチェックが忙しくて」

「に、二年生になったら寝てる暇ないよ。大和さんは『養殖技術』コースに行くんでしょ。実習ばかりだと思う」

かさねちゃんは「うえー。どうやって寝るかな」と表情を歪めた。

そうか、私たちも新学期になれば二年生。その翌年は三年生になり、そして卒業してしまうんだ。ナカスイには新たな生徒が入ってきて青春を謳歌し、やがて学び舎を去っていく――。そうやって五十年以上、ナカスイはここにあるんだ。八溝の山々に囲まれ、清流を見下ろし、生徒と魚を育みながら。

いつまでも、こうしていられればいいのに。下宿でかさねちゃんや小百合ちゃんとおしゃべりして、授業で神宮寺先生の鮎愛を聞かされて、部活でみんなとわいわいやって。そんな時間は、水の流れのほんの一コマなんだろうか……。

そして三月一日。

卒業式のあと、水産研究部の一年生と二年生は三年生にお別れの挨拶をするのが恒例らしい。卒業生の安藤部長、桑原副部長、石塚先輩は、私が部室の黒板にカラフルなチョークで描いた大きなマダイ（めで鯛）の前に立ち、盛大な紙吹雪を受けた。

「安藤部長、お疲れさまでした！」

「桑原副部長の作品は、永遠に不滅です！」

「石塚先輩のガサの技は、生涯忘れません！」

一年生と二年生の部員は八人。それぞれが、水産実験用のバケツに満杯の紙吹雪をかけるので、床は雪が降り積もったようなスゴイことになっていた。紺のボレロにワンピース、赤いリボンという部長と副部長も、紺のブレザーとズボン、白いワイシャツに緑のネクタイという石塚先輩も、髪と制服は紙吹雪まみれ。そして部長の顔は、涙でグシャグシャだった。

「ありがとうね、みんな」

頬を伝う涙を手の甲で拭い、部長はトレードマークのポニーテールをほどいた。髪についた紙吹雪が、ハラハラと散っていく。

「はい、鈴木さん。あげる」

「え、形見に？」

結んでいた紫色のリボンを私にくれると、部長は気色ばんだ。

「縁起悪いこと言わないで。思い出によ」

「ありがとうございます。部長といえばナマズの内臓せんべいですが、このリボンで上書きしますね」

部活で「魚の内臓の利用法」を追究しつづけた安藤部長は、開発した「ナマズの内臓せんべい」を「高校生ＳＤＧｓアイデア甲子園」に出品して優勝し、それを武器に水産大学に推薦合格を果たしたのだ。

かさねちゃんはブルーの手ぬぐいを両手に持って、ひらひらと振る。

「副部長の功績も、ナカスイに永遠に残るね！　創立五十周年記念手ぬぐいに、ナカスイ名物『イワナの缶詰』のパッケージのデザインとか」

町のシンボルである「那珂川」をイメージしたブルーに、川に生息する淡水生物をズラリと描いた手ぬぐいは、校内コンペで優勝したものだ。副部長はその実績で、東京の美大に推薦入学が決まっている。

「私はいなくなっても作品はナカスイに残っていくんだね……なんか、嬉しいなあ」

頬を染めて照れ笑いする副部長の姿は、それ自体作品にしたくなるようだった。

「い、石塚先輩のガサ、とても参考になりました」

小百合ちゃんが、スマホを片手に力説している。画面に映るのは、ナカスイ公式ユーチューブチャンネルにある『ガサガサ、匠の技』。石塚先輩が登場している回だ。川や沼の生き物をタモ網で掬うことをガサガサ（略してガサ）と言い、ガサが趣味の小百合ちゃんには、そのテクニックはしびれるものらしい。

それがSNSで話題になって釣り専門の番組制作会社から声がかかり、就職が決まったのだ。

まさに「好きこそ物の上手なれ」。三年間、先輩たちはそれぞれに好きな道を思う存分突き進み、その延長線上に世界が開けている。

一年生の私は、ローカル料理のアイデアを競う「ご当地おいしい!甲子園」に打ち込んだ。かさねちゃんや小百合ちゃんとチームを組んで、結果としては優勝できずに特別審査員賞に終わったけれど、すべてを出し尽くした私にとっては優勝みたいなものだった。

でも、もう「一年生の私」は終わり、来月には「二年生の私」になる。

あれ？　そしたらなにをすればいいんだろう、私。

部長は、首を傾げる私の肩を優しく抱いた。

「私、鈴木さんにお願いがあるの。部活の研究でやり残したことがあって、引きついでほしいんだ。二年生になったら私と同じ『食品加工コース』でしょ」

「やり残した？　部長が？　なにをですか」

部室の書棚をゴソゴソ探ると、部長は使い込んだノートを引き出した。黒のマジックで表紙に書いてある文字は――「ウシガエルのオタマジャクシをおいしく食べる方法」。

「なんでウシガエルで、しかもオタマジャクシなんですか」

抗議も含めて言い返す私に、部長は切ない笑みを浮かべる。

「ウシガエルはね、もともと食用に輸入されてきたからおいしいんだよ。だけど、逃げ出したウシガエルが繁殖しちゃったの。食欲旺盛で、希少な在来種を捕食しちゃうから、いわゆる特定外来生物に指定されたんだよね。オタマジャクシの段階から捕まえてなんとかしなきゃと思うんだけど、オタマジャクシって全身内臓みたいなもんだからさ、なかなか調理が難しいの。だけど、あの『ご当地おいしい！甲子園』で大活躍した鈴木さんなら、絶対なにか思いつくはず。ノート、ここに戻しておくからね。参考にして」

「いや、ちょっと待っ……」

「待ってる場合じゃないんだよ、もう来るし」

ポニーテールをほどいた安藤部長は、どこか意味深な色気が漂う。考えてみれば、さっきから腕時計を見て時間を気にしている。

「まさか、ウシガエルのオタマジャクシが届くんですか」

「違うよ。彼が車で迎えに来るはずなんだ」

あっさりと衝撃的なことを言うと、部長は窓に近づいた。

彼とは。ＨＥ、ＨＩＳ、ＨＩＭ。男性を指す代名詞。あとは、まさか……。

「つき合ってまだ四か月だけどさ」

「彼氏の意味の『彼』ですか？」

私は混乱した。脳の領域の九割九分九厘を魚の内臓が占めていると思っていた部長に、「恋」のスペースがあったなんて。

車のエンジン音が響いてきた。窓の外を見ると、水産実習場の駐車場にクリーム色のワゴン車が入ってくる。「和洋菓子の日村堂（ひむらどう）」と文字が書いてあるドアが開き、爽やかな二十歳（はたち）くらいの男の人が降りてきた。襟（えり）付きの白衣に、白い和帽子を被（かぶ）っている。いかにも菓子職人な感じだ。

私の隣に来たかさねちゃんが、隆君（たかし）じゃん、とすっとんきょうな声を上げた。

「知ってるの？」

かさねちゃんは目を丸くして、窓にへばりつくように見ている。

「うん。日村堂は那珂川町の町なかにある和洋菓子店の老舗（しにせ）だよ。隆君はウチの撫子（なでしこ）お姉ちゃんと同級生でさ。ナカスイを卒業して東京の製菓専門学校に行ったはずだけど、戻ってきたんだ」

「さすが、大和さんは詳しいね。彼は今年から実家のお店で修業してるの。やっほー」

手を振る部長に気づき、紙袋を持った隆さんは笑顔で窓のところまで来た。

「遅くなってごめん、持ってきたよ」

「良かった。みんなに、これをあげたかったんだ」

窓越しに紙袋を受け取ると、実習テーブルに部長はその中身を出していく。

「はい、私からのお礼だよ。彼と私、ふたりで開発したの」

きゃわわわ！　とかさねちゃんが頬を染めて、両手を握り合わせた。

「なにこれ、かわいー！」

思わず私も叫んでしまう。

透明なプラスチックの器に入った——なんだろう、これは。透明なゼリーの中を可愛い鮎が三匹泳いでいる。川底は緑色だ。

「底の層は、ピスタチオ。鮎が食べる川苔（かわのり）をイメージしてる。那珂川を模した寒天の中を泳ぐ三匹の鮎は、練（ね）り切りで作ったものだよ」

清流のような爽やかな笑みを浮かべ、隆さんは熱く語った。

「た、食べられないです……もったいない……」

小百合ちゃんは片手に乗るサイズの器を手に持ち、日の光に透（す）かして楽しんでいる。

ネーミング女王の名を（ナカスイ限定で）持つ私は、いちばん気になることを隆さんに訊いてみた。

「なんて商品名ですか？『鮎の清流』とか？」

「いや。『那珂川を遡（さかのぼ）る三匹の若鮎は、ピスタチオの苔（こけ）を食（は）む』。長いから略して『ナカアユ』だけどね」

かさねちゃんはケラケラと笑い声を上げた。

「ラノベのタイトルみたい」

ラノベ？　と首を傾げる私に、なんで知らないのよという顔をしてかさねちゃんは力説する。

「ライトノベルだよ。挿絵がいっぱいのエンタメ小説。あたしは文字読むのが面倒だから読まないけど、コミカライズ……漫画化とか、アニメになれば観る派なんだ」

「はぁ」

なんて返せばいいのかわからない私を後目に、部長は嬉しそうに両頬を押さえた。

「隆君、ラノベ作家も目指してるんだ。毎日、小説投稿サイトにアップしてるの。いいよー、ほのぼのした青春ラブコメで」

私は、大きな謎を感じた。このふたりの世界に重なり合う部分はあるのか。

「すみません、部長。そもそもなんですが、なれそめは？」

「私、研究の合間にラノベ読むんだよね。魚の内臓とは対極の世界だから、気分転換に最高なのよ。『高校生ＳＤＧｓアイデア甲子園』の優勝賞品って、十万円分の図書カードだったじゃない？　さくら市の本屋でラノベを大人買いしてたら、ほかのお客さんと新刊の最後の一冊を取り合いになっちゃったの。それが彼。そのまま意気投合しちゃった」

「そんな少女漫画みたいな出会いが……」

部長は、机の上に置いてあった卒業証書の入った筒を手に取り、ふふと笑った。

「じゃあ、神宮寺先生にも『ナカアユ』を渡してね。いままでありがとう、バイバーイ」

筒をブンブンと振り回しながら出て行き、日村堂の車に乗って去って行ってしまった。

なんだろう、この感情。寂しいような、妬ましいような。部長がいちばん気にかけてくれてたのは私だと思ってたのに。実は、ナンバーワンの「彼」がいたなんて。

茫然と立ち尽くしていると、青い軽乗用車が入ってくるのが見えた。あの車、どこかで見たことがある。そうだ、学校近くの材木店！　かさねちゃんと自転車で通りかかったとき、「あの店の若旦那は猫好きだから車のナンバーが２８２８なんだよ。ニャーニャーで」って言ってた。

「あ、来たー！　万里生君！」

振り返ると、副部長が窓の外に手を振っている。まさか！　というみんなの視線に気づき、てへと笑った。

「へへー。私の彼」

副部長まで！　いったい、いつ……。

「わ、私……副部長はすべてを魚のイラストに捧げてると思ってたんですけど」

「私、猫好きなんだ。学校帰りに見かける猫と遊んでたら、ついでに飼い主とも仲良くなっちゃったの。じゃ、私もこれで」

副部長は頬を染めて早口で言うと、そそくさと出て行ってしまった。

走り去る車を眺めながら、ポツリと石塚先輩が言う。

「なんだ……知らないうちに女子は恋愛してたんじゃないか……俺の心の卒業アルバムにはガサしかないいんだけど」

「それで正解なんですよ、石塚先輩！　だってここはナカスイなんですから」

「そうっス。安心してください。俺たちは裏切ってません！」

二年生の男子ふたり組、浜田先輩と吉沢先輩はそれぞれに石塚先輩の背中をバシバシ叩いて励ましている。

私だって彼なんていない！　もちろん、かさねちゃんもそうだよね？　だってアニメキャラにしか興味ないって言ってたし。まさか、小百合ちゃんは？

慌てて視線を走らせると、察したのか小百合ちゃんはブンブンと首を横に振った。良かった！心の友だ。

男子はどうだろうと姿を探すと、渡辺君は他人の分の「ナカアユ」まで開封して食べていて、島崎君は「そのお菓子、映えますね！　ＳＮＳでバズりそうです」と撮影するスマホのカメラアングルに熱中し、進藤君は「めで鯛」のイラストを「マダイの臀鰭条数（しりびれじょうすう）は３棘（きょく）８軟条（なんじょう）だから、この絵は数が合わない」とつぶやきながら、正確なものに描き直していた。

うん、あの三人にも「恋」は関係なさそうだ。

だけど、ディープな自分の世界を構築していても、それを理解してともに歩んでくれる相手がいるというのは、なんか羨ましい。

でも、私の世界ってなんだろう。

私がナカスイに来た理由は、「歩く平均」「普通の具現化」とまで言われた普通すぎる自分がイヤで、オンリーワンのナカスイに行けば自分も変われると思ったからだ。

確かに、ナカスイは私の世界を変えてくれた。かさねちゃんや小百合ちゃんに出会い、神宮寺先生に導かれて「ご当地おいしい！甲子園」で注目を集め……。

でも、その後は？　ナカスイを卒業するまで、あと二年。いまのところの将来の夢は、航海の最中、乗組員にご飯を作る「船舶料理士」になることだ。理由は面白そうだから。そのためにはナカスイを卒業したら、調理士専門学校に入るのが近道。だけどそれまでの間、私はナカスイでなにをやるんだろう。

学校の授業はもちろんあるけれど、それがすべてじゃないはずだ。

このままでは、ウシガエルのオタマジャクシを研究することに――。

どうしよう、なにをしようと焦（あせ）っている間に、気づけば、一年生最後の授業の日になってしまった。

「今日は、ウグイを使った実習です！」

水産実習室の黒板にピンクのチョークで「雌雄判別」と書いた神宮寺先生は、どこか寂し気な目で私たちを見た。

「今回が、みなさんに私が行う最後の授業になります。一年間、よく頑張りました。心残りのないよう、全力でウグイに雌雄判別をしてあげましょう。それでは、ウグイに注目！」

六人掛けの実習テーブルの上では、銀色のタライに入った三十センチくらいの細長い魚が十匹ほど泳いでいた。

「まず、注意点です。ウグイに直接触れる場合は必ず手を水に入れて冷やして、表面温度を下げてからにすること。人間の体温は魚にとっては高すぎるので、ヤケドしてしまいますからね。では鈴木さん、ウグイの説明をしてください」

いつも私。どんだけ先生は私が好きなんだ。

でも大丈夫、私だってこの一年で成長したもの。胸を張って立ち上がった。

「ウグイとは、魚です！」

実習室が爆笑に包まれる。言葉の主は、私のはす向かいに座る渡辺君だ。私がナカスイ最初の実習で、ウグイの養殖池になにがいますかと神宮寺先生に質問されたとき、「魚がいます」と答えてみんなに笑われたことを蒸し返しているんだ。ムカつく。

そんな記憶は、私の成長した姿で上書きしてやる。

「はい、日本全国に分布するコイ科の淡水魚で、栃木では『アイソ』の別名で知られています。雑魚扱いをされていますが、甘露煮などにするとおいしいです。まだ食べたことないけど」

先生は満足そうに微笑んだ。

「正解。補足すると、コイ科ウグイ亜科ウグイ属に分類され、海に下る降海型もいます。では続けて、雌雄判別のポイントはなんでしょう」

わかりませんとあっさり答え、腰を下ろした。

「では芳村さん」

私の右隣に座る小百合ちゃんは、すらすらと答えた。

「追星です。産卵時期になると、頭に白いポツポツが出ます」

小百合ちゃんの言うとおり、タライの中で泳ぐウグイたちの頭にはポツポツがたくさんある。青春のシンボル、ニキビみたいだ。だけど——。

「小百合ちゃん、みんな追星があるよ。どうやって見分けるの」

「お、追星の数だよ。オスの方がメスよりたくさん……」

「めんどくさい！　顔見りゃわかるでしょ。メスは可愛く、オスは凜々しいのよ」

かさねちゃんはイラついた声でそう言うと、「あっ」と叫んで唖然とする小百合ちゃんをさておき、小さなふたつのタライにウグイをポイポイと振り分けていった。

「……正解」

タライの中を覗いた先生の声は、ちょっと震えている。

「あー、やだ。あたしの中の大和の血が騒いでしまった」

そう叫ぶと、かさねちゃんは頭を抱えて座り込んだ。

大和家の家系図は両親と祖父母はもとより、姻戚も含めて親戚一同がすべてナカスイ出身。生まれたときから身内の会話はナカスイに関することばかりだったらしい。

先生は気持ちを切り替えるかのように咳払いすると、黒板に戻ってウグイの絵を白いチョークでササッと描いた。

「さて、ウグイといえば有名な特徴がありますね。それはなんでしょう。進藤さん」

私の向かいでウグイを眺めていた彼は、はいと答えて足音高く黒板に向かうと、ウグイのお腹のところにピンクのチョークで横線を三本描いた。

「婚姻色です。繁殖期になると雌雄ともに、朱色の条線が三本走る婚姻色が出現します。雄の方が色濃く出ますすね」

言われてタライを見てみれば、確かにどのウグイにも朱い線が三本ある。

その朱さは、「彼」を紹介したときの部長と副部長の頬を連想させた。

「おい、大和。顔のどこを見りゃオスメスわかるんだよ」

渡辺君がつかんだウグイと見つめあっている。かさねちゃんは、ここだよ、ここと言わんばかりに指さした。

「目元とか口元とか」

「追星で確認しなさい！」

怒鳴る神宮寺先生と、雌雄判別で大騒ぎするクラスメートたちを眺めながら、私はふと置いていかれたような寂しさを感じた。

ああ、こんなにみんな、自分の世界というものを確立している——。


「それでは、一年生修了を祝して、かんぱーい！」

最後の授業が終わり、明日はもう修業式。

私と小百合ちゃんは、式が終わり次第それぞれの実家に帰省することになっていた。私は県庁所在地の宇都宮市、小百合ちゃんは東京都の新宿区だ。山あり谷ありの日々だったけれど、とにかく一年生は終わる。そのお祝いをしようと、下宿の広間で私たち三人はグラスを合わせた。中身はオレンジジュースだけど。

「オヤジ、いっぱい差し入れしてくれたね」

かさねちゃんは、照れ笑いをしながらコタツの上を眺めた。鮎ご飯、サワガニの味噌汁、温泉トラフグの唐揚げ。那珂川名物ばかりだ。調理師免許を持つかさねちゃんのお父さんは、民宿のお客さんや下宿する私たちのご飯をすべて手作りしてくれている。もちろん、味は一級品だ。

そして、ザルに山盛りの酢イカも。かさねちゃんが最近コンビニで買ってハマり、大人買いしたらしい。

「そうだ、隆君の家に行って買ってきたよ、『ナカアユ』。こないだ部長にもらったのは渡辺が全部食べちゃったじゃん。でも、島崎がSNSに投稿した画像がバズったらしくてさ、予約しなきゃ手に入らないレベルだってさ」

かさねちゃんが台所から持ってきた白いケーキ箱を開けると、あの透明のお菓子が三つ入っていて、それを私たちの前に並べてくれた。

那珂川に泳ぐ三匹の若鮎。

私たちみたいだ。川の流れの一瞬を切り取った——青春の一ページのような。

「しかもね、春バージョンで、水面に桜があるんだって」

かさねちゃんの言うとおり、桜の塩漬けが寒天の表面に浮いている。

ふいにこの一年間のことが蘇（よみがえ）ってきて目が潤んでしまい、照れ隠しにスマホを手に取った。

「なになに、SNSでバズったって？　インスタ見ればいっぱい出てくるかな」

個人でインスタグラムのアカウントは持っていなかったのだけど、島崎君が「ウチの部もSNSで発信していかなきゃダメですよ」と、「ナカスイ水産研究部」のアカウントを取得して、部員の有志で共同管理を始めたのだ。

アプリを開いてハッシュタグ「＃ナカアユ」で検索すると、確かに次々と投稿画像が出てきた。百件以上ある。うん？　なんだこれ！

画像の中に、ナカアユを持って自撮りしている女子高生ふたり組がいた。私の中学時代の同級生、鈴奈ちゃんと杏ちゃんだ。どちらともケンカ別れしてＬＩＮＥをブロックしたから、すっかり記憶から消えていた。ふたりとも相変わらず――いや、変わった？

それぞれの傍らに高校生っぽい男子がいる。親密そうな雰囲気は――あれ、この子たちにお兄ちゃんいたっけ？

投稿にズラリと並ぶハッシュタグをチェックすると、「＃彼氏」「＃恋」を発見してしまった。

もしや、それぞれの彼と一緒の写真！

心なしか、表情もいままで見たことのない輝きがある。その源は、恋――。

インスタをそっと閉じた。

「かさねちゃんも小百合ちゃんも、食べよー！　ナカアユ」

無理に陽気な声を出して、箱に入っていたプラスチックのスプーンを寒天に挿し入れた。

「寒天がぷるぷる！　ピスタチオが香ばしくて、あっさり一辺倒じゃなくていいねー！　塩漬け桜のしょっぱさも、アクセントになってちょうどいい感じ」

「う、うん」

小百合ちゃんも嬉しそうにスプーンを口に運ぶ。

「ＢＧＭ代わりに、アニメ流そう！　よし、『波乗り！　海の王子さま』の第二話だ」

かさねちゃんがリモコンを起動し、レコーダーから番組を選びだす。

「なんのアニメなの、それ」

「聞いて驚け！」

スプーンを口にくわえながら、かさねちゃんは熱く語りだした。

「お隣の茨城県にある、県立那珂湊海洋高校のマリンスポーツ部がモデルなの！　陰キャの男子が間違えてマリンスポーツ部に入ってしまって、イケメンの先輩たちに鍛えられながら、サーフインやダイビングの陽キャスポーツを泣く泣くやっていくうちに、才能に目覚めていくという。でね！　先輩たちがみんなカッコいいのよ！　みんな、タイプの違う王子様という感じで」

「ふーん」

画面を静止させて「ほらほら」と言いながら七人の先輩を熱く説明するんだけど、反応のない私に、かさねちゃんは目を吊り上げた。

「なんで反応薄いの！　こんなに王子様キャラばっかり揃ってんのに！」

「だって私、そういうキラキラした男子は好みじゃないもん」

「どういうのが好きなのよ」

そうだなぁ……と頬杖をついて、あらためて考えてみる。

「無骨でぶっきらぼうで無口な人。滅多に笑わないから、ふとした拍子に浮かんだ笑みにキュンキュンしちゃう」

「ふうん。そのあたりは『普通』じゃないんだ。戦隊ヒーローでいえば、あんたはレッドよりブルー派。王子様より騎士が好きなんだね」

「騎士！　まさに」

「モンスターが襲ってきたとき、普段無口な騎士が『姫、ここは私がくい止めます。お逃げください！』って剣を構えるシーンで、萌えるタイプでしょ」

頭の中で場面を想像したら、ドキドキしてしまった。思わずコタツをバシバシ叩く。

「『萌え』かはわかんないけど、いいね！」

「やめてよ、ジュースこぼれるじゃん！　で、芳村さんはどの王子様がタイプなの」

「え、え？」

そんなどうでもいい会話で盛り上がり、寝たのは夜中の二時を過ぎていた。


三人とも寝落ちしてしまった修業式が終わり、教室に戻ると、神宮寺先生が嬉しそうに、けれどもどこか寂しそうに私たちを見回した。

「十九人の若鮎さんたち！　みなさん揃って無事にこの日を迎えられたことを、私は心から嬉しく思います。来年度からは、『養殖技術』、『河川環境』、『食品加工』の三コースにわかれ、それぞれの道を歩んでいくでしょう。あなた方がいつか青春時代を思い返すとき、『ナカスイの一年生』だったことが少しでもよぎるなら、私は教師冥利につきます。一年間、どうもありがとう！

これにて、解散しま……」

「きゃっほー！　終わった終わったあ！」

先生が言い終える前に、かさねちゃんは教室を飛び出していった。さすが余韻ブレイカーの女王。昨日の夜、レコーダーに溜まっているアニメを消化したいから早く春休みにならないかなと騒いでいたから、いまから帰ってアニメ三昧だろう。

私と小百合ちゃんはこのまま帰省するというのに、最後に挨拶しなくても寂しくはないんだろうか。しかも、二年生からクラスは別々だというのに——。まぁ、住まいは同じだけど。

「す、鈴木さん。本当にいいの？」

小百合ちゃんが、おずおずと私のところに来た。私のママが「ついでだから」と小百合ちゃんを宇都宮駅まで車で乗せていくことになっているのだ。

「大丈夫！　ただ、ママの運転はへたくそだから覚悟してね」

そのとき、バッグにしまってあるスマホから通知音がした。ママからのＬＩＮＥだ。

「うげっ。事故渋滞だから一時間くらい待っててだって」

小百合ちゃんの表情がパアっと輝く。

「じゃ、じゃあ水産実習場に行ってきていい？　魚たちにお別れの挨拶したい」

「一緒に行こうかな。ひとりじゃ、することないし」

ふと、昨日インスタで見た鈴奈ちゃんと杏ちゃんを思い出した。あの輝く笑顔。そして、部長と副部長の嬉しそうな姿も。

なのに、私は、ひとり——。

部長にもらった紫色のリボンが脳裏をよぎった。あれを身に着けたら、恋愛運がアップしたりして。そんなことは小百合ちゃんに言えないから、黙ってバッグから取り出して髪を一つに結んだ。でもこの髪の長さでは、なんとか結べるレベルで、しかも首すじが寒い。心も寒い——。

結局、カチューシャみたいに頭に巻いた。ちょっと華やかな気分になる。

校門前の坂を下り、道路を挟んで学校の向かいにある水産実習場に歩いていきながら、ポツリと言葉がこぼれた。

「ねえ、小百合ちゃん。どこにあるんだろうね、恋って」

「そこ」

「え、どこ」

小百合ちゃんは、実習場の屋外にある養殖池に私を連れていった。

昨日の雌雄判別で使ったウグイたちが、元気よく泳いで——いや、なんかおかしい。異様に大きい魚影を小百合ちゃんは指さした。

「コ、コイがね、一匹交じっちゃってるの。私たちが入学したころからいたけど、どんどん大きくなって……ウグイの稚魚を食べちゃうから、早く捕まえた方がいいんだけど……。神宮寺先生にお願いしても『そのうちね』って言うだけで……。あ、鮎じゃないと、先生反応鈍いんだよ」

わかっていたじゃないか、私。小百合ちゃんに「恋」と言ったら「鯉(こい)」に変換されるって。

コイに見入る小百合ちゃんを置いて、実習棟内にある水産教員室に行った。予想通り、教室から戻った神宮寺先生が鮎釣り雑誌を読んでいた。式のために着ていたオフホワイトのスーツから、いつもの実習服姿に戻っている。

「あら、どうしたの鈴木さん」

先生も一年間が終わってホッとしたんだろう。安心したような先生の笑顔を見たら、目が潤んできてしまった。

「あの……ありがとうございました。無事に二年生を迎えられそうです……先生のおかげです」

先生は一瞬目を丸くすると、ふふふと笑った。

そう、思い出したんだろう。入学したてのころの私を。

魚に興味がないのに、「変わった学校だから」という理由だけでナカスイに来た私は、授業開始早々ついていけなくなり、担任の神宮寺先生に「転校したい」と泣きついたんだ。

「鈴木さん、時間ある？　ちょっと散歩しましょうか。今年は桜が早くて、もう咲いてるしね」

先生は、窓の外を指さした。

「はい！」

ああ、思い出す。入学式の日を。校門に咲く桜の花びらが私の頬を優しく撫でていったっけ。

サケの稚魚を放流した武茂川沿いを、先生に連れられて歩いていく。

枯れ木が針山のように立っているのは番組収録のころと変わらないけど、吹き抜けていく暖かな風は、「もう春だよ」と告げていた。

そう、世間は春なのに――。

「先生、恋って……なんでしょうね」

前を歩く先生は足を止め、厳しい表情で振り返った。

「授業でやったじゃないの」

「え。古典でしたっけ」

「『水産海洋基礎』ですよ。コイ目コイ科に分類され、比較的流れが緩《ゆる》やかな川や池、沼、湖、用水路などにも広く生息する大型の淡水魚。ナカスイの生徒なら基本の『き』でしょう」

　ああ、神宮寺先生に訊けばこうなるとわかっていたのに。

　ため息をつくと、先生は前を向いて歩き始めた。

「二年生になったら鈴木さんは食品加工コースでしょう。食材の基礎知識があってこその加工ですからね。春休みはちゃんと復習なさい」

「はーい」

　いきなり先生は歩みを止めた。間に合わず、先生の背中に私の顔がぶつかる。

「先生、どうし……」

「静かに」

　先生は私を背後に隠すように、手を横に出す。

「なにかいる」

　この場所の武茂川は、S字を描いている。密集した白い枯れ木が目の前に張り出していて、上流の視界を遮《さえぎ》っていた。先生が言わんとするのは、その白い林の向こうだろう。

　静かにと言われたのも忘れ、思わず叫んでしまう。

「なにかってなんですか！」

「あの色……イノシシかもしれない」

「えっ」

ここは八溝山系を望む山間地。豊かな自然を走り回る野生のイノシシには「八溝ししまる」というブランド名があり、町内の飲食店などで振る舞われていることを授業の「那珂川学」で学んだ。

そのイノシシを、一度はこの目で見てみたいと思っていた。でも、こんないきなり。

猪突猛進という四字熟語が脳裏をよぎった。もしも襲われたら、こんなか弱い私たちなんて、ひとたまりもない。

すたすたと歩み出た先生は、河原に落ちている太く長い枝を拾い上げると両手で横一文字に構え、林を見据えた。

「ここは私がくい止める。逃げなさい」

人生で一度は言われてみたいセリフだったけど、なんでそれがいまなんだ。

「そんな細っこい体じゃ無理だよ、先生ー！　吹っ飛ばされちゃう」

そのとき、私も見てしまった。茶色のなにかが、カーブの先から林を回りこむように近づいてくるのを。

もうダメだ。先生、来世でも担任になってねと願いながら強く目を閉じた……。

「こんにちは」

人間の声だ。詳しく言うならば、男の人の声。

そっと目を開けると、河原にいるのはイノシシじゃない。高校生くらいの男子が私たちに会釈をしている。そうか、ブラウンのスウェットにチノパンだから、イノシシと勘違いしたんだ。

先生は慌てて枝を投げ捨て、ホホと笑った。

「こんにちは。観光でいらしたの？」

確かに、地元民じゃなさそう。ナカスイでもこの辺でも見たことがない。こんなに日に焼けて筋肉質で、凛々しい顔つきの男子は。

身長は進藤君くらいだろうか。でもタイプが全然違う。あちらを太陽の王子様とするなら、この人は月の——騎士。

「そうなんです、家族で。僕だけ川を見に来たんですが、驚かせてしまったのならすみません」

不思議なことに川より海の雰囲気が漂う彼は、軽く礼をして私たちとすれ違っていった。

月の引力を受けるかのように、私の後ろ髪と心が引きずられていく。

慌てて振り返ろうとしたら、浮き石を踏んだ。バランスが大きく崩れる。だめだ、立て直せない。

「うぎゃあ！」

なにかに摑まらないと。しかし両手を泳がすように宙に伸ばしても、「なにか」があるはずもない。これは後頭部を河原石に強打コースか。

「おっと」

右手首を、制服の上から摑まれた。そのまま勢いよく前に引っ張られる。

直立すると、目の前に喉仏（のどぼとけ）が。えっ、誰？　慌てて視線を上げると、心配そうな顔をしている――さっきの人だ！

はらり、と頭のリボンが河原に落ちる。

彼は手を離し、跪（ひざまず）いてそれを拾ってくれた。

「す、すみません！　なにからなにまで……」

「いえ。こういう場所では足元に要注意です」

立ち上がった彼はリボンをくれると、そのまま足早に去って行ってしまった。

「良かったわね、イノシシじゃなかった」

神宮寺先生はアハハと笑っているけど、私は混乱していた。いま起きたことのすべてが、心の中で整理がつかない。

騎士、手首をガッシリ、リボンを拾ってくれた――。

すぐに追いかけなきゃ。そしてお礼の品をお送りしますといって訊くんだ。住所、氏名、年齢、電話番号、そのほかいっぱい。

しかし、もう彼の姿は消えていた。

「そんな……」

茫然としていると、ポケットに入れたスマホの通知音が響く。

そんなわけないとはわかっていたけど、もちろん彼からの連絡ではなくて、ママからのＬＩＮＥだった。校門に着いたらしい。

最後の望みを持ち、周辺をキョロキョロしながら戻ったけど、あの姿はもう見えなかった。

「……ちょっと、さくら。聞いてる？」

「えっ」

慌てて隣の運転席に座るママを見た。会うのはお正月以来だけど、さらに大きくなった気がする。横に。

「若鮎大橋（わかあゆおおはし）の近くに古民家カフェができるのよ。見てきたけど、四月上旬オープンだって」

「見てきた？　事故渋滞じゃなかったの？」

「事故渋滞だったけど、早めに抜けられたから見てきた」

「ウソくさー」

「だって、宇都宮から那珂川町まで一時間以上運転してきたんだよ。ママ、遠距離運転苦手なのに。休憩しながら来なきゃ、事故っちゃうもん」

「若鮎大橋だったら、車ならもう学校まですぐじゃん。休憩しなくても大丈夫だよ」

後部シートから、可愛い笑い声が響いてきた。小百合ちゃんだ。

「ごめんねぇ、小百合ちゃん。こんな母親で……」

「こんなってなによ。そうだ、若鮎大橋って桜並木あるんだね。満開でキレイだった」

「ウソ、初耳！」

見たい見たいと私が騒ぐので、ママは車を若鮎大橋近くの河原に停めた。小百合ちゃんと一緒に息を切らせて土手を上っていくと、橋の上に出る。

清流の那珂川を見下ろせる、大きな橋。入学してから何度も遊びに来たけれど、そのたびに見入ってしまう雄大な流れ。

「どこ、どこ？　桜」

上流の方を眺めていると、小百合ちゃんが「こっちだよ」と私の制服のスカートを引っ張った。下流の方か。

若草色の欄干（らんかん）に手を乗せ、身を乗り出すようにして見回すと――。

「あったー！　桜並木！」

川のすぐそばの緑地で、道路に沿ってたくさんの桜が満開になっていた。橋から見ると、ピンク色の線のよう。その光景は、まるで――条線。

ウグイの婚姻色！

脳裏に、さっきの騎士の顔が浮かんだ。右手首に、あの逞（たくま）しい手の感触が蘇る。その記憶は枯れ野だった私の心に、桜を開花させた。

生まれて初めてのこの体験、そして咲き乱れる感情は――。神様のお告げが聴こえた。

さくら、新たなテーマ「初恋」を、二年生のお前に与えると。

なのに……ああ、連絡先もなにもわからない。なぜその場で訊かなかったんだ。

「私のバカー！」

心からの叫びは那珂川の流れに吸い込まれ、流れていってしまった。

第二章

那珂川コーヒーゼリー

私の部屋の壁紙は、無地の白だ。

ベッドに座って壁を眺めていると、まるでスクリーンのように武茂川でのできごとが映し出される……ような気がした。ネットの動画CMみたいに、何度も何度も繰り返されて。

枯れ木林の向こうから現れた姿。右手首をガッシリ。心配そうな顔。

映像が終了すると、壁紙にマジックで「猪川騎士(いのかわナイト)」と書いて埋め尽くしたい欲求が湧(わ)いてきた。その四文字は、初恋の君に私がつけた仮名だ。神宮寺先生がイノシシと間違え、武茂川で出会い、その姿は騎士のようだったから。

しかし、壁紙に実行したらママが怒ること必至なので、ひたすらチラシの裏に書いた。

春休みの間ずっと、再会を祈願しながら写経のように書いて書いて書きまくっていたら、高校受験のときすらできなかったペンだこまでできてしまった。

「あら、さくら。やっと勉強に本腰を入れ始めたんだ。通知表、下から数えた方がはるかに早い順位だったもんね」

ママが部屋を覗(のぞ)いたときの嫌味は「良かったじゃん、脱平均で」とかわした。

そんなことをしていたら春休みはあっという間に終わり、気がつけば四月十日。始業式になってしまった。

小百合ちゃんは四月早々に下宿に戻っていたので、私ひとりがママに送られて式に直行する。遠距離運転が苦手なママが毎度のごとく「那珂川町は遠い」「運転疲れる」と車の中で文句をたれるかと思いきや、むしろ機嫌がいい。

「わかった。ママ、帰りにあのお店に寄るつもりなんでしょ。若鮎大橋の近くにできたっていう古民家カフェ」

助手席から横目で見ると、ママは神妙な顔つきになった。

「だって、おとといオープンしたばかりだよ。ママの仕事はお店紹介のウェブライターだし、新店情報は速さが命だからね。さくらの始業式のついでに寄れるから、良かったぁ」

「どっちがついでだか」

若鮎大橋を車で通過するとき、運転席側にある下流方面を首を伸ばして見てみると、桜並木はすっかり葉桜になっていた。婚姻色が消えてしまったような、妙な寂しさを感じてしまう。

校門へと続く坂の下で車を降り、急勾配の坂を歩いて上っていく。ああ、下宿で降ろしてもらって自転車で来ればよかった。

最初は自転車に乗ったまま上がれなかったこの坂が、今ではスイスイ漕いで上がれてしまう。この一年で、心だけじゃなくて体も成長したんだ。確かに筋肉がついたかも。

これから、どんな日々になるんだろう。一年生のとき、クラスどころか住まいも一緒だったかさねちゃんや小百合ちゃんとは、クラスが別になってしまったし。養殖技術コース（一組）のかさねちゃん（と渡辺君）、河川環境コース（二組）の小百合ちゃん（と進藤君と島崎君）、そして食品加工コース（三組）の私――。

まぁ、去年もそれぞれ好き勝手に過ごしてたんだから、たいして変わらないか。

廊下に貼ってあった座席表で確認し、窓際の最後列という「端っこオブ端っこ」に着席した私は、大きく伸びをした。そういえば、担任の先生は誰だろう。

先月、かさねちゃんが打ち上げのときに言ってたっけ。

「来年の担任はどうなんのかね。ナカスイは、生徒の進級とともに先生も上がっていくでしょ？今年は一組がアマゾン、二組が神宮寺先生、三組はふわりん。異動がなければシャッフルだね」

アマゾンは、天園光太郎先生のこと。ふわりんは、不破倫子先生。どちらも、撫子さん時代には既にあったあだ名だそうだ。

私の脳裏に、ふわふわした雰囲気の顔がよぎった。

「神宮寺先生は部活で会えるから、私はふわりん先生がいいかなぁ。アマゾン先生は、なんか怖そうだし」

小百合ちゃんは、ちょっと心配そうに小首を傾げた。

「じ、神宮寺先生の専門は『漁場環境』だから、きっと河川環境コースだよね……。天園先生は『水産養殖学』だから、たぶん大和さんのクラスでしょう？　だから、鈴木さんのクラスは……」

教室の扉がガラリと開き、先生が入ってきた。年齢は神宮寺先生と同じ二十九歳らしいけど、身長は小百合ちゃん（百五十センチ）くらい。ふんわり膨らむピンクのフレアスカートのスーツがマッチしている。肩にちょっと触れるくらいの髪をふわっとウエーブさせた、全体的に「ふわふわ」した雰囲気。この先生は愛称「ふわりん」こと――。

「みなさん、おはようございます。担任の不破倫子です。専門は『食品工学』。食品加工コースを選択したみなさんと、充実した一年を過ごしたいと思います。どうぞよろしくね」

去年、しょっぱなから鮎（あゆ）一色だった神宮寺先生の洗礼を受けたからか、とても普通に思える。なんかホッとした。このクラスの女子は私ひとりだから、先生もアレコレ気を遣ってくれるかもしれないし。

「今年度、このクラスには転入生がいます。さ、どうぞ入っていらっしゃい」

え！　心臓が跳ねる。

まさか、ありえないけど、まさか――。

どよめきの中、開いたままだったドアから「その人」が入ってきた。

腰まで届きそうな漆黒（しっこく）のロングヘア。きっちり切り揃（そろ）えた前髪。すらりと背が高いけど、どこか儚（はかな）げな雰囲気だ。制服のワンピースのひるがえりまでもが、可憐（かれん）に見える。

かぐや姫が月から戻ってきた。ふと、そんな幻想を抱いた。

ざわめきが大きくなる中、姫はふわりん先生の隣に立つ。

「黒板に名前を書いて、自己紹介をしてください」

はい……と涼やかな声を出すと、優雅な仕草で「野原麻里乃」と黒板に書いた。

あれ？　転入生？　去年、私が「転校したい」って騒いだとき、神宮寺先生は「県立学校間の転校は原則できない」と言っていたような。

姫は、麗しく頭を下げた。

「野原麻里乃です……初めまして。埼玉県川口市から引っ越してきました。両親が那珂川町でカフェを新しく始めることになりましたので、それに伴い……」

私は、転校騒動のときに調べて知った、数少ない例外規定を思い出した。そのひとつに確か「家族で県外からの転入であること」があったっけ。

先生はニコニコ笑いながら、背の高い彼女を見上げた。

「慣れないことがいっぱいで大変かと思います。みなさん、色々助けになってあげてください。じゃあ野原さん、席は窓際の最後列にいる唯一の女子、鈴木さんの隣ですね」

私！　言われてみれば、隣が空いていた。

そそ……と平安時代のお姫様が歩くように来た麻里乃ちゃんは、着席前に軽く会釈した。慌てて会釈を返しながら、ふと思い出した。ママが今朝言っていたオープン情報だ。

「野原さんのお家って、もしかして若鮎大橋……んーと、大きな橋の近くの古民家を改装したカフェ？　おとといオープンだっていう」

「え、はい。詳しく言うと、おとといがプレオープンで今日が正式オープンです」

彼女は懸命に笑顔を作った。でもその裏にはまだまだ不安を感じさせるものがある。

「異世界に来てしまって戸惑う姿」は、まるで入学当時の私のようだ。フォローしてあげなくては。あの心細さを味わわせてはいけない。

「ねえ！　明日からお弁当一緒に食べようよ」

「う、うん」

ランチタイムに、机を並べてお弁当を仲良く食べる。そんな青春的日常が二年目にして実現するとは。なんせ、去年の女子三人は、それぞれが好きな場所で好きなように食べていたから（小百合ちゃんは水産実習棟、私は屋上、かさねちゃんは適当にそのへんで）。

胸に、感動がじわじわとこみあげてきた。

「あー。担任、やっぱりアマゾンだったあ。SHR（ショートホームルーム）とか絶対寝られないよ、すんごい怒られそうだもん。チョップ飛んでくるかも」

その日の夜、かさねちゃんは下宿の広間に来るやいなや座卓に顔を突っ伏（つっぷ）した。

「良かったじゃん。これを機に生活を見直したら」

彼女が顔を上げると、目が吊（つ）りあがっている。

「冗談じゃない、あたしは自分の人生を貫くわよ。そういや、あんたのクラスに平安時代のお姫様みたいな転校生が来たんだって？　ウチのクラスも大騒ぎしてた」

「わ、私のクラスも」

小百合ちゃんが、コクコクと首を振る。

私はスマホでＬＩＮＥを開き、彼女たちに見せた。

「うん……ママが言ってた、古民家カフェの子だった」

ママが帰りに取材したらしく、外観や内観、料理の画像がこれでもかと送られてきている。センスの良いインテリアや盛りつけが、これから話題のスポットになることを予感させた。

麻里乃ちゃんのご両親と思われる、男女が並んだ写真もある。四十三歳のママと大して変わらない年齢なのかな。都会的な雰囲気が漂うオシャレカフェのオーナーといったスタイルだった。

かさねちゃんは、なにか気がついたようにニヤリとする。

「あんたイメチェンすんの？　リボンなんかしちゃってさ」

思わず、後頭部を押さえた。例の紫色のリボンで、まだ短い髪を必死に結んでいるのだ。

「ちょ、ちょっとね。現状を変えようと思って」

「そうか、あんたのクラスは女子がふたり！　残念だねー。唯一無二の姫の座から陥落して」

「姫どころか、私はただの『村娘Ａ』だよ。どうせ普通だし」

ピーナッツをボリボリかじる私を見て、小百合ちゃんが思い出したように手を打った。

「そ、そういえば、今年の一年生の女子はひとりだけなんだって……神宮寺先生が言ってた」

「もう別にいいじゃん、女子の人数なんて。そんなんで騒ぐのは、始めだけだよ」

大きなため息をつき、私は顎を座卓の上に載せた。

「重要なのは、猪川騎士君だもん」

かさねちゃんが投げてくる視線は、氷のように冷たいものだった。

「あんたの見た幻（まぼろし）の話？」

違うよ！　と座卓を両手で叩（たた）き、私はここぞとばかりに語った。

「あの人は確かに実在している。神宮寺先生も証言してくれるよ。かさねちゃん、もしかして運命の出会いを果たした私を妬（ねた）んでない？　いつもだったら、好きなアニメの名言をこれでもかと繰り広げるじゃない」

鼻の頭を掻（か）きながら、かさねちゃんは顔をしかめた。

「あたし、恋愛モノって好きじゃないんだよ。惚（ほ）れた腫（は）れたで騒いでないで、さっさとくっついてしまえと思うわけ。観っててイライラするの」

「あー、情緒がない」

我関せずの小百合ちゃんが、ふと私を見た。

「そ、その転校してきた子、なんでナカスイに……？　水産科しかないのに。栃木と同じ海なし県でも、埼玉に水産高校はないよ。ち、違う学科から水産科へは転入できないと思ったけど」

「そういや、ママが教えてもらったみたい」

写真が怒濤（どとう）のように貼られたＬＩＮＥのトーク画面に、ママの雑談も入っていた。

「えーと、本来であれば他学科間の転校は難しいけれど、那珂川町は中山間地域で通学不便のため、特例で普通科からナカスイへ転校ができた、だってさ」

「ふぅん……」

かさねちゃんが、珍しく真面目に考え込んでいる。

「……あんた、その子をきっちりサポートしてあげなよ。聞いた感じだと、見た目は姫でも中身は『普通』っぽいから。普通のあんたなら気持ちがわかるだろうし、それにあんたは思いやり的なサムシングもたまにあるし、リーダーシップも良くも悪くもあるし」

ありえないけど、褒められている気がする。かさねちゃん、なんか悪いものでも食べたんだろうか。よく見てみれば、いつもと違うオーラが出ている。

「かさねちゃん、なんか疲れてる？」

わかる？　と彼女は自分の頰を両手で包んだ。

「コロナ禍が落ち着いてきたじゃん？　春休み、民宿のお客さんがいっぱいでさ。『久々に来られたよ〜』って県外の常連さんもたくさん来たの。鮎シーズン以外のお客さんなんて、週末のゴルフ客かご近所さんたちの宴会くらいなのにさぁ。あたしも厨房の手伝いに駆り出されたのよ。そのせいで予定してた録画アニメの消費、半分もできなかった。かえって、学校の授業があった方が楽だよ。でも、あのアマゾンじゃ授業でもビシバシしごかれそう。あ、渡辺がいるから大丈夫か。目くらましになってもらおう」

「小百合ちゃんは、どう？　河川環境コース」

黒目をクリクリさせながら考えると、彼女は嬉しそうに肩をすくめた。

「う、うん……。担任が同じ神宮寺先生だから、中学まで不登校だった私のこと理解してくれてるし……進藤君とか、島崎君とかもいるし、新しいクラスでもやっていけそう」

「そっか。いいなぁ。小百合ちゃんがいちばん新しい環境に馴染んでそう」

　ふと寂しくなった。私たち、もうそれぞれの道を歩み始めているんだ——。

「養殖技術コース二年の前期課題ってね、指定された中から自分の好きな淡水魚を選んで、卵を孵化させて育てるんだってさ。あたし、なににしよっかなー。ホンモロコかな。ウマいし」

　かさねちゃんのお父さんがときどき作ってくれる、ホンモロコの唐揚げを思い出した。町の休耕田を利用して育てているそうで、淡白な味がおいしいのだ。二口サイズだから、ポイポイ何匹でも食べられてしまう。

「河川環境コースの前期課題は？　小百合ちゃんはなにやるの」

「全国水産系高等学校生徒研究発表大会に出場するべく、研究結果を出すこと」

「なにそれ。ぜ、全国……」

　復唱しようとしたけど、無理だった。

「水産系高校の研究発表会。校内予選と地方大会を経て、九月に全国大会があるの。さ、最優秀賞は水産庁長官賞なんだよ」

　かさねちゃんは、クスッと笑いながらパック入りコーヒーをストローですすった。

「水産マニア選手権だね」

「さ、最優秀賞をとれば、水産大学に推薦で行けるかもしれないでしょう」

「そんな無理しなくても。もう『ご当地おいしい！甲子園』の特別審査員賞を受賞してるじゃない。そりゃ、小百合ちゃんだけじゃなくて、私とかさねちゃんと合わせて三人でだけど」

「だ、だってあれは去年の話だし……」

「だよねぇ。過去の栄光にいつまでもすがっちゃダメだよ」

過去の栄光。かさねちゃんの言葉が、グサリと胸に突き刺さる。

茫然とする私の傍らで、かさねちゃんと小百合ちゃんがそれぞれのカリキュラムを熱く語っている。なんてこと、私が恋わずらいをしている間に、ふたりは二歩も三歩も先に進んでいた。

人生設計をしよう、私は誓った。明日になったら。


一時間目の「食品加工基礎」の授業中に今後の人生を考えようと思ったら、ふわりん先生に先手を打たれてしまった。

「入学式も始業式も済み、桜もとっくに散りました。今日から本格的に授業が始まります。最初に、食品加工コース二年の前期課題を発表しますね」

前期課題！　私たちにもあったんだ。

先生は、丸々とした可愛い文字で、「加工食品開発」と書いた。

「みなさんには、那珂川町の特産品を使って加工食品を開発していただきます」

反射的に、私は手を挙げた。

「あの、私は去年『ご当地おいしい!甲子園』で賞をもらったのがあるので、それで代用していいでしょうか」

そうすれば、空いた時間は猪川騎士君の探索に充てられる。それは現在の最重要課題だし。

常に「ニッコリ笑顔」で固定されているふわりん先生の目が、少し吊り上がった。

「はい、『ユース～若鮎のころ～』ですね。鮎の乳酸菌チーズと、鮎のオイル煮を使ったピザ、あれはとても素晴らしいものでした。私も学校で大会のネット配信を観ながら応援していて、あなたの一分プレゼンには目頭が熱くなりました……。でも、それはそれ。これはこれ」

クラスの中から笑いが起きた。ふわりん先生、意外に手厳しい。

「いいですか。課題はその場で食べて終わる料理ではなく、加工食品。保存が利くものです。みなさんも、福井県で水産を学ぶ高校生が長い年月をかけて開発した鯖缶が、JAXA――宇宙航空研究開発機構に正式な宇宙食として認証されて、宇宙に行った話を知っているでしょう。ロマンですね。宇宙でなくても、深海、南極、はたまた普通にお土産品でも、遠くに持ち運びができる加工食品を開発しましょう。作品は十一月の学校祭で販売しますので、場合によっては、ナカスイのみならず那珂川町の名産品として後世に引き継がれるものになるかもしれません」

自分の作ったものが日本中に、さらに世界に広まる。そして歴史に残り、私がこの世を去っても生き続ける。それも――。

「いいかも！　ね、麻里乃ちゃん」

隣に座る彼女は、いきなり話を振られて目を白黒させた。

「場合によったら、麻里乃ちゃんが開発した食品が、お家のカフェで大人気になるかもしれないよ。日本全国から注文があったりして」

「わあ……」

いま、麻里乃ちゃんはとても不安なはず。都会の川口市から那珂川町という中山間地域に引っ越してきて、しかも去年までは普通科の高校で『国・数・英』を中心に勉強してきたのに、いきなり魚中心の世界だし。

去年の自分を思い出すんだ。普通でしかなかった私はナカスイで洗礼を受け、初日で既にメゲてしまった。そうならないように、私が彼女を支えなくては。

ふわりん先生の目を盗んで、こっそり耳打ちする。

「麻里乃ちゃん家のカフェ、今日行っていい？　麻里乃ちゃんはどうやって通学してるの？」

「若鮎大橋から路線バスだけど……」

通学時間帯にしかない路線だ。

「じゃ、放課後にカフェまで自転車で行ってもいい？」

「でもね、私……水産科の必履修科目を受けてないから、当分の間、放課後は基本的に補習なの」

「えっ。例えば？」

「『水産海洋基礎』とか……」

なんて大変なんだ。ハードディスクを移植するみたいに、私の知識を譲ってあげられたらいいのに。スカスカだけど。

「補習は一時間くらいだけどね。帰りのバスがなくなる前には終わりにしてくれるよ」

「じゃ、補習のあとならいい？」

麻里乃ちゃんは、目をぱちぱちさせながら頷いた。

カフェ「創（はじまり）」は、築百年近い古民家を改装した和食店を居抜きで買い取ったもの。のんびりくつろげる二十畳近い和室と、そこから見える那珂川の清流と緑豊かな裏山が見ものです。地元那珂川の野菜をふんだんに使った総菜がズラリと十種類近く並ぶプレートランチが話題となり、オープン早々大人気！　――とママの書いた記事が、栃木県域の情報サイト「ラブとち！」の新店コーナーにもう載っていた。

「へぇ、さくらちゃんって、あのライターさんの娘さんなの」

麻里乃ちゃんが連れて来たクラスメート第一号ということで、ご両親はとても喜んでくれて、カフェは夕方四時で閉店だそうだけど特別にお店に入れてくれた。

広い座敷の真ん中の座卓に座った私は、「そうなんですよ、取材のご協力ありがとうございます」とママをフォローしてあげる。

「新規店は、地元の情報サイトで扱われることも重要だから、とても助かったわ。ありがとうね。お母さんにもよろしく言っておいて」

ブルーの七分袖（そで）シャツにジーンズ、グリーンの胸当てエプロンをして、ベージュのキャップを被（かぶ）った麻里乃ちゃんのお母さん、彬子（あきこ）さんは、自然派でオシャレな雰囲気だった。

「よかったら、これどうぞ」

厨房から、同じような服装の男の人が来た。麻里乃ちゃんのお父さんの徹（とおる）さんだ。トレイの上にあるのは……。

「なんですか、それ！」と思わず叫んでしまった。

大きなお弁当箱くらいの水槽に、砕いた氷が敷き詰められている。着色したんだろうか、底の方の氷はブルーだ。氷のすき間には、小さなガラス細工の魚介が泳ぐように配置されている。氷の表面をくぼませて、和船のようなガラスの容器が置かれてあった。そこに入っているのは——なにもない。

「では、今から注ぎます」

彬子さんが透明なガラスポットを持ってきた。中を満たす液体は——黒い。

「これ、コーヒーよ。今からコーヒーゼリーを作るね」

「ええ！」

たぷたぷと静かな音をたて、船の器が黒く埋まっていく。

さっそく食べてみよう。私は慌ててスプーンを手にとった。

「あ、まだ待って。十五分くらい」

「そんなに？　どうしてですか？」

「ゼラチン入りで、その間に固まるの」

目の前で作るコーヒーゼリー。なんというパワーワード。

「このお店に来てくださるお客様には、ゆったり時間を過ごしていただきたくて……。あえてのんびり楽しんでいただけるメニューを用意しているの」

彬子さんはそう言うと、窓の外を愛おしそうに眺めた。

「夫も私も都心部で生まれ育ったんだけどね。山や川への憧れがすごくあって……。それぞれ会社員として働いてきて結婚してからは川口市に住んだけど、いつかは自然豊かな場所でカフェを開きたいって料理の勉強をしてたの。そしたら、田舎暮らしの雑誌の広告に、那珂川町の古民家和食店が居抜きで売りに出たとあって……。貯金はたいて、買っちゃった。ふふ、こういうのって勢いよね」

彬子さんは笑いながら、徹さんと顔を見合わせた。仲良し家族なんだなぁ。

「本当は、麻里乃が高校を卒業するまで待てばよかったんだけど……。転校ってことになっちゃって、負担かけちゃったなぁ」

そんなことないよ！　と麻里乃ちゃんは大きく首を横に振った。

「お父さんとお母さんの夢のためだもの！」

ここにママがいなくて良かった。「ほら、さくら！　麻里乃ちゃんの爪の垢でも煎じて飲みなさい！」と騒ぐのが目に見えるようだ。

「鈴木さんがクラスメートだから大丈夫。今日だって、気を遣ってお弁当を一緒に食べてくれたんだよ。私、すごく嬉しかった」

「そっかぁ。さくらちゃん、とても優しいのね。ありがとう」

ママを連れてくれば良かった。「ほら、ママ！　これが世間一般の私の評価なんだよ！」と教えてやれたのに。

そんなことを考えてたら、十五分を知らせるアラームが鳴った。

軽く器を揺らしてみる。ゼリーの表面はぷるぷる震えるけど、液体ではないようだ。

「いただきます」

スプーンを挿し込むと、表面は柔らかい。「まだ早かったかな」と思ったけど、挿し込んでいく先はしっかり固い。

黒い塊を口に含むと――。

「甘くない！」

「あ、実はシロップとミルクは別添えなの。持ってくるの忘れちゃった。ごめんね、まだまだ初心者マークで」

彬子さんは慌てて銀のミルクピッチャーと透明のシロップピッチャーを持ってきた。

「いいんです。私、甘いコーヒーって実は苦手で……。コーヒーの味がストレートに来て、おいしいです！　心地よいほろ苦さ！　メニュー名はなんですか？」

やっぱり私が気になるのは、ネーミングだった。

徹さんと彬子さんは顔を見合わせて、気恥ずかしそうに笑う。

「ベタかもだけど……『那珂川コーヒーゼリー』。ふふ」

「この水槽のような器と氷が、那珂川をイメージしてるんですか？」

「そう、ゼリーの容器が和船なの。どうかしら。麻里乃に聞いたんだけど、さくらちゃんって料理の甲子園で優勝したんですって？」

「いえ、残念ながら特別審査員賞です。そうですねえ」

審査員の気分になった私は、水槽に敷き詰められた氷とガラス細工の魚をマジマジと眺めた。

「一般の観光客さんなら大丈夫じゃないですか。ナカスイの生徒や先生が見たら、『なんで那珂川にクマノミがいるんだ』とか、『デメキンはいないはずだ』とか『ホタテは海洋生物だ』とかうるさいかもしれませんが」

「そうか、鮎とかウナギの方がいいか。ディープな世界ね」

「めっちゃ深いです」

私たちは、大笑いした。

その日以来、麻里乃ちゃんは私を「さくらちゃん」と下の名前で呼んでくれるようになった。同級生の女子から「ちゃん」付けで呼ばれるなんて、中学以来だ！　胸にこみあげるものがある。なんせ、かさねちゃんはいまだに「あんた」、小百合ちゃんは「鈴木さん」と呼ぶし。

やっと私も、あのふたりとは違う世界に歩み始めたんだ——。


翌週、食品加工コースに進んで初めての食品加工実習が行われた。

水産実習場の水産実習棟にある、食品加工室がその場所だ。

この部屋に入れるということで、「私、本当に食品加工コースに進んだんだ」という実感が湧いた。なぜなら食品衛生上の観点から、食品加工コースの二年生と三年生以外は基本的に入室できないのだ（一年生のときの「水揚げした鮎の袋詰め作業」は数少ない例外）。

記念すべき初実習は、『鮎の背開き』。

去年、私のいた一年二組の生徒たちが水揚げして冷凍した鮎を解凍し、ひとり一匹ずつ背開きしていくのだ。

食品加工用の白い実習服を初めて身に着け、マスクをして白い帽子を被った私はテンションが高くなってしまった。

最初に、ふわりん先生が実演を見せてくれる。

「みなさん、いいですか。まず注意点として、丁寧に鮎を扱いましょうね。でないと神宮寺先生の怒りが飛びますよ。私もですが。食材として目の前にありますが、我々に鮎たちが命を預けてくれたのですから、大切に扱わなくてはいけません」

先生を取り囲むように立つ私たちは、うんうんと頷いた。

「では、私の手元に注目してください。このように、背鰭（びれ）の上あたりに沿って頭の方から包丁を入れていきます。みなさんはまだ慣れていないので、少しずつ包丁を動かしていきましょう。中骨（なかぼね）に包丁が当たるようにね。一度で難しいなら、何度かに分けて入れても大丈夫です。見た目は美しくないですが、今回は初めてですから」

先生はスイスイと包丁を動かしていく。割と簡単そう。

「はい、中骨中心まで包丁が入りました。このままお腹（なか）の方まで包丁を入れていきます。このように開いていくと、鮎のお腹の皮一枚でつながっている状態になりましたね。頭を下にして置き、包丁を立ててテコの原理で手前にグイッと引くと……はい、出来上がり〜。この状態が『鮎の背開き』です。あとは内臓を洗い落とせば完成ですね」

まるで「絵描き歌」のようにほのぼのと作業する先生を観ていたら、「超余裕じゃん」と思えてくる。

しかし、見るとやるとは、まったく別だった。私も麻里乃ちゃんも、できあがりは――。

「二枚になっちゃった」

両手にそれぞれ身を持つ私を見て、麻里乃ちゃんも同じく両手に掲げた。

顔を見合わせ、思わず噴き出す。

ほかの生徒も似たようなもので、先生は「まあ、そんなもんです」といった表情で言った。

「最終的には鮎の魚醤に漬け込んで燻製にしてしまうので、形は気にしないで大丈夫です。今回は販売用ではなく、食べるのはみなさんですからね」

「そうですよね、胃に入れば同じですよね！」

「ですから、今回だけですってば」

私と先生のやりとりに、クラスのみんなは大爆笑する。

麻里乃ちゃんがお腹を抱えて笑っている姿を見て、めちゃ嬉しくなった。

だんだんと、彼女の緊張がほぐれてきている。もしや、「コイバナ」ができたりして。

ある日の放課後、補習が終わった麻里乃ちゃんを校舎の屋上に誘ってみた。

「わぁ。すごい、空と山だ」

慣れない専門科目の勉強から解放された彼女は、鳥かごから飛び出した小鳥のようにあたりを見回している。

青空には手が届きそうで、遠くの八溝山系は緑の塀のように学校をとり囲んでいる。見えるのはそれだけだ。

私は胸を張った。

「ここはね、ユーチューバー見習いの島崎君いわく『那珂川町でいちばんエモい場所』だってさ」

「エモい？」

「感情を掻き立てられる、いわゆるエモーショナルってこと！」

「うん、なんかわかる気がする」

吹きぬける風が、彼女の長い黒髪をサラサラと揺らしていく。こんな髪の持ち主だったら、猪川騎士君もすぐには立ち去らずに、あの場にとどまってくれたのかなぁ。

「ねぇ、麻里乃ちゃん。恋ってどこにあると思う？」

「そうだね……。自分磨きを頑張れば、しかるべきときに自然と見つかるんじゃないかな」

「恋」が「鯉（こい）」に変換されず、「恋」で返ってくる！　なんて感動的な。自分磨きはさておき。

「ありがとう、麻里乃ちゃん！　こんな女子トークを夢見ていたよ！」

本当はゴールデンウイーク中も下宿にいたかったんだけど、かさねちゃんが「ウチの民宿に高校の部活が合宿に来るから、超にぎやかになるよ。いない方がいいと思う」と言うので、明日から五連休が始まる五月二日の夜に帰省した。

ところが帰って早々、ママと大ゲンカ。きっかけは、夕ご飯のとき私が（元）部長たちの話をしたことだ。

「卒業式に彼氏が迎えに来たぁ？　ママなら許さないわね。そんなの、みっともない」

「なにがみっともないんだよ、めっちゃ羨ましいじゃん。彼だよ、彼。恋！」

「さくらはダメ。ママもパパも大反対」

「なんで、先輩の家は……」

「ヨソはヨソ。ウチはウチ。きちんと言っておくから。いい？　恋だの彼だの、大人になってからだからね。学生の本分は勉強でしょ。それができないんなら、月七万円もする下宿は認めない。家から通学してよね。親の目が届かないところで、なにするかわからないなんて、怖いもん」

「なにそれ！」

「ふたりとも、やめなよ。ご飯がマズくなるから……」

仲裁に入ったパパにも、腹が立つ。なんでママにビシっと言ってくれないんだ。

「そんな価値観、昭和だよー！」

私は半べそをかいて二階にある自分の部屋に上がった。ベッドに伏せてこれ見よがしに泣き声を上げながらも、どうせケンカするなら最終日が良かったと後悔した。明日から五日間、どうしよう。気が重い。

ＬＩＮＥの通知音が鳴った。ママからなら既読スルーしようと思ったけど、かさねちゃんだ。

『めっちゃヤバい。オヤジが仕入れの途中にバイクでコケて、足骨折して入院しちゃった。明日から団体客来るのに。アニメ観てるどころじゃなくなっちゃった』

ヤバいのはアニメを観られないことなのか、厨房なのか、どっちだ。でも、厨房を一手に担うオジさんが！　小百合ちゃんも帰省したから下宿のご飯は必要ないけど、民宿は忙しいだろう。

そのまま、『音声通話』を押したら、すぐにかさねちゃんが出た。

「あ、ＬＩＮＥ読んだ？　オヤジが戦力外になると、めっちゃヤバいんだよー。お母さんは料理できないからさ」

やっぱり厨房の方か。

「どうするの。団体客が来るんでしょ」

「とりあえず、連休中は撫子お姉ちゃんが来てくれる。調理師免許持ってるし」

「調理師免許！　お姉さんって、なにやってんの？」

「旦那さんの実家を手伝ってる。武茂川沿いにある、お土産屋さん兼観光レストランなんだ」

「お姉さんって、まだ小さい娘ちゃんがふたりいるんじゃなかったっけ」

「三歳の真魚と一歳の氷魚ね。同居してるお姑さんが見てくれるから問題ないらしいよ」

「……って、旦那さんの方のお店は？　ゴールデンウイークじゃ忙しいでしょ」

「あっちは従業員がいっぱいいるもん。お姉ちゃんひとりくらいいなくても大丈夫だよ。だけど、やっぱりオヤジに比べたら馬力足りないからさぁ。あたしもヘルプに入る。大変だよ、二十人の合宿だから……しかも、食べ盛りの高校生で運動部」

そうだ、どうせ家にいてもまたケンカしそうだし――。

「私、手伝おうか？　厨房は無理だけど、配膳なら大丈夫でしょ。片づけとか掃除とかも」

「マジ！　めっちゃ助かる。オヤジがバイト代払ってくれるよ」

「いいよ別に、お金なんて。かさねちゃん家にはいっぱいお世話になってるし」

それに、私も家以外の場所で過ごせるのは気楽だ。

「かさねちゃん家の危機だから」とママではなくパパに運転を頼んで、翌日早々に下宿に戻った。チェックインは午後二時だから、余裕で間に合うだろう。

実家よりも、下宿に戻った方が「ただいま感」があった。ホッとしながらとりあえず離れに入ろうとすると、広大な庭の真ん中に建つ母屋(おもや)の前に、深紅のジャージ姿の人影があった。あのプロレスラーのようなガッシリした体形は——。

「あれ？　オジさん、退院したんですか？」

「誰がオジさんだよ」

振り向いた顔は、オジさんではなく、若い女の人だった。スキンヘッドのオジさんと違い、髪がある。ショートカットだけど。でも、顔はどう見ても大和のオジさんだ。メイクしてるけど。

「え？　え？」

「もしかして、鈴木さくらちゃんかな？　不肖(ふしょう)の妹がいつもお世話になってます」

「えー！　撫子お姉さんですかー！」

驚いた。かさねちゃんはお母さんそっくりだけど、お姉さんはお父さんに瓜(うり)ふたつなんだ。

撫子さんは両手を合わせて私を拝んだ。

「ごめんねぇ、わざわざ手伝いに戻ってくれたんだって？　助かるよぉ。かさねはアニメ優先だから、当てにならないし」

「失礼しちゃうわね。手伝い優先にするよ、今回だけは」

不機嫌な顔で、かさねちゃんが母屋の玄関から出てきた。

手を振りながら、オバさんも姿を見せる。

「さくらちゃん、ありがとうね！　さっきお母さんにお礼の電話したから。『娘をビシバシこき使ってやってください、疲れてなにも考えられなくなるくらい』って言われちゃったけど、オバさんと一緒に配膳するだけで大丈夫だからね」

ああ、大和家の女性たちは、いまの私にとって救世主だ。

「いいえ、お礼を言いたいのは私です。現実逃避させてくださって、ありがとうございます」

「？」

三人そろって不思議な顔をしていたけど、私は深々とお辞儀をした。


お昼ご飯を食べ終わると、いざ戦闘開始。

食事会場となる大広間に掃除機をかけながら、かさねちゃんが大声で言った。

「コロナ禍が落ち着いてきたから、部活動の合宿も復活したらしいよ。今日から二泊三日で来るのは茨城県立那珂湊海洋高校……愛称・湊海洋のマリンスポーツ部。コロナ禍前はよく利用してくれてたんだ。あー、でもテンション上がる！　『波乗り！　海の王子さま』のモデル部だよ！」

カロリー消費も兼ねて縁側を雑巾がけしていた私は、首を傾げた。

「マリンスポーツ部が、なんで海なし県に合宿に来るの」

「海は見慣れてるから、気分転換に山に来たいんじゃね？　やるのは川でカヌー訓練とかだし」

「へぇ」

「それに湊海洋にはお世話になるからね。丁寧にお接待しなきゃ」

「お世話？」

「ナカスイの一年生は、海洋実習で茨城県に行くの。そんで、湊海洋の施設や機材を借りて一泊二日の海洋実習をするんだよ。潜水とか、カッターボート漕ぎとか」

「一年生？　私たち、やらなかったじゃん」

仕方ないというように首を振り、かさねちゃんは掃除機のスイッチを切った。

「コロナ禍でここ数年中止だったんだよ。今年の一年生からは復活するかもね」

「なにそれ、ズルい」

私は恨(うら)みをこめて、バケツに雑巾の水気を思いきり絞ってやった。

掃除機のコードを巻き取るのが好きだというかさねちゃんは正座しながら、キュルキュル音を立てて掃除機の中に引っ込んでいくコードを愛おしそうに眺めていた。

「まぁ、二年生は修学旅行があるし。それも中止になってたけど、今年は復活すると思うよ」

「ナカスイの修学旅行ってどこなの」

「撫子お姉ちゃんの時代(とき)は、京都」

「へぇ。普通だね。世界遺産見学……」

「天橋立の近くで地引網体験だけど」

ナカスイはどんだけ魚好きなんだと思い知らされていると、車のエンジン音と砂利がタイヤで踏まれる音が響いた。

「あ、来たのかも」

かさねちゃんに言われて縁側から庭を見ると、マイクロバスが入って来た。確かに、ジャージ姿の高校生が二十人くらい乗っている。湊海洋のマリンスポーツ部に違いない。

「一緒にお出迎えする？　イケメンいるかもよ。なんせ、『波乗り！　海の王子さま』だし」

かさねちゃんがニヤニヤと玄関の方を指さす。

「言ったでしょ。私は王子様より騎士派だって」

そう言いつつも、ちょっと興味はあった。ちょっとだけ。

広い玄関の上がり框で、オバさん、撫子さん、かさねちゃんと一緒に横一列に並び、ガラス戸が開くのを待つ。

「大和さん、こんにちはー、お世話になります！　湊海洋の笹崎です」

男子というより、男性の声なのは顧問の先生なのかな。

オバさんが嬉しそうに声を張り上げる。

「お久しぶりですわね、笹崎先生。どうぞ、お入りください！」

戸が開くその瞬間、「いらっしゃいませ！」と大和家の女性陣と一緒にお辞儀をした。三秒経ってから顔を上げろと言われている。その間に、ガヤガヤと騒ぎながら生徒たちが入ってくる気配があった。

　顔を上げると――。

　私は息を呑(の)んだ。

「主人はちょっと事情があって、お出迎えできませんの。ごめんなさいね」

「代わりに、娘の私が料理の腕を振るわせていただきます！」

「うれしー！　『波乗り！　海の王子さま』とジャージが同じ！」

　オバさんたちが次々に声をかけるけど、私は声が出ない。目の前にいる生徒の中に――。

「あれー、関家(せきけ)の御曹司(おんぞうし)じゃん！　マリンスポーツ部だったんだ」

「こら、かさね。敬語使いなさい！」

「大和さん、たびたびお邪魔してすみません。またお世話になります」

　生徒たちの中にいる、この人。日に焼けた顔、海のオーラ、そしてこの声――まぎれもない。

　あのとき心配そうに私を見つめていた、猪川騎士君だ。

　凍りついて動けない私の傍らを、ジャージ姿の部員たちが次々に通り過ぎていく。

「かさね！　お部屋に案内して」

「へーい」

「撫子、飲み物とオヤツの用意お願い」

「はいよ！」

大和家の女性たちがてきぱきと働いているというのに、私はその場に座り込んでしまった。

頭の整理が追いつかない。猪川騎士君は関家の御曹司で、湊海洋のマリンスポーツ部員？　ということは、今日から二泊三日でここにいる？

「ちょっとあんた、どうしたの」

振り向くと、かさねちゃんがいた。案内が終わったのか。

彼女の足にすがりつき、その顔を見上げた。

「かさねちゃん！　せ、関家の御曹司って……たびたびって言ってたけど……ここに来たことあるの？」

「ああ、あの人？」

かさねちゃんは、頭をポリポリ掻いた。

「ウチの民宿の常連さん。というか、その息子。お父さんが水産食品加工会社の社長で、オヤジの料理のファンなんだ。コロナ禍でここ数年ご無沙汰だったけど、こないだの春休みに久々に一家で来てさ。『息子が春休みになったらすぐ来ようと思ってましたー！』って……もしや」

動揺する私を見て、かさねちゃんは察したらしい。

「そうだよ、まさかの猪川騎士君だよ……。か、かさねちゃん！　関君の下の名前と住所、生年月日教えて！　そうだ、電話番号も」

「なに言ってんの」

かさねちゃんは、足にしがみつく私を蹴っ飛ばすように振りほどいた。

「お客様の個人情報は出せないね。『民宿やまと』のコンプライアンス違反だよ」

「そんなぁ」

「二泊三日もいるんだから、頑張って自分で訊きなよ。って言いたいところだけど、それもコンプラ違反。ただ、あちらからあんたに興味を持って訊いてくる分には、ノータッチだから」

困難に負けてはいけない。なんとしても、帰るまでに彼の連絡先を入手せねば。

私が関君に接触できるのは配膳のときだけ。最初のチャンスは、今日の夕飯だ。

でも、私が広間に入れるのは配膳のときだけ。お客さんが入ってくる前に出されてしまった。

ああ、せめて関君が座る席がわかれば、手紙でも置いておくのに。

片づけに入るころには、みんな部屋に戻っていた。

下宿から姿が見えるかと思いきや、庭木が邪魔してなにも見えない。せめて私の連絡先を書いた紙飛行機を部屋に飛ばそうかと思ったけど、彼がいる客室がどこかもコンプラがどうしたこうしたで教えてくれない。

その日の夜は、スマホで無料占いばかりやった。まずはタロット。

「神様、私と関君の将来ってどんなもんでしょうか」

「占う」のボタンを押すと、いちばん悪いカードと言われる「塔」が出た。

「ダメだ、こんなアバウトな質問じゃ適当な答えが出ちゃう。もっと具体的に訊かないと。タロットの神様、関君は私をどう思っているのでしょうか」

「占う」のボタンを押すと、相思相愛を表す「恋人」のカード！　……の逆位置が出た。意味が逆になる。

「下の名前がわからなければ、タロットなんて当たらないよねー。姓名判断やろう」

「関さくら」で入力し、「占う」のボタンを押してみる。でもその瞬間、目が開けられない。数分待ってから、恐々と目を開けると、「大吉」の文字が輝いていた。

「やっぱり！　わかっていたよ、私は！」

画面のスクリーンショットを撮り、かさねちゃんにＬＩＮＥで送ったら既読スルーされた。

それでも、その結果があれば自信になる。明日の朝ご飯でお近づきにならねばと思ったけど、翌日の朝も夜も状況は変わらなかった（お昼はお弁当を持たせている）。

かさねちゃんは私のことを面倒くさがっているのか、下宿に遊びに来ない。仕方なく私はスマホであらゆる無料占いをやり、悪い結果が出れば「なかった」ことにし、良い結果が出ればかさねちゃんにＬＩＮＥで送りつけた。既読すらつかなくなったけど。

小百合ちゃんは魚の話以外は乗ってこないし、麻里乃ちゃんはスマホはおろかガラケーも持っていない（高校卒業まで持たせないのが、ご両親のポリシーだそうだ）。

そんなことをしている間に、最終日になってしまった。

朝ご飯が終われば、もう帰ってしまう――。

せめて気持ちよく帰っていただけるように、早朝から門の前の掃き掃除をすることにした。

カエルの合唱をＢＧＭに、山と川の爽やかな空気を運ぶ風を浴びながら、ホウキを規則正しく動かす――しかし単純作業なだけに、妄想に耽ることこの上ない。

昨日の夜、地図アプリで検索してみたら湊海洋は那珂湊にあった（名前からして当たり前だけど）。那珂川の河口も那珂湊。ある意味、ナカスイと湊海洋はつながっているのだ。

いっそのこと、若鮎大橋からカヌーを漕いで那珂湊まで行ってしまおうか。一晩あれば着けるだろう。ゴール地点では関君が花束を持って出迎えてくれるんだ。

そんなことを考えながらホウキを動かしていると、背後から声がした。

「おはようございます。あの、すみません」

振り返ると――関君！　ジャージ姿ということは、ひとりで早朝ランニングしてきたんだろうか、息が乱れている。

「なんでしょう！　あ、おはようございます」

なんてこと。今朝に限って髪を結ぶのを忘れてしまうなんて。あの日の私ですよと後頭部のリボンを見せてアピールできたのに。私のバカバカバカ。

関君は小首を傾げて言った。

「もしかして、ナカスイの生徒さんですか？　この間放送された『咲け！　キャラ立ちの花』に出てましたよね」

「この間？」

そうか。五月一日に放映されたんだっけ、サケの放流実習。初恋騒ぎですっかり忘れていた。

「はい、実はまだ観てないんですが」

私が出てた？　どのシーンだろう。まさか、渡辺君とのツーショットじゃなかろうな。

「サケの放流、興味深かったです。楽しそうな実習があっていいですね。実はウチの部も、あの番組に今度出るんですよ。『キャラ立ちライバル校対決』のコーナーで」

そんなコーナーあるんだ、知らんかった。とは言えないので、いかにも知ってるような笑みを浮かべた。

「わあ、面白いですよね。あのコーナー」

「いつなんですか？」

「八月上旬に収録で、最終週に放送らしいです」

え。関君がテレビに？　録画しなきゃ！　たとえ、かさねちゃんのアニメを消去しようとも。

「楽しみにしてますね！」

「ありがとうございます。じゃ」

ここで終わりにしてはならない。これは神様がくれたチャンスなんだ、逃してはダメ。

「あ、あのときは、ありがとうございました」

あのとき？　と怪訝な顔をしている。もしや、記憶から消えてしまったのか。

「三月に、ここの近くの川で転びそうになったときに助けてくれましたよね。リボンも拾っていただき……」

「ああ！　棒を構えた女の人と一緒にいましたよね。そうか、番組に出てた担任の先生！」

覚えていてくれた！　神宮寺先生が記憶のメインっぽいけど。でも押せ、自分。押すんだ。

「私は鈴木さくらといいまして、この家に下宿しながらナカスイに通学してます。現在二年生で、食品加工コースを選択しました。なぜなら、食品加工にとっても関心がありまして。ナカスイに入ったのも、食品加工を勉強したいという理由によります」

食品加工をしつこくリピートし、声もそこだけ大きくした。

「僕の家も水産食品加工会社なんです」

ここぞとばかりに、私は驚いた顔をする。

「なんてこと、とっても奇遇ですね！　どんなものを作っていらっしゃるのか、私、とても興味があります！　あくまでも学問的な意味で」

「水産だから、魚の食品ばかりです。そうだ、父の会社の商品に興味があるなら、八月に東京の日本橋（にほんばし）にある山神（やまがみ）百貨店に来てください」

なんでいきなり。デートのお誘い？

「催事で水産加工食品フェアがあるそうで、父の会社にも声がかかったんです。父が張り切ってしまって、色々開発するみたいです。変わった缶詰とか、面白いレトルトパックとか発売するかもしれません。勉強の参考になるんじゃないでしょうか。僕も催事の手伝いにいくつもりです」

「ぜひ行きます！　食品加工の勉強のために！」

「よろしくお願いします。じゃ、鈴木さん」

彼は軽く手を上げると、民宿の中に入っていった。

幻だった彼と話せた——名前を呼んでもらえた——次に会えるチャンスをもらえた。

ほわほわした気持ちに包まれながら、手を振って見送った。

行かなきゃ、山神百貨店。這ってでも行く。あれ、なんだっけその百貨店。聞き覚えがあるような。そうだ、「ご当地おいしい!甲子園」決勝で、審査員のひとりがそこのバイヤーさんだった。遠藤梢さんだっけ。しかも、ナカスイの講評をしてくれた。

これは運命!

チェックアウトを終えて、走り去っていくマイクロバスを門の前から見送っていると、隣に立つかさねちゃんが呆れた顔で私を見た。

「気持ち悪いわね。朝からニヤニヤ、ニヤニヤ。もしやコンプラ違反したんじゃなかろうね」

「ちーがーいーまーすー」

私はへへへと笑ってやった。

「あちらから話しかけて来たんですー。私は自分の名前を教えただけですー。食品加工の勉強してるって伝えたら、山神百貨店の催事でお父さんの会社が出店するから遊びに来てって言われただけですー」

「あんた、策士だね。腹黒いというか」

「恋は手段を選ばないんですー。そんなアニメの名言ありませんかー」

「あー、もうウザい。離れに戻って。しっしっ」

団体客が帰ったからもういいと言われたけど、連休が終わるまで民宿を手伝うことにした。母屋にいると、関君の姿がまだあちらこちらに見えるような気がしたから。私はひたすら余韻に浸った。記憶を録画する機械があればいいのに。そしたら、広間のテレビで無限再生できる。

連休最終日、小百合ちゃんが東京から帰ってくるやいなや「だ、大丈夫？　鈴木さん、なんかおかしいよ」と言うので、「恋の病（やまい）です」と返した。

ただ、さすが小百合ちゃん。「コイヘルペスウイルス病？　運動性エロモナス症？　白点病？」と、「鯉」が病気と勘違いしていた。

彼に会えるのは三か月も先……。その間に、あっちの女子がアプローチしたらどうしよう。そうだ、彼女がいるのか訊くのを忘れてた。いちばん重要なことなのに。ああ、バカ。私のバカ！

連休明けの教室で頭を抱えていると、麻里乃ちゃんが話しかけてきた。

「さくらちゃん、頭痛い？　大丈夫？　頭痛薬あげようか」

さすが麻里乃ちゃんだよと思いながら顔を上げると、彼女こそ薬が必要そうな顔をしていた。

「どうしたの。顔色、真っ青だよ」

席に腰を下ろした麻里乃ちゃんは、作り笑顔を浮かべた。

「ごめんね、心配させちゃって。ゴールデンウイーク、カフェのお客様がいっぱいで……。私もずっと手伝ってたんだけど、慣れなくて……。いままでバイトしたこともないし」

「そっかぁ。オープン効果と連休の相乗効果で忙しかったんだね」

「さくらちゃんは？　連休中どうだった？」

私の話をしたら、ネバーエンディングになってしまう。でも、話したくてたまらない。

「うん、その話はまたあとでゆっくりじっくり」

SHRが始まり、ふわりん先生から衝撃のお知らせがふたつ伝えられた。まずひとつ目。

「ナカスイ名物のひとつに、一年生の海洋実習があります。みなさんは昨年行うことができず、残念でした。新型コロナウイルスが五類に引き下げられることもあり、教員間で協議しまして、一年遅れでみなさんも実施することになりました。と言いましても、実習先である茨城県立那珂湊海洋高校さんのご都合もありますが」

思わず立ち上がった。

「せ、先生！　いつですか！」

圧倒されたのか、ふわりん先生のいつもの笑顔が少し崩れた。

「み、未定ですが……二年生は夏休み前で調整中です」

やった。関君に会えるチャンスが前倒しに！　思わずガッツポーズした。

「はい、次にふたつ目のお知らせです……。鈴木さん、まずは座りなさい」

みんなの笑い声に包まれ、慌てて腰を下ろした。その姿を確認してから、先生は口を開く。

「東京日本橋の山神百貨店を、みなさん知っていますね。百年以上の歴史がある百貨店です」

もちろん！

「八月に水産加工食品フェアがあるそうで、ナカスイに出店のお誘いをいただきました。昨年、鈴木さんが『ご当地おいしい！甲子園』の決勝に出たときの審査員が山神百貨店のバイヤーさんで、心に残っていたそうです。ナカスイのことを色々調べてくださって、食品加工コースの二年生が前期課題で加工食品を開発することをお知りになり、今回のお話につながりました」

「せ、先生。誰が出るんですか」

声が震える。私がきっかけだったということは、やはり私をご指名だろうか。

「もちろん、このクラス全員です」

そう言うと、ふわふわした笑顔が少し険しくなった。

「――と言いたいところですが限られたスペースですので、それも無理ですね。教員で協議した結果、商品の質の担保のためにも選抜とします。個人でもチームを組んでもいいですが、出店できるのは一チームのみ。ちょっと忙しいですが、六月末までにアイデアを出してもらい、それを審査して七月上旬に決定します。夏休み期間は試作に徹する形になりますね」

ああ、恋の神様は実在する。だって、チャンスを二回もくれたから。一回目は海洋実習、そして二回目は催事。

絶対出る。選ばれなくては。私は隣を見た。新しい相棒がそこにいる。

「麻里乃ちゃん、一緒にやろうよ！」

私？　と彼女は目をぱちくりと見開いて、自分自身を指さした。

「うん、『ご当地おいしい！甲子園』でわかったけど、ひとりで考えるよりチームでアイデアを出しあった方が、いいものができるもん。麻里乃ちゃんも記念になるよ、きっと」

そして私にとっては、恋のステップとなるはず。それには、その前の海洋実習でもっとお近づきにならないと。

両手を白くなるくらい握りしめた私は、新たな青春の扉が開いていくのを感じた。

その扉の先は、恋の輝きに満ちている――。

第三章

那珂川の竜宮城ふりかけ

今年度は初恋に全力投球！　と決めたので、「ご当地おいしい！甲子園」へのリベンジ応募は見送った。

なので、甲子園出場のために入った水産研究部を退部しても特に問題はない。それでも残ったのは、おなじみのメンバーや顧問の神宮寺先生と別れるのは、まだちょっと心残りがあるので。

連休明けには、水産研究部の総会が行われる。

場所は毎度のごとく、水産実習棟にある部室。棚に並ぶ実験器具や専門書籍がアカデミックな雰囲気を醸し出しているけど、活用されることはあまりない。なぜなら帰宅部と大差ないから。

タイトスカートから伸びる長い脚を持て余すように組んで座る神宮寺先生は、目を輝かせて叫んだ。

「良かったぁ。今年も部員は二桁死守ね！」

新しく書記となった小百合ちゃんは、黒板に「五月九日開催　水産研究部総会」のタイトルと総会の結果決まった新役職、そして一言自己紹介を白いチョークで書いていく。

・部長　3年　浜田純一(じゅんいち)　漁具に生きる男
・副部長　3年　吉沢スバル　NOタニシ　NOライフ
・監事　2年　進藤栄一　水産官僚（になるはず）
・書記　2年　芳村小百合　魚研究一筋
・会計　2年　鈴木さくら　普通
・一般部員　2年　渡辺丈　今年も釣り★バカ
・一般部員　2年　島崎守　ユーチューバー（相変わらず見習い）
・一般部員　2年　大和かさね　今年はギャル度高め
・一般部員　2年　野原麻里乃　カフェの娘
・一般部員　1年　松原結菜(まつばらゆいな)　アイドル

三人卒業したものの、ふたり入部で合計十人。なかなか善戦ではなかろうか。

新入部員のひとりである麻里乃ちゃんは、もちろん私が引きずり込んだのだ。放課後は補習で忙しいらしいけど、部活は毎日あるわけじゃないし。

そして、もうひとり。新入生の結菜ちゃんは、学年唯一の女子で寂(さみ)しいかと思いきや——。

「松原結菜、アイドル目指してます！　ナカスイはメディアに登場することが多いので、進学しました！　とりあえず今年は、『ご当地おいしい！甲子園』優勝が目標でーす」

そう自己紹介すると、ウインクしながら顔の横でVサインを作った。星がキラッと飛んできそうだ。くるんとカールをかけた前髪に、大きめの三つ編みのヘアスタイルが、いかにも「人気アイドルの髪型」を検索して試したように見える。

ダメだ、この子は調子に乗っている。会計の役割かどうかはわからないけど、後輩の指導をせねば。私は腕を組んで、ビシッと言ってやった。

「とりあえずですって？　あれはね、生半可な覚悟じゃ予選すら進めなくてよ」

「ぎゃははは！　その言い方、アニメで流行りの悪役令嬢みたい」

能天気なかさねちゃんが笑い転げている。冗談じゃない、こっちはダイレクトな叱責にならないように気を遣った結果だというのに。しかしそれは失敗に終わったようで、結菜ちゃんは不満そうに唇をすぼめた。

「だってさ、さくらちゃんでも決勝行けたんでしょ」

先輩を「ちゃん」づけで呼ぶとはなにごとだ。さくらちゃん「でも」とはなんだ、「でも」とは。いまどきの新入生はなってない、私たちが一年生のときは先輩をリスペクト――と説教したらヘソを曲げて退部しそうなので、歯を食いしばって耐えた。

「でも、結菜ちゃんひとりでどうすんの。あの甲子園は三人でチームを作らなきゃならないんだよ。他のメンバーは……」

「浜田部長と吉沢副部長が出てくれるそうでーす」

慌てて三年生を見ると、部屋の隅で大きく手で丸を作っていた。どちらも弾ける笑顔だ。

なんだ、この差は。去年、私がどれだけ苦労して小百合ちゃんとかさねちゃんを説得したと思ってるんだ。渡辺君に邪魔されながら――。

「へぇ、渡辺君は出ないんだ。今年も小松原茜が特別審査員かもしれないのに」

ちらと横目で見ると、スマホでアイドルのライブを観ていた。どうせ薔薇乙女軍団だろう。彼はスマホから目を離さずに、面倒くさそうな声を出した。

「なんで俺が出るんだよ」

「だって小松原茜だよ、あかぴょん」

「俺の推しは、りょんりょん」

そう言うと、スマホの画面を私に見せる。ステージで歌い踊るサイドテールのアイドルは、確かに皇海梨音だった。

「やっぱり、生で見ると印象変わるよなー。サケの放流以来、すっかりファンになっちった」

「この浮気者！」

「鈴木に文句言われる筋合いねえだろ。それに、小松原茜と同時並行じゃねえし。俺の推しは常にひとりだけなの」

男なんて、男なんて――。

ああ、やはり早く関君にアプローチしなくては。こんなことで時間を浪費している間にも、身近な可愛い女子から告られて、そちらになびいてしまうかもしれない。

「部員も集まり、空は青い。世界は輝いている」

我関せずの先生は、幸せそうに外を眺めた。視線の先は養殖池だ。

私は小百合ちゃんの耳に囁いた。

「先生、なんであんなに機嫌がいいの」

「こ、今年は那珂川に遡上する天然鮎の数がとても多いんだって。そ、それと……もうすぐ、ナカスイに鮎の稚魚が届くから」

なるほど、納得。去年は入学式の段階で鮎はもういたから、今年はちょっと遅いんだ。

なにか思い出したのか、先生は真顔で振り返った。

「鈴木さんと野原さん、不破先生から連絡あったかしら？　明後日、食品加工コースは総合実習の時間を使って、養殖技術コースと一緒に鮎の養殖池の掃除よ。実習服忘れないでね」

冗談じゃない。基本的に掃除が苦手な私はクレームを入れた。

「先生、それは養殖技術と河川環境の役割なんじゃないんですか。食品加工の私たちは関係ないと思うんですけど」

先生の眉がキリキリと上がっていく。

「加工する食材はどこから来るのかしら？　命の源を大切にしないで、なにが食品加工ですか」

思わず、はいすみませんごめんなさいと謝った。

翌朝のＳＨＲでふわりん先生からあらためて掃除の案内があり、私はしぶしぶ水産実習用の服を久々に簞笥から引っ張りだした。

そして五月十一日。

晴れ渡る空の下、二クラスの生徒の前で神宮寺先生は仁王立ちになった。両脇に控えるふわりん先生とアマゾン先生と合わせて、水戸黄門と助さん格さんみたいだ。

なんで河川環境コースの神宮寺先生がいるのか不思議だったけど、水産実習棟の管理担当者らしい。

「週明けに、鮎の種苗センターから稚魚をお迎えします！　六千匹の可愛い子たちに心地よく過ごしてもらうために、みなさんには汗をかいてもらいます。これから説明する手順をよく聞きなさい」

神宮寺先生は、今は空となっている円形の養殖池を指さした。

「まずは、池の掃除。コンクリートの壁と底のノロをブラシでこすって落とします」

ノロ！　その単語だけで憂鬱な気持ちになる。私は基本的に「ぬるぬる」系が苦手なのだ。

「その後、塩素水で消毒し、地下水を満たして一日置きます。水を抜いたら、二日間天日干しをします。そしたら地下水をくみ上げ、ついに稚魚のお迎えとなります！」

神宮寺先生はそう言うと拍手をした。慌てて、ふわりん先生とアマゾン先生も手を叩く。

私は、隣に立つかさねちゃんの耳に囁いた。

「稚魚が来るとき、生徒一同でお出迎えして祭りでもやるの」

「やらないよ。気がつけば、そこにいる感じ。神宮寺先生は個人的にやるんじゃない。去年は鰻丼の特上を食べに行ったらしいけど」

結局のところ、私たちが頑張るのはノロ落としだけということか。午前中かかって、きれいに磨き上げた。今日のお弁当は、きっとおいしいはずだ。

「はい、お疲れ様でした。慰労の意味をこめて、嬉しいサプライズを発表します！」

神宮寺先生が嬉しいとなると、鮎がどうしたこうしたに限るはず――という私の読みは外れた。

「ナカスイ二年の名物実習といえば、『磯実習』。コロナ禍の最中は中断していましたが、今年度からは復活します。来月、六月頭に二年生全員でバスに乗り、平磯海岸に行きますよ！」

みんなのどよめきの中、聖地巡礼じゃん！　と叫ぶかさねちゃんに訊いてみた。

「かさねちゃん、磯実習ってなに」

「そのまんまだよ。磯で実習するの。要は海に行く」

「海洋実習とはまた別？」

「うん、そっちは一泊二日で潜水とカッターボート漕ぎでしょ。こっちは日帰りで、純粋に生物調査だけ」

「平磯海岸ってどこ」

「茨城県。湊海洋の近くだよ。『波乗り！　海の王子さま』にも出て……」

「キタ――――！」

歓声を上げて飛び上がる私を、残りの生徒がジロリと見る。私は慌てて姿勢を正した。

神宮寺先生には、私が純粋に学問的に喜んでいるように見えたらしい。

「まぁ、鈴木さんがそんなに喜んでくれて、先生も嬉しいわ」

もしや、関君に会えるかも。その期待だけで私の世界は光り輝く。

ハイテンションになったその日のお弁当タイムは、パーティ気分だった。

鼻歌を歌いながら蓋を開けたお弁当箱の中身を見て、麻里乃ちゃんが目を丸くする。

「あれ？　連休前と比べて、お弁当の雰囲気変わったね。可愛くなったというか……」

「わかる？」

あらためて今日のお弁当を見せた。ご飯の上に、鍵盤のように海苔が配置されている。そこに、音符型に抜かれたチーズやハムがちりばめられていた。

「お弁当を作ってくれてた大和のオジさんが骨折して入院中なの。連休中はかさねちゃんのお姉ちゃんが来てくれたんだけどさ、民宿のお客さんがいないときはお休みなのね。代わりにかさねちゃんが作ってくれるんだよ。なんだかんだ文句たれつつ『楓女子高校　屋上お弁当クラブ』の二期にハマったらしくてさ。なんでも、これは第四話に出てきたピアニストを目指すいじめられっ子の同級生に、ヒロインの柚が作ってあげたお弁当なんだって」

かさねちゃんがＬＩＮＥに送りつけてきたアニメの画像を麻里乃ちゃんに見せた。目の前の実物と見比べて、彼女は感嘆の声を上げる。

「すごい再現度！」

「かさねちゃんに負担かけちゃうから、お弁当はコンビニで買うよって断ったんだけどね。下宿代を月に七万円もらってるから、そういうわけにはいかないってオバさんが言うからさ。ありがたく作ってもらってます」

麻里乃ちゃんの目が真ん丸になった。

「下宿代って、そんなにするの？」

「うん。でも三食と光熱費込みだよ」

「さくらちゃんのお家(うち)って理解あるし、お金持ちだよね」

「え？　ウチは超普通の家だし、ママはわからずやだけど」

――と思っていたけど、他人から見るとそうなんだ。ちょっと新鮮な感覚。

「でも、大和さんもすごいね。こんなお弁当作れちゃうし、苦にならないなんて」

マジマジと眺める麻里乃ちゃんの目には、あふれんばかりの賞讃が現れていた。

「かさねちゃんは趣味に命かけてるからね。アニメだけど」

「へえ、意外。さくらちゃんの趣味はなに？」

趣味？　あらためて考えてみると、なんだろう。関心があるといえば――。

「せ、青春を追い求めることかな、ははは」

麻里乃ちゃんは「すごいね」と言いながら熱い眼差(まなざ)しを私に送る。実際、それは去年の話で、いまは「青春第二章　初恋編」になっているけど。

「早く六月にならないかな」

音符型のハムを口に運びながらつぶやくと、麻里乃ちゃんが「あっ」と小さく叫んだ。

「そういえば、課題の締め切りは六月三十日だよね」

しまった、関君のことで頭がいっぱいですっかり忘れていた。私の脳内思考スペースは限られているのだ。

「よし、麻里乃ちゃん。一緒に考えよう。磯実習のバスの中で相談しない？　時間は有効活用しないとね！」

「本当にスゴイなぁ。さくらちゃんは。感心しちゃう」

　麻里乃ちゃんの期待を裏切らないためにも、バスに乗ったら本気を出さなきゃ。


　六月五日の朝六時、磯実習に出発した。

　本来であれば一クラス（約二十人）に各一台バスを調達したかったらしいのだけど、予算不足なのか三クラスが二台に分かれて乗車することになった。一台目は河川環境コースと食品加工コースの前半（私）、二台目は養殖技術コースと食品加工コースの後半（麻里乃ちゃん）。帰りは前半と後半で入れ替わりになるらしい。

　高速道路を使えなくもないけど、かなりの遠回りになる上に大して時間も短縮されないので、ひたすら一般道を行くそうだ。地図アプリでルート検索してみたら、片道約一時間半と出た。

　おしゃべりでもしていれば短い時間なんだろうけど、特にすることがなければ、ひたすら長い。麻里乃ちゃんと課題の打ち合わせをしようとしたけど、バスは別々になってしまったし。

　小百合ちゃんと並んで座ろうとしたら、彼女は進藤君の隣に座ってしまった。例の全国水産系高等学校生徒研究発表大会の校内予選を突破するべく、ふたりでチームを組んだので、その相談をするらしい。

「し、進藤君。鮎漁場定期健康診断表のまとめできた？」

「もちろん！　四項目でどうかな。直径二十五センチ以上の巨石の割合が高いこと、巨石が浮き石状に存在していること、流下する砂が少ないこと、濁りが少ないこと」

「あの……おふたりは、なんの研究をしているのでしょうか」

後ろの座席から訊くと、ふたりは振り返って合唱した。

「堆積土除去工事後の武茂川の鮎漁場評価」

なにがなんだか、ちっともわからない。失礼しました、と頭を下げた。

仕方ない、島崎君に話し相手になってもらおうと隣を見たら、スマホに夢中になっている。

「ユーチューバーの動画チェック？」

「違いますよ」

島崎君は、スマホを掲げた。画面に表示されているのは水産研究部のインスタだ。投稿もないし、フォロー数もフォロワー数もゼロだけど。

「せっかくアカウント取得して希望者のスマホにアプリ入れたのに、みんな放置プレイじゃないですか。せっかくだから、僕がこの機会にメンテします。まずはフォロー相手を増やさないと、フォロワー数も増えませんからね」

「誰をフォローするの」

「とりあえず、フォローバックしてくれそうなアカウントを探します。たとえば、海洋実習でお世話になる湊海洋とか……。あれ、マリンスポーツ部がアカウント持ってる」

私は慌てて自分のスマホを取り出した。インスタの検索画面で「茨城県立那珂湊海洋高校」と入力すると、確かに「茨城県立那珂湊海洋高校マリンスポーツ部」のアカウントが候補に出る。

でも――。

「中身が見えない、見えないよ！　島崎君」

「でしょうねえ。相手は鍵かけてますから」

「解除して！　マリンスポーツ部の投稿画像が見たい」

特に、関君とか関君とか関君とか。

「無理ですよ。まずはあちらにフォロー申請しないと」

「申請したら、すぐ見られるの？」

「相手が承認してくれないとダメです」

「一刻も早く申請してー！」

仕方ない、課題の内容でも考えるかと目を閉じたら眠くなってきた。今朝は早起きだったし。

帰りのバスの中で考えればいいやと寝る準備を始めたら、最前列に座る神宮寺先生がマイクを取り、生徒たちを振り返った。

「みなさん！　ナカスイがバスを調達して出かける場合には、レクリエーションのために教員が喉(のど)を披露(ひろう)するという伝統があるのです」

おー！　と生徒たちが歓声を上げる。

「ここ数年はご時世により控えておりましたが、今回から復活としましょうか。しかし、強制はよろしくありません。お互いにハラスメントになってしまいますからね。私からは異論はありません。逆に、反対の生徒はいますか。意見は尊重します」

お互いに見回す。特に手を挙げる生徒はいないようだった。

「では、全員同意とみなします」

仕方ないわねという雰囲気を漂わせながら、先生はカラオケセットをいじった。

「それでは、歌わせていただきます」

わおー！　と歓声がさっきより大きくなる。

「一曲目。坂本冬美さんの『女は抱かれて鮎になる』」

「…………」

それから一時間半、先生が歌いに歌った十六曲は、すべてタイトルに「鮎」が入る歌だった
——。


平磯海岸の駐車場に着いたときは、海に来た喜びよりも先生の歌から解放されたという安堵感が先に立った。

隣のバスから降りてきたかさねちゃんを見たら、同じように疲れた様子だ。

「かさねちゃん……ヘロヘロだね。やっぱりアマゾン先生がマイク離さなかったの？」

かさねちゃんは、途中のコンビニ休憩で買ったらしいのど飴の袋を見せた。

「そっちは神宮寺先生の独演会でしょ？　撫子お姉ちゃん情報だとそうだから。こっちはアマゾンに歌わせないように、あたしがずっとマイク握ってアニメソングひたすら二十曲歌った」

「それもどうかと思うなー」

そのとき、風が吹き抜けて行った。

あらためて気づく。潮の香りに。

「わぁ……」

道路の向こうに、海なし県の栃木では見られない光景が広がっていた。

海だ。海だ海だ、海に来たんだ！

水平線を境に、水色の空と青い海が果てしなく続いている。

耳にしたことのない、波の音、海鳥の声。

雲は白くたなびいて、太陽は燦々と輝き、予想最高気温は三十度近く。自然も「海日和だよ」と歓迎してくれているようだ。

じわじわと湧きあがる感動に浸っていると、メガホンの「ッピー」というハウリング音で余韻が壊され、スピーカーから響くアマゾン先生の雄叫びで現実に戻された。

「八時だぞ、全員集合ー！」

実習の担当はアマゾン先生らしい。神宮寺先生は、ふわりん先生とともに脇に控えている。なるほど、だからバスの中で体力使えたのか。

「これより、磯実習を行う！　ここ、茨城県ひたちなか市の平磯海岸には岩場があり、カニやヤドカリ、小魚など海の生き物と触れ合えるぞ！　満潮時と干潮時で、生物の様相も変わる！」

腕時計に一瞬視線を落として、先生は続ける。

「さっき言ったのはギャグじゃない。現在、午前八時だ」

「なんのギャグ？」

生徒から飛んだ声に、先生は「うっ」と凍りつく。ママがよく動画サイトで『8時だヨ！全員集合』を「懐かしー」とつぶやきながら観ているから私にはわかるけど、黙っていた。

「午前十時ごろに干潮を迎えるので、潮がかなり引いている！　この状態で、まずは海中の生物を調べるぞ。使用するのはコドラート法だ。わかる生徒はいるか！」

去年の一年二組メンバーなら、全員わかるはず。もちろん私もわかるけど、ここは小百合ちゃんに譲るべきだろう。みんなそう思ったらしく、手を挙げたのは彼女だけだった。

「はい、方形区画法とも言います。簡単に言えば四角形の枠を基盤の上に置き、その中の生物の個体数を数えたり、被度を見積もるものです」

自信たっぷりに答える姿は、頭を撫でたくなるくらいに可愛い。

「そうだ、百点満点！」

なぜわかるかというと、去年の五月、神宮寺先生が進藤君や小百合ちゃんと学校の裏山でサワガニ獲りをしたとき、コドラート法を使ってその沢に住むサワガニの個体数を推測したのだ。

その結果を、一年二組の生徒は授業で教えてもらった。

「それでは、いざ実習開始！　みんな海に浸かってもいいように、体操着の下は水着のはずだな。まずは浜辺から海に入り……」

「いえーい、海～！」

先生の言葉が終わらないうちに飛び込んで行ったのは、もちろん渡辺君だった。それを皮切りに、次々に生徒たちが海に入っていく。

「おい、コドラート法だぞ！」

先生の叫びはどこへやら、真面目な数人（言わずと知れた小百合ちゃんと進藤君と私と麻里乃ちゃん）を除いて、調査よりも水遊びに精を出している。

負けじと私もマリンシューズを履いて、海に足を進めてみた。

冷たい！　川の水の感触とは、また違う気がする。塩分かな。

波が押し寄せる。引いていく。砂と一緒に、引き込まれていくような感じ。

「お前ら、遊んでないで海の生物を観察しろー！」

アマゾン先生にそう言われても、私の視線も意識も向く先は——湊海洋の方向だった。

スマホの地図アプリで確認してみたら、ここからは約二キロ、南南西の方角とある。もちろん、目を凝らしても見えない。ルートガイドをしてみたら、徒歩で二十二分らしい。

こんなに生徒がいて好き勝手に動いていたら、私がいなくなってもわからないんではなかろうか。このまま行ってしまおうか、騎士様の城へ——。なんて悩んでいる間に水位は下がっていき、岩場を見れば海水は岩のくぼみに残っているだけだった。

アマゾン先生のワイルドな声が響き渡る。

「くぼみに残った水はタイドプールと言う！　ここは満潮時も干潮時も海水が溜まっているので空気には触れない。ゆえに、日が当たると水分が蒸発して塩分濃度が高くなり、雨が降ると低くなるんだ。海中とタイドプール、それぞれの水温と塩分濃度を分析して比較してみるぞ！」

デジタル計測器を持ってみんな騒いでいるけれど、私はただひたすら湊海洋の方角を眺めていた。ああ、関君。ここの騒ぎに気づいて来てくれないかな。二キロ先だけど。

「よし、それではタイドプールの生物採取を……おい、渡辺、ワカメを食うな！」

アマゾン先生の叫び声に振り返ると、渡辺君が岩場に残った海藻を両手で持って食べていた。

しょっぺー、と彼は顔をしかめて吐き出している。

「当たり前じゃない。海藻なんだし。ってか、生で食べないでよ！」

のど飴を口に放りこみながら、かさねちゃんは冷たい視線を渡辺君に浴びせていた。

「ひぃいいい！」

麻里乃ちゃんの叫び声！

慌てて目を向けると、小百合ちゃんが手になにかグニャリとしたものを持って彼女に見せていた。コンニャクのような「それ」は、紫色の汁をブシューっと吹き出している。

島崎君は「インスタの初投稿はアレだ！」と叫ぶと、近寄っていってスマホで撮影を始めた。

「芳村さん、動画用に解説もお願いします！　ただし、野原さんに解説するフランクな感じで。手元しか映さないから大丈夫です、緊張しないで」

「こ、これはアメフラシというの。人が触ると背中からこの汁を出して、それが雨雲のように見えるから『雨降らし』……可愛いでしょ」

「そ、そう……ねぇ」

　進藤君も小百合ちゃんの隣に来て、笑顔でアメフラシを指さした。

「ウミウシと似てるんだけどね、大きな違いはウミウシは後鰓亜綱裸鰓目、アメフラシは後鰓亜綱無楯目なんだ」

「ウ、ウミウシは腹足綱異鰓上目裸鰓目に分類されることもあるし、ア、アメフラシは後鰓目無楯亜目か腹足綱無楯目に分類されることもあるよ」

　進藤君と小百合ちゃんの間に、見えない火花がばちばち散っている。

　それに気づいているのかいないのか、「いいよー、いいよー」とモデルを撮影するカメラマンのようにつぶやきながら、島崎君はスマホをアメフラシに近づけていく。

　いかにもナカスイだなぁと思いながらも、次の瞬間私の頭に浮かんでしまうのは関君だった。

　ああ、湊海洋の彼がここにいたら、どんな解説をしてくれるのか。そしたら、動画に撮ろう。でもインスタにアップはしない。私の宝物にするんだ——。

「もう十三時過ぎか。よし、昼メシだ！」

　アマゾン先生の一言は、生徒をひとつにした。全員の動きが止まり、歓声が上がる。

「近くの『民宿遠藤』さんまで歩くぞ。本日、着替える場所と昼食の会場として予約してある」

　民宿は、本当に近くだった（歩いて五分くらい）。

　大広間に用意されていた昼食は、カレーライス。真っ黄色でジャガイモがゴロゴロしていて、真っ赤な福神漬けが添えてある。どこまでも一般的なザ・カレーだったけど、それが海の雰囲気と絶妙にマッチしていて、とてもおいしく感じた。

「よし、生物の同定だ！」

磯に戻ったら、お昼前より水位が上がっていた。潮の満ち引きなんて、いままで意識したことなかったけど、月の存在について考えてしまう。

アマゾン先生も、カレーを食べてさらに元気が出たらしい。メガホンもいらないんじゃないかという大声で指示を出してくる。

「昼メシ前に採取して水槽に入れてある生物は、もう記録を取ったな。それではリリース！」

「ナカスイのみなさん、こんにちは！」

「こんにちはー」

大人の女性の声が響いた。高校生くらいとおぼしき集団の声も続く。

振り向くと、神宮寺先生くらいの年齢の先生とジャージ姿の生徒たちがいた。ざっと見た感じ二、三十人くらいだろうか。

「今日は磯実習でいらっしゃると伺ってましたので、わが那珂湊海洋高校海洋食品科の同じく二年も、総合実習の時間を使ってお邪魔しました」

もしかしてもしかしてもしかして――。必死に見回す。

でも、関君はいない。

がっかりする私はさておき、双方の生徒が入り交じって、磯は大騒ぎになった。

「お久しぶり！」

快活な明るい声。

ポニーテールを潮風に揺らし、元気いっぱいの女子が手を振っている。どこかで見たような。

「この間の合宿ではお世話になりましたぁ！」

そうか、マリンスポーツ部にいた子だ。

「あら、遠藤さん。先日はありがとうございました。またのご利用をお待ちしてますね。夏休み期間はリピーター特別割引プランもございます」

かさねちゃんが営業モードで頭を下げる。

でも、これもチャンスといえばチャンス。関君情報をなんとしても手に入れなければ。できるだけさりげない口調で遠藤さんに質問してみた。

「関君はいないんですか？　私は食品加工コースの鈴木さくらと申しまして、実は、マリンスポーツ部さんが民宿にいらしたとき、関君から山神百貨店の水産加工食品フェアについて出店情報をいただいたんです。その後どうなったのかなと……」

なんの疑問も持たない顔で、遠藤さんはハキハキと答えてくれる。

「関は同じ二年でも、海洋技術科なのよ」

「海洋技術科って、なにを勉強するんですか」

「簡単に言えば、船乗りになるための勉強ね」

船乗り！　なんてふさわしい。

「もう少し詳しく言うと、五級海技士の取得を目指すの。一か月の乗船実習もあったりして」

意味はよくわからないけど、その専門用語だけで既にステキ。

頭の中で、関君が船に乗って旅立っていく。私は港で「無事に帰ってきてね」と手を振り、岸壁を走って見送るのだ。なんて心に迫るクライマックス。

思わず涙ぐんでいると、背後から渡辺君たちの怒鳴り声が響いてきた。

「おい、海あり県だからってイバってんじゃねえぞ！」

「なんだぁ？　栃木のくせに」

声の方向を見ると、湊海洋のやんちゃ系男子と言い争っている。

遠藤さんは苦笑いしながらつぶやいた。

「私は『海あり県』『海なし県』って意識、持ったことないなぁ」

「えっ。そうなんですか！」

「逆にだね、鈴木さん。隣に陸続きの県がないって感覚わかる？」

「え。わからないです。あるのが普通だし」

「栃木って全方向にお隣県があるじゃない？　茨城、群馬、福島……えーと、埼玉か。知り合いに北海道の子がいるんだけどさ、『陸続きに隣の県があるって感覚がわからない』って言ってた」

「そ、そうか……『持っている』人は、『持ってない』という発想がないんですね」

ふと、先日の麻里乃ちゃんの言葉を思い出した。

——さくらちゃんのお家って理解あるし、お金持ちだよね——

考え込む私の後ろで、渡辺君たちがまだ言い合っている。

「おい、ナカスイのお前！　もう一度『茨城』って言ってみろよ」

「いばらぎ」

「違(ちげ)えよ！　いばらき！」

遠藤さんはアハハと笑い声を上げた。

「そう、栃木って『いばらぎ』って発音する人、多いんだよね」

間違いだったのか！　いまのいままで、ずっと『いばらぎ』だと思ってた。記憶をたどると、関君の前でまだ「茨城」と口にしたことはないはず。ギリセーフだ。

そうだ、こんなことで時間を浪費している場合じゃない。重要なことを訊かねば。

「遠藤さん！　マリンスポーツ部のインスタって誰が管理してるんですか」

「広報担当の役割だよ。だから、関だね」

関君！　もしや、私（たち）を受け入れる気がないんだろうか。

「まぁ、サブ担当は私なんだけどね。ふたりで管理してる感じ」

「実は、ナカスイの水産研究部もインスタを開設しまして、フォロー申請を送ったのですがまだ承認されず……」

遠藤さんは慌ててスマホを取り出した。

「ごめん！　私、先月スマホを買い替えて、まだインスタアプリを入れてないんだよね。関はSNS苦手だって言ってるし……とにかく、承認しろってメール入れとくわ」

「ありがとうございます！」

そしたら、少し距離が縮まる！　ああ、私の世界に春が来て、お花畑が出現したようだ。

なのに後ろではまだ騒いでいる。

「おい！　ナカスイのお前！　茨城のライバルは栃木じゃなくて千葉だかんな！」

「じゃあ、栃木のライバルはどこなんだよ。同じ海なし県の埼玉かよ」

ムカついた様子の渡辺君と、湊海洋のやんちゃ系男子との間に島崎君が割って入った。

「なにを言ってるんです。埼玉のライバルはそれこそ千葉ですよ」

「なんで全部千葉なんだよ！」

「まぁ渡辺君、落ち着いて。埼玉県民からすると、栃木も茨城も似たようなもんですから」

「一緒にすんなよ！」

両校の男子が、島崎君に声をそろえて叫んだ。

でも、私は温かい目で彼らを眺めていた。遠藤さん経由とはいえ、関君情報を仕入れることができたんだ。潮位だけでなく、心の幸せ水位も上がっていく。

「ナカスイー！　帰るぞー！　ほら、集まれー！」

アマゾン先生の雄叫びは、余韻も心の水位も崩壊させた。

「気をつけてお帰りくださいね！　海洋実習でもお待ちしてます」

湊海洋の先生をはじめ、生徒たちが手を振って去って行った。

帰路で私が乗るのは、養殖技術コースのバスだった。かさねちゃんのアニソンパレードを聞かなきゃならないのかと覚悟したけど、彼女はもとより、ふわりん先生やアマゾン先生も含めみんな疲労で爆睡していた。よかった、自分の世界に浸れる。課題研究モードになろう。

カーテンを閉めたらスマホが鳴った。インスタの通知音！　慌てて画面を見たら、「茨城県立那珂湊海洋高校マリンスポーツ部がフォローリクエストを承認しました」と通知が表示されているではないか。続いて「茨城県立那珂湊海洋高校マリンスポーツ部が那珂川水産高校水産研究部をフォローしました」の通知も。

やった！

これで、マリンスポーツ部がインスタにアップした写真を見ることができる。きっと、関君の画像がいっぱいあるに違いない。なんせ広報担当だそうだし。いそいでチェックしなきゃ。課題の内容を考えるのは、また今度ということで。

心臓をバクバクさせてマリンスポーツ部のインスタを開いたら、なにも投稿されてなかった。

「なんだ、ナカスイと同じじゃん」

がっかりしながら水産研究部のインスタを見たら、さっき島崎君が撮ったアメフラシの動画が公開されていた。そこにマリンスポーツ部の「いいね！」がつく。まさに、いま！

まるで関君が私に「いいね！」と言ってくれるようなときめき！

ピロリンと通知音が鳴る。コメントがついたんだ。しかもマリンスポーツ部から！

「ナカスイのみなさん、磯実習おつかれさまでした。フォロー申請に気づかなくてすみません。実はアメフラシは食べることも可能で、父の会社で販売してます。私事で失礼。(関)」

いま、私と彼はインスタを通じてつながっている。嬉しすぎてクラクラしてきた。

盛り上がった私は、やっぱり課題を考えるどころではなくなってしまったのだった。

今年のナカスイは忙しい。

磯実習の二日後には、メディア取材も入る三年生の「那珂川カヌー訓練」が行われた。これはナカスイの代名詞ともいわれる名物行事だ。

コロナ禍前は一泊二日で那珂川町から茨城県城里町（しろさとまち）まで約四十キロを下るコースだったんだけど、一昨年からは隣の那須烏山（なすからすやま）市まで十二キロの区間を四時間かけて下る短縮コースになって、今年も変わらないようだ。

ほとんどの先生が引率に行ってしまうので、行事に出ない一、二年生は、カヌー訓練を動画で見学する人と、各自の課題研究を進める人に分かれる。去年は部員たちと動画で実況を見ていたけど、今年の私は図書室で麻里乃ちゃんと課題の内容を決めることにした。（やっと）魂とお尻に火がついたのだ。

去年、「ご当地おいしい！甲子園」の料理開発のときに図書室の本はざっと目を通したから、なにがどこにあるのかは大体わかっている。割とあっさりと、役立ちそうな本を閲覧席に持ってくることができた。ここにはほかに生徒がいないから、ふたりで打ち合わせしても問題はない。

机にドサッと載せた本を手に取り、私はパラパラとめくった。

「悩ましいなぁ……。甲子園のときは、高校生らしいオリジナリティ溢（あふ）れる料理が条件だったけど、今回は『加工食品』であることが前提だし」

ため息をつくと、隣に座る麻里乃ちゃんが私の顔を覗(のぞ)き込んだ。

「私たちのゴールは、催事で話題になること？　それとも、学校代表になればいい感じ？」

「いや、催事に出られればいいだけ。だから、クラス選抜突破がゴールかな」

「じゃあ、ふわりん先生の傾向と対策だけを考えればいいんじゃない？」

そうか、なんかハードルが下がった気がする。

そのとおりだよと笑いながら、まだメニューも考えつかないのに既に代表に選ばれたような錯覚に陥(おちい)ってしまった。

「……って笑ってる場合じゃないか。神宮寺先生は鮎一筋でわかりやすいけど、ふわりん先生ってふわふわしてて、なんかよくわからないんだよね」

「確かに」

「だけどさ、先生からしたら私たちには冒険してほしいんじゃないかな。まだ高校生だもん。遊び心も必要だと思う」

遊び心。

ふと、麻里乃ちゃん家(ち)のカフェで食べた、楽しいコーヒーゼリーを思い出した。クラッシュ氷の中にガラス細工の魚介類がいて、楽しかったっけ。川の生物だけじゃなくて、海の生物もいたけど。でも、リアリズムばかりではつまらない。学問じゃないんだし。海と川が融合したって「有り」じゃなかろうか。だって、川はやがて海につながるんだし。那珂川は那珂湊へと――。

海と川の融合。茨城県と栃木県の――関君と私。

思いついた！

考えを麻里乃ちゃんに伝えると、驚いた顔をして私の手を握ってきた。

「すごいすごい。それでネーミングはどうするの？　さくらちゃん、得意だよね」

いいことを思いつくと、そのまま頭の中がぐるぐる回ってさらにアイデアが出てくる気がする。

「竜宮城……『那珂川の竜宮城』ってどうかな」

「竜宮城？　なんで」

「いろんな材料が舞い踊るから」

「最高！」

私たちが手を取り合ってキャーキャー叫んで喜んでいると、ドアが開いて島崎君がヒョイと覗きこんできた。

「鈴木さん、野原さん。三年生が戻ってきましたよ。部室に来てください」

時計を見ると、確かにお昼近かった。慌てて、麻里乃ちゃんの手を引いて立ち上がる。

「麻里乃ちゃん、部室に行こう。戻ってきた三年生を出迎えてお祝いするのが、水産研究部の習わしなんだよ。お手製の紙吹雪を思いっきりかけてあげるの」

全身に紙吹雪がへばりついた部長と副部長は、「三年生の目玉が終わってしまった」「俺たちの青春が去っていく」と目を潤ませていた。ふたりとも割とドライな性格だと思っていたから、正直びっくり。去年に引き続き、もらい泣きしてしまう。

来年は私たちが紙吹雪をかけてもらうのか——。急にせつなくなってきた。なんか泣きたい。

私の心が空につながったのか、翌日には関東地方が梅雨入りした。翌週になるとさらに雨がひどくなり、那珂川町は記録的な豪雨に襲われた。

外出がままならないこともあり、課題に集中するしかなく、なんとか締め切りまでに提出した。

そして六月三十日、五限目のホームルーム。

私の心臓はバクバクしていて、息は上がりそうだ。なぜなら、この授業で山神百貨店での催事に進む代表チームが発表されるから。

いつものように、ふわふわした笑みを浮かべながらふわりん先生は提出書類を眺めている。

「みなさん、雨などで大変でしたが、今朝のＳＨＲまでに提出ありがとうございました。空き時間を全投入して内容を拝見し、決めました」

ああ、鼓動の高まりが最高潮に——。

「書類だけでなく、やはり作ってもらおうかと」

えー！　と生徒たちから声が上がる。

「ただそれは、私が書類の段階で合格点を出したふたつのチームに限ります」

ダメだ、緊張でもう息ができない。

「では、発表します。まず、最初のチーム。『ふりかけ』」

キター！

「……を、『那珂川の友ですよ』というネーミングで応募した緑川(みどりかわ)さん、石川(いしかわ)さんチーム」

え、まさかのネタ被(かぶ)り？　じゃあ、私たちは……。

「そして、もうひとつのチーム。こちらも『ふりかけ』」

――。

「……を、『那珂川の竜宮城』というネーミングで応募した鈴木さん、野原さんチーム」

「やったあああ！」

麻里乃ちゃんと手を取り、絶叫してしまった。

「はい、落ち着きましょう、鈴木さん。残念ながらまだ代表に決まったわけじゃないですから」

教室が笑い声で満ち溢れる。私は慌てて手を放した。

「今、私が読み上げた二チームは、来週金曜日の放課後、食品加工室で実際に作っていただきます。ただ、料理コンテストじゃありませんから、時間制限などはありません。でき上がった順に提出して、帰っていただいて構いません。私や神宮寺先生、天園先生で試食し、週明けに代表チームを発表することとします」

え！　大丈夫かな。まだ試作だけで、完成なんてレベルじゃないのに。

ちょっと大変かもしれない。気分が滅入(めい)っていく私とは対照的に、ふわふわと天国まで上がっていきそうな笑みを浮かべて、ふわりん先生は言った。

「講評をひとこと。最初に伝えておくべきでしたが……。私の理念では、食品加工とはたとえるなら『恋』のようなものです。『この食材の魅力を私の力でみんなに伝えたい、届けたい』といるのです。初めて加工のアイデアに挑んだ今回は、みなさんの『初恋』のようなものでしたね」

　初恋！

　がぜん、やる気が出た。やっぱり私の二年のテーマは「初恋」だ。神様がそう言っている。

「麻里乃ちゃん！」

　彼女の手をつかむと、私の迫力に恐れをなしたように手を引っ込めようとする。

「ど、ど、どうしたの」

「今日から下宿で改善に励もう。あ、無理か。遅くなると麻里乃ちゃんが帰れなくなっちゃう」

「じゃあ、ウチにさくらちゃんが来たら？　帰りが遅くなるようだったら、お父さんかお母さんが送ってくれるよ。ワゴン車だから、自転車も荷台に乗せられると思うし」

「決まりー！」

　ネタ被りということも、私の魂に火をつけた。生半可なものでは負けてしまう。その日から代表決戦の前日まで、私は麻里乃ちゃん家に入り浸った。彼女のご両親が「手伝うよ」と言ってくれたけど、なんせ私たちの「初恋」。他人に手出ししてほしくないと、ふたりだけで頑張った。

　ただ、試食だけはご両親にお願いした。なんせカフェのオーナーだし。

　作ったふりかけは二種類。洋風と和風だ。毎日あれこれ配分を変えながら試食してもらっても、なかなか首を縦に振ってもらえない。でも、「カフェで出したくなった！」と最終日には言ってもらえるようにまでなった。

味の方向性は決まった！　いざ、最終決戦へ。

先生三人が揃う食品加工室で、チームはそれぞれ最初に説明をすることになっていた。去年の「ご当地おいしい！甲子園」で一分プレゼンをさんざん練習した私にとっては、朝飯前。なんでも経験しておくもんだなと実感しながら、声高に訴えた。

「私たちが作るのは二種類の『ふりかけ』です。でも、ただのふりかけじゃありません。海と山の融合、茨城と栃木の親睦、私と……いや、ナカスイと湊海洋の絆が強くなればいいなという願いをこめて、海の幸と山の幸をふんだんに盛り込みました」

制服にエプロン姿（去年の甲子園で使った緑と青のエプロンを再利用）の私は、調理台の上にズラリと並んだ材料を、順に指さしていく。

「一種類目は『和風』。使うのは、ほぐし身の鮎、ワカメ、きくらげ、ざらめ、醤油、塩コショウ、ゴマ、ネギ、ゴマ油です。二種類目は『洋風』。こちらは野原さんからお願いします」

かさねちゃんに貸してもらった、私とお揃いのエプロンを身に着けた麻里乃ちゃんは同じように説明していく。

「はい。材料は同じく、まずはほぐし身の鮎。アメフラシ、シイタケ、タケノコ、ピクルス、ニンニク、塩コショウ、バジル、バターです」

私はその言葉を引き取った。

「どちらもふりかけですので、水分が飛ぶまで炒めるだけです。家庭での利用方法は、洋風はパスタ、和風はご飯にかけることをオススメします。ほぐし身を使うことで鮎の規格外品の利用にもつながり、ＳＤＧｓの観点からも優れていると思います」

先生方が頷いている。オッケー、方向性は間違っていない。

「アメフラシは味が薄いですが、コリコリとした食感が魅力ですので、アクセントとして細かく刻んだものを少量入れました。茨城県の食品加工会社から購入したものです」

通販先はもちろん、関君のお父さんの会社。インスタのＤＭで彼に訊いたのだ。これも課題のため。決して下心ではない。

「このように、色々な山と海の幸が舞い踊るふりかけですが、メインはあくまでも鮎なので、商品名は『那珂川の竜宮城』としました。以上です」

もうひとつのチームもネーミングや理念、レシピを説明していく。

あとは、調理するだけ。ほぐし身は既にナカスイの商品として存在しているので、それを有効活用する。

鮎を捌かなくていいのは楽だなぁと思わずつぶやくと、麻里乃ちゃんが噴き出した。

「那珂川の友ですよ」も合わさった食品加工室はさまざまな食材の香りに包まれて、換気扇を全開にしてもむせるぐらいだった。

そして、週明けのＳＨＲ。ふわりん先生は、運命の宣告をした。

「先週末、候補となったチームの試食を先生方と行いました。どちらも鮎を使っていて、ナカスイらしく喜ばしかったです。今回はあくまでも『課題』の一環ですから、催事に出ない生徒も、さらなる研鑽に励んでください。最終目標は学校祭での販売ですからね。まだまだ勉強は続きます。さて、催事に向けた結論としましては、鮎の生臭さの問題がクリアできており、ネーミングも楽しく、お土産にいいかもと盛り上がった『那珂川の……』」

どっちだ。友か、竜宮城か。

「……『竜宮城』、鈴木さん野原さんチームを代表にします」

みんなの拍手が私と麻里乃ちゃんを包む。

ああ——関君、また一歩近づけたよ。

安堵のため息をついて机に突っ伏した私の背中を、麻里乃ちゃんが優しく撫でてくれた。

その日の放課後。ふわりん先生から職員室に呼び出され、私は麻里乃ちゃんと一緒に催事の説明を受けた。

「期間は八月二十四日から二十九日までの六日間ですが、三日ずつ前期と後期に分かれ、チラシも最終版はそれぞれ別なんですって。ナカスイは後期です。催事最終日の次の日が始業式だから、ギリギリ夏休み期間で間に合いましたね。忙しいですが」

「あ、あの……」

私はもじもじと訊く。

「茨城の水産会社も出店すると聞いたんですが、前期と後期どちらですか。なんせ茨城は栃木のライバルですから、気になってしまいまして」

先生は資料をちらりと見て、同じく後期ですねと言った。

よっしゃあ！　私は心の中でガッツポーズをした。

先生はそのまま資料をパラパラめくる。

「重要なお知らせが書いてありますね……。前期と後期、それぞれ売り上げナンバーワンの商品は、地下食品売り場のバイヤー一押しコーナーに常設されるそうです。あら、すごい。あのコーナーは有名ですよ。メディアでも大きく取り上げられることが多いですし」

「わあ、頑張ります」

でも、これは関君の会社になるといいな。私は、同じ空間にいられるだけでいいんだ。

「目玉となる商品とその画像を、後期は八月十四日までにバイヤーさん宛てにメール提出と言われています。限定数の場合は個数も伝える必要がありますから、早めに相談して決めましょう」

「はーい」

私の目標は催事に出ること。すでに目的は達成されたようなもんだし、のんびりやろう。

いざ、海洋実習モードに突入だ！


下宿に帰るやいなや小百合ちゃんに報告すると、自分のことのように喜んでくれた。

「す、すごいね。鈴木さん。お父さんやお母さんにも山神百貨店に買いに行くよう伝えておくね。事務所の人とかにも」

「事務所？」

「お、お父さん公認会計士なんだ。日本橋に会計事務所があるの」

「うへぇ」

玄関をガラガラと乱暴に開く音が響いた。

「お邪魔〜！　なに、選ばれたんだって？　はい、今日退院したオヤジからお祝いとバイトのお礼を兼ねたホールケーキの差し入れ」

部屋着姿のかさねちゃんが、「和洋菓子の日村堂」と書かれた紙袋を片手に広間に入ってくる。

「オジさん退院したんだ！　良かったねぇ」

ケーキ箱を開けると、二段の立派なデコレーションケーキが出現した。

分度器を片手にキッチリ三等分したケーキを頰張りながら、かさねちゃんが嬉しそうに言う。

「いやー、代表選出めでたいね！　あんたって『代表運』みたいのがあるんじゃない？　あたしも応援に行くからね」

「帰りに池袋寄るんでしょ。アニメの聖地」

「バレバレか。しゃーない、去年行けなかったんだし。リベンジだよ」

笑いながら、私はスマホを手にとった。インスタのＤＭで、関君に報告しなければ。

落ちたらイヤだから、選ばれるまで催事のことは黙っていようと思っていたのだ。

「関君へ。アメフラシの件、ありがとうございました。おかげさまで校内選抜を突破し、山神百貨店の水産加工食品フェアに参加が決まりました。実は関君のお父様の会社と同じ催事に、お声がけ頂いていたのです。どうぞよろしくお願いします（鈴木さくら）……っと。送信」

残念なことに個人ではなくて部活アカウントとしてのやりとりだけど、私たちの会話をみんなが目にしているかと思うと、公認カップルのようなこそばゆい気持ちになる。

　ピロリンと通知音が鳴った。返信だ！

「それは奇遇ですね。おめでとうございます！……」

　関君、キター！

「……いま隣にいる関も私も、部員一同喜んでおります（遠藤アリサ）」

　恋歌の返歌を姫からじゃなくて、おつきの女房からもらうってこんな気持ちになるのだろうか。いま知ったけど、遠藤さんって下の名前はアリサなんだ。オシャレだ。でも、関君の隣にいるのが引っかかる。

「あれっ」

　いま気づいた。マリンスポーツ部のインスタに、画像が怒濤の勢いで投稿されている。

　副担当のアリサちゃんが、インスタアプリを再インストールしてアップしたんだろうか。

　そしてそこには、関君の画像もいっぱいあった。全部ほかの部員と一緒だけど。

　サーフィン、潜水、カッターボート——。いままでのお宝画像が一気に放出されたらしい。

　関君は、楽しそうな部員たちの背後で機材の準備やチェックをする姿ばかりが写っている。

　さすが騎士様。自分は目立たず、サポートに徹するんだ。

　片っ端からスクリーンショットを撮って保存しつつも、実物を見たい気持ちが増してくる。

　広間のカレンダーに花丸マークを付けてある日を、睨むように見つめた。

　そこには黒のマジックで「海洋実習！」と太文字で書いてある——。

第四章

コイの海洋実習

明日が楽しみで、眠れない！　――なんて気持ちを味わうのは、何年ぶりだろう。

七月十三日の海洋実習初日の前夜、私は下宿の広間で「海洋実習のしおり」を眺めながら、早く明日になれと騒いでいた。

座卓で頬杖（ほおづえ）をつくかさねちゃんが、冷たい視線を投げてくる。

「たかが宿泊実習でそんなに騒ぐなんて小学生か。はい、一歩先しか考えられない鈴木さくらさん、荷物はちゃんと確認しましたか。着替えにオヤツ。先生、バナナはオヤツに入るんですか」

「うん、その質問、誰がいちばん先にするかで争奪戦だったよ」

ひゃはは笑い、かさねちゃんは大きく伸びをする。

「あたしは実習先でリフレッシュしようっと。オヤジもやっと復帰したし」

「のんびりしたいなら、麻里乃ちゃん家（ち）のカフェに行けばいいのに」

かさねちゃんは滅多（めった）にしない真面目な顔で、じっと私を見た。

「あんたさ。あの子の家（うち）のカフェ、最近行った？」

「言われてみると、行ってないね。ふりかけ試作でお邪魔したとき以来かな。あれも、別にお客さんとして行ったわけじゃないし」

「あんまり……というか、かなり暇だと思うよ」

「え？　お客さん入ってないってこと？」

意外な言葉に、思わず体を起こして正座になる。

かさねちゃんは、唇（くちびる）の前に人差し指を立てた。

「ここだけの話だよ。つい最近、お母さんとお姉ちゃんがふたりで行ってきたら、閑古鳥（かんこどり）が鳴いてたって。で、それぞれの友だちも行ったらしいんだけど、リピートした人は誰もいないって」

「なんで？」

「値段が高いのと、ひたすら時間がかかるから。あれじゃこの先厳しいかもよって」

「でもロケーションとかいいじゃない。川は見えるし裏山はあるし」

「地元民からしたら、普通の風景じゃん。わざわざ高いお金払って行かないっしょ。すると観光客頼みでしょ？　あのあたりじゃ釣り客がメインだろうし、客層が合わないよ」

「そんなぁ」

スマホを取り出して、地図アプリでレビューを見てみた。オープン直後に見たときは星四・五くらいだった気がするけど、二・五になっている。コメントも辛らつだ。

――素人（しろうと）から転身したばかりの店に、ブレンド一杯八百円は払わないです
――熱いこだわりばかり語るけど、それに見合った味じゃない
――六人で行って、時間がないので全員コーヒーだけを頼んだら、こだわりの淹（い）れ方なので、

一度に二杯ずつしか出せないと逆切れされた
「えー！　逆切れするようなタイプじゃないよ。みんな、勝手だなぁ」

夢を語っていた麻里乃ちゃんのご両親を思い出して、涙が出てきそうになった。

ポテトチップスをパリパリ食べながら、かさねちゃんはあっさりと言う。

「ネットのレビューなんてそんなもんだよ。客商売をする側からしたら、いちいち相手にしてたらメンタルやられちゃう。オヤジやお母さんは意地でも見ないって言ってるし」

ふと、最初にカフェに行ったときのことを思い出した。彬子さんが言ってたっけ。

——雑誌の広告に、那珂川の古民家和食店が居抜きで売りに出たとあって……。貯金はたいて、買っちゃった——

「麻里乃ちゃん家、大丈夫なのかな。貯金ないはずだよ」

「それはあんたが心配する筋合いじゃないでしょ。他人の家だもん」

「ドライだなあ。かさねちゃんは」

小百合ちゃんは早々に就寝したし、かさねちゃんも明日に備えてもう寝ると出て行った。

私も寝ようと布団を敷いたけど、さっきの楽しみとは別な意味で眠れない。

熟睡している小百合ちゃんを起こさないように、納戸に籠（こも）ってＬＩＮＥの音声通話を押した。

相手はママだ。ゴールデンウイークに大ゲンカして以来話してないけど、二か月も冷却時間を置いたから大丈夫だろう。トークのやりとりだけはしていたし。

「さくら？　どうしたの、こんな遅くに」

「うん、あの……麻里乃ちゃん家のカフェが、あまり評判よろしくないと小耳に挟んだもんだから、ママはなにか情報持ってるのかなって」

「そんなこと言われたって……ママだって、ただのウェブライターだし。でもね」

でもね？　心臓がドキっとする。

「お客さんから『ラブとち！』に、『記事を読んで行ったけど、イマイチ』とか『そんなに情熱は感じなかった』とか、ネガティブなご意見は割と来てるらしい。担当さんが言ってた」

「えっ」

「でも、それはどのお店だってあることだから。ただ……あのお値段を払うなら、リピートするより違うお店を開拓したいと思うかもね。いまさらかもしれないけど、会社やめてすぐ開業するんじゃなくて、どこかの飲食店で修業してノウハウを身につけてからの方が良かったんじゃないかな。あとは、まずはキッチンカーでイベント出店してガッチリとファンを摑んでから開店するとかね。あの物件が売りに出てたから、運命と思いこんじゃったのかもしれないけど。夢だけじゃ生きていけないよ。人のこと言えないけどさ。ママだって生きがいだからやってるけど、ウェブライターじゃとても生活できない。パパがサラリーマンだからやっていけるようなもんだよ」

理想と現実か――。

「ところで、さくら」

この言い方は、説教モードに入るときのお約束だ。通話を切っちゃおうと思ったら、先に言われてしまった。

「今年の夏休みはいつ帰ってくるの。去年は『ご当地おいしい！甲子園』の準備とかで、早々に下宿に戻っちゃったけど」

「こ、今年は今年で百貨店の催事の準備があるし。やっぱり忙しいから、あまり長くは帰っていられないよ。あははは」

正直、全然帰らなくてもいいかな、なんて思っていたのは言えない。

「終業式が終わったらすぐ帰ってきてほしいんだ。ママも相談があるから」

「相談？　え。どんな」

「そのとき話すよ。明日から海洋実習でしょ？　楽しんでおいで。じゃ」

通話が切れた。

さっきの「相談」と言ったときの口調が気になる。ママがあんな深刻そうに言うなんて、いままであったっけ。

スマホの待機画面に戻ったら、二十三時と表示されている。寝なきゃ！　睡眠不足は美容の大敵。

気になることはいっぱいあるけれど、それはひとまず忘れて海洋実習に全力投球しよう。なんせ、関君に会えるんだし。

布団に入っても、神経が高ぶってやっぱり眠れない。スマホを出してインスタを開いてみた。島崎君が投稿を始めたらみんなもアップしたくなったらしく、水産研究部の投稿画面は魚や漁具、そして結菜ちゃんの自撮り写真に溢(あふ)れてカオスになっていた。

海洋実習のしおり画像とともに、「明日から二年生は湊海洋で海洋実習！　楽しみで眠れないです。（鈴木さくら）」と投稿したら、瞬時に「待ってるねー！」とコメントがマリンスポーツ部から入った。もしや関君！　と飛び起きると（遠藤アリサ）と続いている。

しかし、アリサちゃんの反応の速さが気になる。もしや、関君に私宛てのコメントをさせないよう、先手を打ってる？

……さっさと寝よう。横たわって目をつぶった。


海洋実習は磯実習と違ってバスがクラスにつき一台用意された。つまりは食品加工コースだけで一台独占できるのだ。

「やったねー。神宮寺先生やアマゾン先生の歌声を聞かなくて済むんだ。ふわりん先生は、『意地でも歌いません』って言ってたしね」

隣の窓側の席に座る麻里乃ちゃんに話しかけると、彼女は慌てて笑顔を作って頷く。

昨日の話が頭をよぎり、その笑顔に陰を感じてしまう。言われてみれば、ここしばらく麻里乃ちゃんは元気がなかったかも。もともと、かさねちゃんみたいな賑やか系じゃないけど、小百合ちゃんのような雑談お断りシャットダウン系でもない。

私にできることはなんだろう。ひんぱんにカフェに行くことはできない。お小遣いだってそんなにもらってないし。せめて、麻里乃ちゃんの気が少しでも楽になるように、おしゃべりの相手をすることくらいだろうか。

しかし、車窓に見入る彼女の邪魔をしてはいけない気がして、私は「朝早かったから眠いねえ」と大げさにあくびをした――ら、スマホから通知音が鳴った。インスタだ。

昨晩の私の投稿にコメントがまた入ったらしい。マリンスポーツ部からだから、どうせまたアリサちゃんだろう。

『鈴木さん、初日は潜水です。体調管理に気をつけてください。(関)』

みんな見て！　関君が私にコメントくれた！　と叫びたくなるのを必死にこらえる。

私の投稿を読んだときと、このコメントを書いてくれている間は、関君の頭の中に私が存在していたはずだ。

私はひとりで喜びを噛みしめて、結局眠るどころではなくなってしまった。


茨城県立那珂湊海洋高校は、その名のとおり那珂湊港の隣にあった。見回しても山どころか丘もなく、ただひたすらに平地と海と空が広がっている。

ということは、陸とは反対側に向いている教室の窓から見える風景は、一面の海。ここで過ごしたら、おおらかな性格になりそうだなと思いながらバスを降りた。

「ようこそ、ナカスイのみなさん！」

先生がひとり、四階建ての校舎から出てきた。このガッシリ体形の角刈りヘアは、こないだの合宿に来ていた顧問の先生だ。確か名前は――。

「笹崎先生！　お世話になります！」

学年主任のアマゾン先生が、さっそく先生のところに駆けつける。

「ナカスイ全員、あいさーっ！」

「よろしくお願いします！」

整列した私たちは、アマゾン先生の掛け声とともに行儀よくお辞儀した。

「那珂湊海洋高校へようこそ」

ニコニコ笑いながら、笹崎先生は両手を広げた。

「九十年近い歴史のあるわが校は茨城県唯一の水産海洋系高校です。海洋国家日本を支えるスペシャリストを育成することを目的とし、学科は海洋技術科、海洋食品科、海洋産業科があります。生徒は全部で二百三十名おりますよ」

ナカスイより五十人以上多い！　学科名も、さすがに海あり県だ。

「みなさん、連絡通路の向こうの海に見える赤い橋——海門橋が見えますか」

笹崎先生が指さす先は少し遠いけど、確かに大きな橋が架かり、川が海へ注いでいる。

「あそこが、那珂川の河口ですよ」

おー！　と生徒たちの感嘆が漏れ出る。ナカスイの前を流れる武茂川の水が那珂川に合流し、流れ流れて那珂湊海洋高校（の近く）に注いでいる！　私の恋心を象徴しているようだ。

笹崎先生の指先が連絡通路をなぞり、校舎の隣にある大きな建物を指す。

「そちらが潜水プールです。さっそく潜水実習を行いましょう。集団指導はナカスイの先生方、個別指導は私がメインに行いますが、アシストにマリンスポーツ部員たちも入ります」

マリンスポーツ部！　ということは――。

ああ、頬が緩(ゆる)んでいく。

会議室で開講式が終わると、まずは着替えということでプールの更衣室に入った。

しかし……スクール水着姿を関君に見せることになるのか。平均身長平均体重のこの体を。

慌てて、残りの女子を見た。ナイスバディのかさねちゃんに、スーパーモデルのようにスラリとした麻里乃ちゃん、華奢(きゃしゃ)な小百合ちゃん。彼女たちと比較されてしまうのか――。

「どうする、ウエットスーツ着る？」

かさねちゃんが、壁にかけてある黒いスーツを指さす。

「どうした方がいいの」

「いや、好みだよ。ウエットスーツって耐水圧用じゃなくて防寒用だから」

防寒というよりも、少しでも露出は減らした方がよかろうと、私は身に着けることにした。つられたのか、女子全員がウエットスーツ姿になる。残念に思う男子もいるかもしれないけど。いなかったりして。

プールサイドでは、既に男子たちが整列していた。男子はウエットスーツ派と、より簡易なラッシュガード派で二分されている。

そして――関君！　ほかの部員たちとともに、プールの隅(すみ)に立っていた。ウエットスーツが凛々(りり)しくてステキ。なに着てもそうだけど。

口元が緩む。真面目な顔になるよう耐(た)えぬかなくては。私はあくまでも勉強に来たのよというアピールをしなければならない。

マリンスポーツ部があるから潜水施設があるのかと思っていたら、潜水士資格取得などをめざす「海洋産業科」が先にできたそうだ。

大きなプールがひとつあるのかと思いきや、場所により水の明るさが違う。落ちないように身を乗り出して眺めてみたら、底が区切られている。深いほど暗くなるんだ。

反響するプールサイドで、笹崎先生がハンドマイク片手に解説してくれた。

「プールは、水深ごとに四区画に区切られています。向こうの壁の時計に向かって左半分が一・五メートル。右半分が、奥から十メートル、五メートル、三メートル。潜水用としては日本一の深さを誇ります！」

おおー！　とナカスイの生徒たちの歓声がこだまする。ナカスイのプールは屋外にある、なんの変哲もない普通のプールだった。なにか変わったことがあるかと言われると、ときどきカヌーの練習をしているくらい。あと、イノシシが泳いでいるのを見かけた生徒もいるらしい。

私は五メートルプールが妙に気になった。なんで底が——。手を挙げてみる。

「笹崎先生、あの……質問していいですか」

「どうぞ！」

「なんで底が岩場になってるんですか。魚獲り訓練とか？」

「海洋土木や岩均しを学ぶためです」

海洋土木！　なんて素敵な響き。脳内で、関君が作業している姿が繰り広げられる。

「今回、みなさんには十メートル潜水までチャレンジしていただきます！」

おおおー！　と歓声が一段と大きくなる。

「まずは耳抜きの練習から始めましょう。なぜ耳抜きが必要か、わかる人はいますか」

絶対に進藤君が答えるだろうと思ったら、予想通り。挙手した彼は、流暢に話しだす。

「潜水すると水圧で鼓膜が圧迫され耳に痛みを感じてしまうのを、予防するためです。方法はバルサルバ法、フレンツェル法、トインビー法の三つがあります」

カッコいい～と黄色い声が飛んだ。声の方を向くと、アリサちゃんを含めたマリンスポーツ部の女子部員たちが、うっとりと指さしている。そうか、進藤君は超がつくイケメンだった。見慣れてなにも感じなくなっていた。

鼻をつまむジェスチャーをしながら、笹崎先生は続ける。

「はい、その通りです。みなさんは、やりやすいバルサルバ法でやりましょう。口を閉じた状態で鼻を軽くつまみ、鼻をかむイメージで少しずつ息を吐き出します」

へえ、簡単。と思ってやってみたら、真面目な顔でやっていたかさねちゃんと目が合い、思わず噴き出してしまった。

「人数が多いので、集団指導と個別指導を並行します。まずシュノーケルから集団で。そして個別に潜水指導を行います！」

笹崎先生はプールに入り、声を張り上げた。

「シュノーケリングは一・五メートルプールを、フィンをつけて往復します。指導は……」

「ダイビングインストラクター資格のある我々が行います！」

ウエットスーツ姿のアマゾン先生と神宮寺先生がそう言いながらプールに入った。ふわりん先生の姿を探したら、ピンク色のジャージ姿でプールサイドの隅に立っている。デジタルカメラをいじっているので、記録係なのだろう。

「では、個別潜水指導も始めます。ぜひ私から、僕から！　という生徒はいますか」

反射的に手を挙げると、進藤君も同時だった。

「ではそのふたり。まず関、遠藤！　アシストよろしく」

「はい！」

返事しながら、関君たちがプールに入る。え、個別指導？　じゃあ、もしかして私は……。

「遠藤が女子、関が男子のアシストをして」

まぁ、想定内。割り切って一・五メートルプールに入り、アリサちゃんの隣に行ったら、彼女に想定外の言葉を叫ばれてしまった。

「関！　私とチェンジして」

なにっ。

アリサちゃんは、私に耳打ちをする。

「ごめんね。私、進藤君を担当したいんだ。へへ」

「……鈴木さん、僕ですみません」

頭を下げながら関君が私の隣に来る。私は、動揺を隠すのに精いっぱいだ。あとで、アリサちやんにお中元でも贈ろう。

進藤君は「いやー、お手柔らかに」と困ったように笑いながらアリサちゃんの隣に移った。

笹崎先生は、次々に指示を出す。

「関、遠藤！　まず、ＢＣＤを背負うのを手伝って！」

黒いライフジャケットみたいな物がふたつ水に浮いている。関君はひとつ手にとった。

「鈴木さん、これはＢＣＤ……浮力調整具です。ランドセルを背負うようなイメージで」

「は、はい」

関君が、背負うのを手伝ってくれる。記憶の録画開始をしたい。何度も何度も繰り返し再生するんだ。準備が終わるのを待ち、笹崎先生は叫んだ。

「まず、マスクをつけ呼吸訓練から！　マウスピースをくわえ、レギュレーターで呼吸をします。水中は常に口呼吸。大きくゆっくりとした呼吸をするように意識して」

ゆっくりなんて無理だ。だって目の前……本当に目の前に関君がいるんだし。意識すればするほど、呼吸が速くなる。ヤバい、すっかり怪しい人だ。

「鈴木さん、まずはこの場に僕と潜りま（もぐ）す。耳抜きを忘れないように」

マウスピースをくわえ、一緒に水中に沈む。青い世界で私の目に映るのは、私の耳抜きを観る彼だけ。タンクから空気が供給されるのに、胸がいっぱいで息ができない。苦しい。ああ、いまだけでも両生類になれたらいいのに。この際、ウシガエルでもいいから。

関君が親指で上を指した。もう上がるんだ。もったいない。

マウスピースを外し、建物内の空気を全部吸いとる勢いで息を吸うと、笹崎先生がさらにスゴイことを言った。

「大丈夫かな？　じゃあ、それぞれペアで潜水しながらプール一周してきて」

まるで、新婚旅行ではないか！

感動に打ち震えていると、団体指導のシュノーケルが終了したようだ。アマゾン先生が叫んでいる。

「体調の悪い生徒はいないか？　最後に、シュノーケルクリアをするぞ！　そのまま息をフッと吐いて、シュノーケルの中に入った水を出すんだ。ご近所にかけるなよ！」

プールサイドに座ったみんなが、一斉にフッとやる。かさねちゃんの叫び声がこだました。

「ちょっと、渡辺！　あたしにかかったわよ！」

かさねちゃんが思いっきりフッと息を吐き、水を渡辺君に……と思いきや。

「僕にかけないでくださいよ！」

島崎君にかかったようだ。

「じゃ、鈴木さん。一緒に行きましょう」

関君が、夢のような提案をする。そうだ、私はこの夢のないナカスイから離れ、彼とふたりの世界に……。

目の端で、誰かがプールサイドに倒れるのをとらえた。あれは！

「野原さん！」

ふわりん先生が叫んで駆け寄り、その体を助け起こす。

「ちょっとストップ！」

笹崎先生もプールから上がり、麻里乃ちゃんのところまで急いで行った。関君とアリサちゃんも、続いていく。

麻里乃ちゃんはふわりん先生に体を支えられ、よろよろと体を起こした。

「野原さん、着替えましょう。保健室を借りて少し休みなさい」

すみません、先生……と麻里乃ちゃんはふわりん先生にすがるように立ち上がる。

笹崎先生は、周囲を見回して叫んだ。

「関！　保健室に案内して」

「はい！」

体操服に戻り、ふわりん先生に支えられて歩く麻里乃ちゃんを先導し、ジャージ姿になった関君は出ていってしまった。

ああ――なんて私は醜(みにく)い人間なんだろう。麻里乃ちゃんへの心配よりも、関君に案内されて羨(うらや)ましいという気持ちが先に立ってしまう。

結局、私の潜水一周は美里(みさと)ちゃんという女子部員が担当してくれた。

それから一時間。講義は進んでも、関君は戻ってこない。

ついに最後の項目となった集団指導は、入水(エントリー)訓練。個別潜水指導のラストは、かさねちゃんとアリサちゃん、渡辺君と美里ちゃんだ。

プールサイドで入水を待つ私たちに向かい、神宮寺先生の澄んだ声が響き渡る。

「ひとりずつ、十メートルプールに踵から飛び込みますよ！　足を思いっきり前に開きます！　大きな水溜まりを飛び越えるイメージでね。飛び込む掛け声は『いち、に、さん！』とか『チャー、シュー、麺！』とか色々ありますが、今日は『若、鮎、さん！』です！」

私は神宮寺先生の「……さん！」の叫びとともにプールに飛び込んだ。関君との甘い記憶も底へと沈んでいく。

そしてその脇を、渡辺君とかさねちゃんがケンカしながら泳いでいった。


海洋実習の宿は、磯実習で昼食会場だった「民宿遠藤」。すっかりナカスイ御用達だ。

八畳の和室が与えられた女子四人は、夕食前のひとときをまどろんでいた。

「ちょっとー。大丈夫なんかい、野原さん」

口調は荒いけど、かさねちゃんの表情は優しい。布団の上で体育座りをする麻里乃ちゃんは
「うん。ごめんね、心配かけちゃった」と弱々しく笑みを浮かべた。

「芳村さんも、大丈夫なんかい。普段あんなに大人しいのに、今日は河童みたいだった」

かさねちゃんが心配な視線を向けると、当の小百合ちゃんは座卓でのんびりお茶を飲んでいる。潜水実習の姿を思い出した私は、ため息まじりに言った。

「小百合ちゃんって、すごいダイビング上手なんだね。ビックリしちゃった」

頬を染めて、彼女はちょっと自慢気に胸を張る。

「う、うん。学校に行かなくなった小学五年のころから、お母さんやお父さんがよく沖縄やサイパンに連れていってくれたから、ダイビングは得意なんだ」

なるほど、納得。

「あ〜、あたしは疲れた」

かさねちゃんは疲労困憊（ひろうこんぱい）といった様子で、あぐらをかいて首をぐるぐる回す。

「『波乗り！　海の王子さま』にあの潜水プールが出てくるから聖地巡礼的に楽しめるかと思ったけど、やっぱりヘロヘロ。あたしはアニメ鑑賞以外に体力使うの、やだね。やっぱり」

そう言うと、彼女は外を見て「うあっ」と叫んだ。

「夕陽が！　『波乗り！　海の王子さま』第六話、平磯の磯場で夕陽を浴びながら部員たちが団結を誓う場面と同じ！　行ってくる！　芳村さん、一緒に来なよ。海洋生物観察できるから。ついでにシャッター押して。あたし、ポーズ取るから。そしたらインスタにアップしようぜ」

返事を待たず、小百合ちゃんを引きずるようにして慌ただしく出て行ってしまった。

つまりは、部屋に残ったのは私と麻里乃ちゃん、ふたりだけ。

重要なことを訊くチャンスかもしれない。

「あ、あの。保健室でずっと寝てたの？　ひとりで？」

膝を抱えたまま、麻里乃ちゃんは首を横に振った。

「ふわりん先生もいてくれたよ。でも、ナカスイに電話するときだけは廊下に出たけど」

「その間はひとりだったんだ」

「ううん、関君がいた」

重要なのは、そこ！

「な、なにか話はしたの？」

「うん……。私が『原因は疲労か貧血だと思うので、横になっていれば大丈夫です』って」

その後が知りたいんだけどな。だけど――。

「麻里乃ちゃん、やっぱりここ最近疲れてる感じだった。無理しないで、海洋実習も休めばよかったのに」

「そしたらお父さんやお母さんに、もっと心配かけちゃう……」

彼女は、膝に顔を埋(うず)めた。

「――実はね、うちのカフェうまく行ってないの」

「ええ！」

いかにもいま知りましたという口調で、私は大げさに驚いた。

「私が寝た後、お金のことでお父さんとお母さんがケンカするんだよね。カフェを始める前は、毎日遅くまで嬉しそうにおしゃべりしてたのに」

それは――重すぎる。私の頭から関君のことがふっ飛んだ。

「でも、麻里乃ちゃんに負担が行っちゃってるよね。麻里乃ちゃんは麻里乃ちゃんで、自分の道を貫くしかないんじゃない？」

彼女は顔を上げると、遠い目をした。

「私ね。特に夢ってないの。小さいころから、『こうしたらお父さんとお母さん喜んでくれるかな』ってことをやるのが好きだったから。だから、ナカスイに転校が決まったときも、どのコースに行けばいちばん喜んでくれるのかなと調べて、食品加工コースがベストだろうと思ったの」

「カフェで役立つかなって？」

「そう……でも私はもともと、食品加工どころか生き物にも興味がなくて……。だから、那珂川町もナカスイも、来て驚いた。泳いでる鮎なんて初めて見たし、イノシシも……ニュースでしか見ない生き物だったのに。魚だって、いままで触ったこともなかったもの。スーパーでパックに入った切り身しか知らなくて」

同じ同じ同じ！　いまこそ私たち、わかりあえる気がする。

麻里乃ちゃんは、深いため息をついた。

「でも失礼だよね、こんなこと思ったら……」

「うん、小百合ちゃんにバレたら磔（はりつけ）の刑かも」

ふたりで噴き出した。考えてみれば、麻里乃ちゃんが心から笑うところを見るのって、そうそうなかった気がする。

「さっき保健室で関君にそう話したらね、あの人も言ってた」

え。心臓がドキリと跳ねる。

「本当は、食品加工会社を継（つ）ぐんじゃなくて、船乗りになって世界をめぐりたいんだって。ご両親の意向で湊海洋には入ったけど、せめて高校時代は興味のあることをさせてもらおうと海洋技術科にさせてもらったんだって」

そんな突っ込んだ話までしたんだ。心がざわつく。

「私も関君も、進路の判断基準が『親がどう考えるか』……。大和さんに聞いたんだけど、さくらちゃんは自分でナカスイに行きたいって入学したんでしょ？　船舶料理士になりたいから、食品加工コースに進んだんでしょ？　自分の望みがわかってるし、実現もできてうらやましいよ」

違和感がある。人からはそんなふうに思われているなんて。

「いや、別に好き放題しているわけじゃないけど……」

「そういう意味で言ったんじゃないよ、ごめんね。ただ、自分の夢が明確にわかっていて、そこに着実に自分の足で歩いていけるって、スゴイなって」

「私もナカスイに入るまでは、やっぱりわからなかったよ。自分がなにをしたいかなんて。麻里乃ちゃんはどう？　ナカスイに来て、なにか変わった？」

射し込む夕陽を背負い、膝に顎を乗せて麻里乃ちゃんはしばらく考えていた。

「そうだね……。ナカスイの授業って、とても不思議。いままで、国語数学英語……それが勉強というものだと思ってたから……。川に行ったり、裏山でサワガニを獲ったり、今回みたいに海で色々やったり……。未知の感覚が刺激される気がする」

「だ、だよね！」

「食品加工コースも、鮎を捌いたり企画を練ったり……。なんていうのかな、私の中の洞窟に、探検を始めたような？」

面白いこと言うね、と思わず素直に感想を漏らすと、彼女は目を丸くした。

「そんなこと言われるの、生まれて初めてだよ」

「ただいまー！　ご飯だってさー、大食堂に集合ー！」

余韻ブレイカーのかさねちゃんが、ドスドス足音を立てながら戻ってくる。麻里乃ちゃんと目を合わせてクスッと笑った。


ナカスイの生徒と教員約六十人が入る大食堂の座卓は壮観だった。なんせ食べ盛りの高校生が、体を酷使する潜水実習を行ったのだ。その胃袋を満たすべくハンパない量が用意されていた。

「鈴木さん、今日はお疲れ〜」

配膳係が笑顔で手を振っていると思ったら、アリサちゃんだった。彼女は、ここ「民宿遠藤」の娘さんだったのだ。

同じく民宿の娘であるかさねちゃんは、「上げ膳据え膳なんてサイコー」と涙を流さんばかりに喜んでいる。

座席は自由なので、女子は四人で一つの座卓を囲んだ（ちなみに隣の座卓には進藤君、島崎君、渡辺君がいる）。

「よしっ。みんな注目！」

宴会で使われるときにはカラオケをするんだろうというステージに、マイク片手にアマゾン先生が仁王立ちになった。両脇に、神宮寺先生とふわりん先生が控えている。これからライブが始まりそうな雰囲気だ。

「このために一日があった、そんな夕食がいま始まる！　本日の料理について、この民宿の御令嬢であり那珂湊海洋高校二年の遠藤アリサさんから説明をいただく！」

「アリサちゃーん」「キター」という生徒たちの叫び声に包まれ、エプロンと三角巾をつけたアリサちゃんがステージに上がり、マイクを手に取った。

「ナカスイのみなさん、湊海洋そして『民宿遠藤』にようこそ！　本日の料理は両方の魅力を味わっていただくため、厨房に立つ母と海洋食品科の私が考えたメニューです！　汁物は、地魚のあら汁。私は、魚の魅力は『あら』にこそありと思っております！　海魚の底力を味わってください。メインはアラメの和風豆腐ハンバーグとツノマタのコロッケです」

「アラメ？　ツノマタ？」

人生で初めて知る言葉だ。隣に座る小百合ちゃんが、さっそく解説してくれる。

「どっちも海藻だよ。アラメはコンブ目コンブ科、ツノマタはスギノリ目スギノリ科」

「小百合ちゃん、魚だけじゃなくて海藻も詳しいんだ」

「どっちも去年、『海洋生物』の授業でやったよ」

「どうもすみません……」

「海藻じゃお腹減っちゃうじゃん」

かさねちゃんのボヤキが聞こえたらしく、アマゾン先生が慌てて怒鳴った。

「おい、お前ら。食事に不満を言うなよ！　わが校の予算は大変少ない！　その中で一生懸命考えてくださったんだ！」

「安心してください、入ってますよ！」

まるで漫才のように、アリサちゃんが合いの手を入れてくる。

「ハンバーグには豚のひき肉が入っています！　ニンニク醤油(しょうゆ)ダレですので、スタミナもバッチリです！」

肉ー！　と生徒たちが沸き立つ。

「ツノマタコロッケにもひき肉が入っています。コンソメ風味で、お味にも満足いただけるかと……！　ご飯は母の実家で栽培したコシヒカリですが、食べ盛りのみなさんのために、ツノマタうどんも用意しました。冷やしかけうどんに、ツノマタの天ぷらが載っています！」

どんだけ海藻が好きなんだと思いつつ、ほかの人がナカスイに来て料理を出されたら「どんだけ鮎が好きなんだ」と言われるのかなーなんて思ってしまった。

「ここは海あり県。もちろんマグロもご用意し、フクロフノリとともにポキにしました。タレや香味野菜で刺身を和(あ)えるハワイ料理ですね！」

「やっぱり海藻なの？　フクロフノリ」

小百合ちゃんは頷いた。

「植物界紅藻(こうそう)植物門紅藻綱真性(しんせい)紅藻亜綱スギノリ目フノリ科」

小百合ちゃんの隣にいる進藤君が、体をずらして私に声をかけた。

『『フクロ』は袋状にふくらんだ藻体ってこと。フノリは、布糊のことだよ。昔は洗い張りとか洗髪とか、普通に『のり』としても使われてた」

「へぇ〜。奥深い世界だね。さすが進藤君」

「去年、『海洋生物』の授業でやったよ」

「どうもすみません……」

　そして、みんなの待ちわびた言葉がアマゾン先生から発せられた。

「では、すばらしい料理を作ってくださった民宿のみなさんに感謝をこめて、『いただきます！』」

「いっただっきまーす！」

　みんなの勢いはすさまじい。あっという間に大皿料理の山が平野になっていく。

　私なんかはカロリーが気になってしまうんだけど――。

　海藻だから、カロリーゼロだよね！　とみんなに負けない気合いで食べ進める。

　海藻をワカメの味噌汁とおにぎりの海苔以外で食べるのは、ほとんどなかった気がする。コリコリ、カリカリ、ふにゃふにゃ。いろんな食感が面白い。

　マグロとフクロフノリのポキも、ショウガとごま油が香ばしくて白いご飯がものすごい勢いで消費されていく。

　みんなの皿が空になった。恐ろしい速さだ。

「安心してください！　まだあります」

台車の上に、ニュースで見る山形県の『芋煮(いもに)』を連想するような大きい鉄鍋を載せ、アリサちゃんが宴会場に戻ってきた。

「ご当地グルメの『焼きそば』！　具は、ご当地食材のカジキマグロ。味付けはソースです！」

具が魚だとサッパリしていて、鍋はあっという間に空になったのだった。

生徒たちは、それぞれの部屋に戻った。私たち女子はパジャマになり、ゴロゴロ転がっている。とても関君には見せられない姿だ。

「起きていられない。あたしはもう寝る。さらばだ」

かさねちゃんが布団にもぐった瞬間、襖(ふすま)がノックされた。まさかの関君では。私は慌てて正座した。

どうぞ！　とよそいきの声を上げると、まぁそうだろうなとは思っていたけど、アリサちゃんが顔をのぞかせた。

「こんばんはー。もし良かったら、女子トークしない？　マリンスポーツ部の女子もふたり来てるんだ、泊りがけで」

女子トーク！　ナカスイではなかなか難しいアレだ。関君情報も仕入れることができるかもしれない！

「わ、私はもちろん！　みんなも大丈夫だよね？」

周りを見ると、小百合ちゃんと麻里乃ちゃんは慌てて布団を片付け、座布団を並べた。

「この格好でよければどうぞー。動けない」

ひとり寝っ転がったままのかさねちゃんが、面倒くさそうに言った。ちなみに、ギャル姿は解除した地味姿だ。

「あー、みっともない。そんなの、ギャルのマインドとは言えないね」

厳しい言葉の主は、湊海洋メンバーのひとり、ばっちりキメたギャルの美里ちゃんだ。冷たい視線を投げつけながら入ってくる。

「なに言ってんの、オンとオフの切り替えは必要よ」

文句をたれつつも、かさねちゃんは慌てて体を起こした。

マリンスポーツ部の女子たちは、差し入れに籠（かご）いっぱいにスナック菓子を持ってきた。もう胃の限界容量は突破したと思っていたのに、恐ろしいことにスイスイ入る。

ペットボトル入りサイダーの蓋（ふた）をプシュっと勢いよく開けながら、アリサちゃんが私を見た。

「そうだ！　鈴木さん、山神百貨店の催事に出るんだよね。梢ちゃんも喜んでた」

梢ちゃん？　誰だそれ。首をひねっていると、アリサちゃんは慌てて言葉をつないだ。

「ああ、ごめん。私のいとこで、山神百貨店でバイヤーやってるの」

バイヤーさんは遠藤梢さん――民宿遠藤――そうか、アリサちゃん家の親戚（しんせき）なんだ！　なんという奇遇。

いきなり、アリサちゃんの表情が真剣なものに変わる。

「ところで本題。進藤君って、彼女いるの？」

「どうだろう。あの人の脳には学問領域しかないような……。恋愛スペースなんかあるのかな。小百合ちゃん詳しいんじゃない？　ここ最近、いつも一緒じゃん」

彼女に目をやると、ペットボトルのお茶を飲みながら首をぷるぷると横に振った。

「し、知らないよ。研究の話しかしないもん」

アリサちゃんが隣のギャルを向いて「美里は誰推し？」と訊くと、うまい棒（茨城県の食品会社で作っているそうだ）を片手にギャルは目を輝かせる。

「あたし、渡辺君。可愛いよねぇ。机の上に置いて愛でたい感じ」

げふっと叫んで、かさねちゃんがオレンジジュースでむせた。

しかし、今日の担当変更といい、アリサちゃんが進藤君の探りを入れてくるということは……。これは、もしやチャンス。

「へぇ、アリサちゃんは進藤君に興味あるんですね。てっきり関君とつき合ってるのかと。仲い感じだし」

我ながら、自然な流れで話題にできたと感心した。「ご当地おいしい!甲子園」でも、結果発表でこんなにはドキドキしなかったなと思いながら返事を待つと、彼女は不思議そうに首をひねった。

「つき合ってる？　私が、きよぼんと？」

「きよぼん？」

なんだ、そりゃ。アリサちゃんはケラケラ笑った。

「ああ、関の下の名前は『きよと』だから。『清い』に、『北斗』の斗ね。きよぼん家とウチって、生まれた時から隣同士なんだ」

「なるほど、幼なじみ……え？　隣は関君家なんですか！」

興奮して、思わず口走ってしまった。ヤバい、私が関君に興味有り有りなのがバレてしまう。なにか理由付けしないと。

「じゃ、じゃあ、山神百貨店の催事で関君のお父さんの会社がなにを出品するかおわかりですか。催事のライバルですから、気になってしまって」

なんの疑問も持たない顔で、アリサちゃんはスラスラ答えてくる。

「それはわからないなぁ。でも、きよぼん家の会社ってアイデア商品が楽しいんだよ。私が梢ちゃんに色々差し入れしたら気に入っちゃって、今回の催事も声をかけてくれたみたい」

よかった、無事に切り抜けられた。

「だから私も、幼なじみを超越して、きよぼん家の会社の社員のような気持ちでさ。もう異性として見られるレベルじゃないよね。あいつに私のことを訊いても、同じ答えが来ると思うよ」

「そ、そうですか」

ニヤつきそうになるのを、必死に抑える。

「私は島崎君がいいなぁ。マニアックな雰囲気が最高！」

湊海洋の彩羽ちゃんが、うひひと笑った。確かこの子は合宿に来ていたときに、かさねちゃんとディープなアニメ話をしてたっけ。

「いやー。視点が変わるとそう見えるんだね。進藤といい島崎といい渡辺といい……」

心底感心したように、かさねちゃんが首を横に振る。

アリサちゃんがニヤリと笑った。

「でさぁ、そっちはどうなの。ウチの高校の男子はどう？」

もちろん！　約一名！　と即答したいけどそうもいかない。

うだうだしていると、かさねちゃんが先んじて手を挙げた。

「質問！『波乗り！　海の王子さま』に出てくる園部君のモデルになった男子っているの？　部の広報担当の、賑やか王子！」

でかした、かさねちゃん！　広報担当ネタから関君につなげていける。

「いるわけないって。ありゃ創作の世界だよ。アニメと現実を一緒にしちゃダメ」

彩羽ちゃんが手をパタパタ振って否定した。

だよねぇとため息をついて、かさねちゃんは窓際で夜空のお星さまを眺めてしまった。

ダメだ、かさねちゃんは助けにならない。自力で関君の彼女情報を聞き出さねばならない。しかし、どうやって。

それまで無言だった麻里乃ちゃんが、身を乗り出した。

「同じ広報担当でも関君はあまりしゃべらないけど、とても気遣いのできる方ですね。今日は助かりました。女子から人気あるでしょう。彼女とかいらっしゃるんですか」

「きよぼんに彼女？　いるわけないって！　気遣いはできても、女子の扱いが全然なってないもん。仮につきあったって、続かないよ！　立てば無愛想、座れば無粋、歩く姿は朴念仁だし」

みんな爆笑してるけど、私は安堵の笑みを浮かべた。麻里乃ちゃん、グッジョブ！

アリサちゃんはポニーテールをもてあそびながら続ける。

「きよぼんは来年、部長になるのが規定路線だからさ、社交性をつけさせようと笹崎先生の命令で広報担当にされたわけ。でも性格なんて全然変わらないよ。結局、インスタだって私がメインでやってるし」

ふと、かさねちゃんが真顔で振り返った。

「いま、男子部屋にも湊海洋の男子が遊びに来て、ここと似たような会話をしてるんかもね。あっちの男子があたしたちをアゲてくるの」

「で、ナカスイ男子がサゲる」

私のツッコミに、部屋はまた爆笑に包まれた。高校に入って初めての「コイバナ」は、先生たちの見回りをやり過ごしながら、夜遅くまで続いたのだった。


太陽は朝から強烈に輝き、港に集合したナカスイの生徒たちは溶けそうになっていた。体操服だけでも暑いのに、上にオレンジ色のライフジャケットまで身に着けている。

でも、私はニヤつきそうになるのを必死に抑えていた。なぜなら、ジャケットには湊海洋の校章がついているのだ。錨をモチーフにした、いかにも水産海洋系高校の逞しいマークがついたジャケットを身に着けていると、まるで関君の世界の住人になった気分になる。

そんな甘い幻想は、アマゾン先生の雄叫びに壊された。

「二日目の実習は、カッターボートだ！　オールを漕いで進ませる手漕ぎボートのひとつで、艇長と艇指揮のほかに十二人の漕ぎ手が左右に並び、それぞれ一本のオールを持って漕ぐ！」

ハンドマイクをアマゾン先生から受け取り、笹崎先生が後をつないだ。

「みなさんお馴染みのカヌーと全く違うのは、『かいたて』があることです。あのように、オール——かいを立てます」

笹崎先生が指さした先にいるのは、関君だ。

右手に長い——とても長い「かい」を持っている。百八十センチくらいある彼の身長より長いんじゃなかろうか。先生の言葉を受け、かいを両手で持ち体の正面に立てた。

「関がいま取っているポーズが『かいたて』です。かいの重さは十キロ以上ありますから、号令に合わせて一斉に行わないと危険です。万が一かいが倒れたら、誰かを直撃して重大な事故にもつながります。自分のことだけでなく、他の人も気に留めてください」

確かにケガはしたくないし、ケガさせるのもイヤだ。関君の姿をいろんな意味で目に焼きつけて、間違いのないようにせねばと誓った。

カッターは前（艇首）が尖っていて、後ろ（艇尾）が切り落としたように直線になっている。五隻あり、十二人ずつ分散して乗ることになった。

艇長には笹崎先生を含めすべて湊海洋の先生がつき、艇指揮はマリンスポーツ部員が担当するらしい。

「それでは、乗船してください！」

笹崎先生が指さす岸壁には、避難用のような簡単なはしごが海に向かってかけられていた。その下にカッターがある。

簡単に考えていたけど、いざはしごを下り始めたら怖くなってきた。海に引きずり込まれそうな——若鮎大橋から那珂川を覗き込むときに感じる「腰がひゅんひゅん感」と似ている。

乗船するだけで神経を八割くらいすり減らした気がして、もう疲れてしまった。

あれ、どこに座るんだっけとカッターでうろうろしていると、上から関君の声が降ってくる。

「鈴木さん、何番ですか」

これは、事前に指定されていた。確か私は——。

「う、右舷十一番です」

「じゃあ、艇首を向いて右側の、いちばん艇尾ですね」

「はい！」

関君に話しかけられるなんて！　朝、気合いを入れて結んだリボンがさっそく効果を発揮したのかも。今日は星占いも一位に違いない。

「僕は艇指揮なので、艇尾につきます」

年間占い一位に決定の超ラッキーデー！　同じ船、しかも私の真後ろなんて畏れ多い。背中のシェイプアップをしておくべきだった。やだ、寝ぐせあったりして。リボンは乱れてないよな。

気合いを入れて進行方向を向いて座ると、艇指揮の位置に立った関君があっさりと言う。

「鈴木さん、反対。漕ぎ手は艇首に背中を向けて座るんです。だから、僕を見ながら漕ぐ感じ。ウザくてすみません」

真ん前に関君が！　どうしよう、どこを見て漕げばいいんだ。

私の隣（左舷十二番）には麻里乃ちゃんが座り、艇尾には艇長の笹崎先生も立った。関君の後ろだ。

立ったまま、艇指揮の関君が叫ぶ。

「かいたてー！」

なんて張りのある逞しい声。私はうっとりしながら、かいに手を伸ばした。持つと既に重い。十キロ超は半端じゃない。立てられるのか、これが。しかし、自分も他人もケガをさせるわけにはいかないので、必死に立てた。「手、膝、靴」の三点でしっかり支えろと言われているけど、この段階で、体力の九割を使った気がする。

「かい備えー！」

かいを海に入れなきゃ。浮力で少し楽になった——のも束の間。

「両舷前用意ー！」

えーと、前傾姿勢を取り肘は伸ばし、号令に合わせて漕ぐんだよな、確か。

関君の号令が始まった。

「いーち、にー！　いーち、にー！」

内容はさておき、彼の声を真正面から浴びるこの幸せにクラクラする。

カッターは海をどんどん進んでいく。防波堤に囲まれた港は大きなプールみたいで、大海に放たれたマグロというよりも、水槽で泳いでいる金魚の気分だ。ただしこれはナカスイ用に設定された初心者コースらしくて、ここの生徒だったら防波堤の外に漕いでいくらしい。

防波堤の端まで行くと、今度はUターンして復路につく。しばしの休息タイムとなった。みんな、「疲れた」「もう無理」とため息をつきながらペットボトルのお茶を飲んでいる。

ちらと見ると、座って休憩をしている関君と目が合った。チャンス。なにか言わねば、知性を感じさせる文学的なことでも。

「あ、あの……太陽が海に反射して、すごくキレイですね。海なし県民には新鮮です」

関君は特に表情を変えず、空を見上げる。

「この時間だと、春はもっと反射しますよ。太陽の位置が低いとかの理由で」

「そ、そうなんですね？」

なんで春だと太陽の位置が低いのかわからないけど、私の恋心のように、海面がキラキラと輝いているんだ。ああ、春にまた来たい。そして関君に案内してもらって……。

彼は、鋭い視線をいきなり私に向けた。もしや、下心を読まれてしまったのか。

「あの……ずっと気になっていたんですが、鈴木さんは……」

「は、はい！」

「手だけで漕いでる感じです。重要なのは、背筋（はいきん）」

「はい？」

彼は立ち上がった。

「かい備えー！」

うわ、もう戻るんだ。慌ててかいを手に取る。

「両舷前用意ー！」

背筋？　腹筋はわかるけど背筋は背中のどこだっけ。

「いーち、にー！　いーち、にー！」

号令に合わせて漕ぎ始めると、いきなり関君が歩きだした。なんだ、どうしたんだ。

「鈴木さん、ちょっと失礼します」

早口でそう言うと、私の隣に跪（ひざまず）く。

「えっ？　えっ？」

彼は、私のライフジャケットの背中に手を当てた。

「背中を意識して、手で漕ぐというより足掛けを蹴るイメージで」

意識するどころの話じゃない。いま、全身の神経が背中に引っ越してきている。

そして関君はもう片方の手を――かいを持つ私の手に添えた。

「かいの持ち方はこうです、こう！　乗船前に笹崎先生が教えてくれたでしょう。外側の手で上から、内側の手で下から握る！」

「先生、鈴木さんが失神しました〜」

誰かがそんなことを言う幻聴に襲われた。もう二度と手は洗わない。ライフジャケットは家宝にする。あ、返すのか。

「……いーち、にー！　いーち、にー！」

関君の体温を感じていたのは数秒だったのかもしれないけど、私の時間はそこで一時停止してしまった。気がつけばスタート地点のはしごが見えてきている。

関君はトドメの一言を放った。

「右舷、かいたてー！」

右舷は私！

そうか、右舷を着岸するから、かいが邪魔なのか。慌てて立ち上がり、かいを両手で立てようとした。しかし、心身ともに疲労の極みで腕力もない私は、思い切りバランスを崩した。

「うぎゃああ！」

左舷側に倒れたら、かいとともに麻里乃ちゃんを直撃してしまう。前は関君、後ろにもほかの生徒が。

そうなるよりは、右舷側。海に――。

落ちる直前、誰かの腕が力強く私を抱えた。脇腹に腕が食い込んで苦しい。

顔を上げると、腕の主は関君だった。

抱きかかえられている。関君に。この私が。

詳細に言うと、右手で私を抱え左手でかいを支えていた。ちょっと怒ったような表情で私を見つめている。

「最後まで気を抜かないで！」

「は、はい。すみませんでした」

「でも、海に落ちなくて良かった」

そう言うと——ほんの一瞬、ホッと安心したように笑った。

次の瞬間、私を直立させてかいを渡すと、さっさとはしごを上っていってしまった。

このあと小型実習船の体験乗船があり、イルカが目の前を泳いでいったらしいけど、全然記憶にない。お弁当の内容も閉講式も、なにもおぼえていない。心の中にある「海洋実習アルバム」で、最終ページの写真は関君の笑顔だ——。


運命の輪というのは回りだすとイッキに回るらしく、実習が終わった翌日からニュースが次々に舞い込んだ。

まず一件目。

「さくらちゃん、書類選考で落ちちゃったぁ。予選に行けない」

那珂湊のお土産（干し芋）を持って部室に行ったら、結菜ちゃんがベソをかいていた。

「落ちたって……『ご当地おいしい！甲子園』？」

俺たちも頑張ったんだけどなぁ、と部長と副部長も一緒になってショボンとしている。

内心、「その覇気のなさじゃ突破なんて無理だよ」と思っていたけど、「また頑張ればいいじゃん。まだ一年生なんだから」とおざなりな励ましをした。

さっきまでの泣き顔はどこへやら、結菜ちゃんは輝く笑みを浮かべる。

「だよね！　ほかにも色々申し込んでるし。甲子園に関してはご縁がなかっただけだよね」

「ほかにも？　そりゃダメだよ。一点突破の気迫がなきゃ、通るものも通らないよ」

呆れて、思わず説教してしまった。

次に二件目。

六月にあったすさまじい豪雨で地盤が緩んでいたのか、終業式の前日に麻里乃ちゃん家の裏山が突如崩れたのだ。

幸いにも、庭に土砂が少し入った程度で家は無事。しかし、役場から危険だと言われ、カフェを休むどころか一家で町営住宅に避難することになってしまった。

そして三件目は、自分の身に起きた。

ママに言われたとおり、夏休みになってすぐ帰省したのだ。というか、終業式が終わって昇降口を出たら既にママが迎えに来ていて、そのまま車で連れ戻されてしまったのだ。

夕飯、すき焼きが出たときに「異変」を感じた。いままで我が家のすき焼きは牛肉だったのに、油揚げになっている（好きだからいいんだけど）。帰省した日にお約束のホールケーキもない。

食事をしながらも、ママもパパもどこか態度がおかしい。会話が棒読み調というか――。

食べ終わって箸を置き、ママがパパと顔を見合わせて言った。

「……この間言ってた相談だけどね。ううん……ママとパパからのお願い」

思わず、私も箸を置く。

「さくら、下宿をやめてくれない？」

青天の霹靂というのは、こういうことを言うのかとなぜか冷静になった――けど、頭の中でそのセリフを反芻するに従い、感情の風船が破裂寸前になっていく。

「ナカスイをやめろっての！」

「違う、そこまでは言ってないよ。ただ、通学に変えてほしいだけ」

「な、な、なんでいきなり」

ママはため息をついて、私を見据えた。

「ハッキリ言うね。パパの会社、業績が厳しいんだって。コロナ関係の補助金がいままで入ってたから、お給料にもそれほど影響はなかったんだけど、もう補助金がなくなっちゃったのよ」

「ええ！」

「ママのウェブライターの収入なんて、お小遣いみたいなもんだし……。いまの経済状況で下宿代を捻出するのは、はっきり言って無理。家のローンだってまだ残ってるんだもん。さくら、通学だって別に問題ないでしょ？　実際、同じ宇都宮市民の進藤君は通って、部活だってちゃんとやれてるんでしょ？　かさねちゃんや小百合ちゃんとは、学校でいつでも会えるんだし」

いやだ、そんなのいやだ。卒業まで、あの下宿で過ごしていきたいんだよ。

そう言いたかったけど、目を潤ませているママと、ガックリ首を垂れているパパを見たら、そんなことは口に出せなかった――。

第五章

モクズガニざんまい

「かさねちゃん、私たち……さよならだよ」

下宿の広間でうなだれる私の前で、彼女は頭をポリポリ掻(か)いた。

「なんで」

昨日の夜、下宿をやめなさいと両親に言われた私は、なにも言えなかった。けれど、夜が明けてすぐに「忘れ物を取りに下宿に行く」と家を飛び出し、電車とバスを乗り継(つ)いで来たのだ。遠かった。

なんせ約一時間半。進藤君、よく宇都宮から通学しているなと思う（埼玉県さいたま市から新幹線通学している島崎君という猛者(もさ)もいるけど）。下宿からのチャリ通五分に慣れてしまった私が、いまからこの遠距離通学に適応できる気がしない。

疲れとかさねちゃんの顔を見た安心感で、涙がにじんでくる。鼻をすすりながら事情を説明すると、彼女は「ええっ」と叫んだ。

「そんな……あたし、ヤバいじゃん」

「でしょ？　かさねちゃんだって寂(さみ)しいよね？」

「いや、あたしのお小遣い、下宿代から出てるからさ」

「そっちかい！」

「あ、さくらちゃん。どうしたの？」

儚げな声とともに、襖が開く。小百合ちゃんかと思ったら、まさかの麻里乃ちゃんだった。

「麻里乃ちゃんこそ、どうしたの。町営住宅に避難してるんじゃなかった？」

ちょっと気まずい様子で、彼女はかさねちゃんをチラチラ見る。

「実は……家の中がすごくピリピリしてるの。学校休みだし、両親とずっと一緒にいると、いたたまれなくて……日中は私だけ、下宿にいさせてもらってるんだ」

「え。余分な部屋あったっけ」

かさねちゃんは畳を指さした。

「広間。まさにここだよ。そうだ、いいこと考えた。あんたが下宿出るなら、野原さんに入ってもらえばいいんだ。そうすればすべてが解決する」

なんてシビアな。思わず麻里乃ちゃんを見ると、彼女はため息をついて座卓の前に座った。

「とてもとても……。うちの生活だってどうなるかわからないのに、下宿費用なんて……」

だよね、と私はガックリと首を垂れた。

「あんた、いままでどんだけ恵まれてたか、わかったでしょ」

下宿の冷蔵庫から人数分のペットボトル入りジュースを持ってきて座卓の上に置き、かさねちゃんはあぐらをかいた。

「かさねちゃんだって。いままで、私の下宿代でグッズだのＤＶＤだの『アニ活』できてたんでしょ。これからどうすんのさ」

「大丈夫、いいこと思いついたから。下宿代を二倍にしてもらえばいいんだ。芳村さんの実家ならリッチだから、全然問題ないでしょ」

「えげつない！　そういや、小百合ちゃんはどこ？」

　かさねちゃんは肩をすくめた。

「いつもと同じだよ。朝起きたら学校に魚の世話に行って、そのまま課題研究してる。お盆しか帰省しないってさ」

　うらやましい。思わずため息が漏（も）れてしまう。

「いいな……小百合ちゃんがいちばん恵まれてるよね」

「あっちからしたら、あんたの方が羨（うらや）ましいでしょ。普通に学校に通えて普通の人生を送れてるんだから。前にもそう言われたでしょ？」

　耳が痛い。私はわがままなんだろうか。でも――。

「失って初めて手にしていたものを知る……か。いままで、家の経済状態なんて気にしたことも考えたこともなかった」

「私もそう」

　麻里乃ちゃんは、長い髪を持てあまし気味にいじっている。

「両親の仲が良くて、私も普通に学校に行って……。それが当たり前だった。まさか、こうなるなんてね。カフェだって、うまくいくとしか思ってなかったもの。お父さんもお母さんも会社員の経験しかなかったでしょう？　毎月、定額の収入があるって発想しかなかったんだって」

かさねちゃんが頭をブンブンと横に振る。

「あー、甘い甘い。自営業なんて雨の日もある、風の日もある。それを楽しめるような性格じゃなきゃ、向いてないね」

「うちのカフェなんて、毎日がしとしと雨。それどころか、土砂崩れで営業できないなんて」

「そうだ、保険でカバーできるんじゃね？」

かさねちゃんは数学はサッパリできなくても、お財布関係だと頭がキレる。でも、麻里乃ちゃんは視線を落とした。

「保険金が出るのは、家屋が損壊した場合なんだって。うちの場合、庭に土砂が少し入っただけで建物はなんともなかったから、出ませんって言われたみたい」

「シビアだね」

私は現実の厳しさを知った。本当に、お金問題って情け容赦ない。

麻里乃ちゃんの長い睫毛に、水滴がつきはじめている。細い指で拭いながら、声を震わせた。

「い、いままで、自分の人生がどうなるのかなんて悩んだことなかったのに。それが、ふ、不安しかなくて……」

かさねちゃんが頭を撫でると、それがスイッチになったのかポロポロ涙をこぼし始める。

「この部屋は魂の解放区だ！　泣いちゃえ泣いちゃえ」

きっと、かさねちゃんが好きななにかのアニメのセリフだろうけど、私にも言われてる気がして、つられて泣いてしまった。

泣いて笑って青春したいと思っていたけど、まさか「泣き」がメインの日が来るなんて……。

かさねちゃんは「あっ」と叫び両手をパチンと打った。

「あんたに関しては、解決法がある。バイトすりゃいいんだよ」

「それも、ママとパパはダメなんだ」

昨日の夜、言われたことを思い出した。

「学生の本分は勉強だ、月七万円も稼(かせ)ぐほどバイトしたら絶対勉強に差し障(さわ)るから認めないって。それに反論できるような成績じゃないし」

そうだ――しなければならないことを思い出した。

「学校に行ってくる。先生たち、いるよね。下宿やめるって相談してくる」

「私も行く」

麻里乃ちゃんも一緒に立ち上がった。

「先生方、心配していると思うから」

「じゃあ、あたしも行こうかな。別になにもないけど」

なぜかかさねちゃんも一緒に学校に行くと、水産教員室で神宮寺先生とふわりん先生が深刻な顔をして向き合っていた。

「おはようございます」

私たちの姿を見ると、神宮寺先生は目を丸くする。

「あら、どうしたの。部活もないのに」

「人生相談です」

「は？」

この先生たちならなんとかしてくれそうな絶対的安心感があって、思わずその場で「うわああ
あ」と泣き崩れてしまったのだった。


「そうですねえ」

ソファに移り、私と麻里乃ちゃんの話を聞き終えた先生ふたりは目を合わせ、首を傾げる。

「鈴木さんに関しては奨学金という考えもありますが……。不足が下宿代のみと言われると、

『宇都宮なら通学にしなさい』で終わっちゃいますねえ、不破先生」

「ですわねえ、神宮寺先生」

「そんな！」

ふわりん先生は、癒し系の笑みを浮かべながら淡々と話す。

「野原さんの方は、今後についてはご両親のお考えですからね。先生たちはなにも言えません
が、制度的な援助はありますから遠慮せず相談するように、ご両親に伝えてくださいね」

「はい……」

先生のふわふわした口調に安心したのか、麻里乃ちゃんは目を拭いながら何度も頷いた。

「ふたりとも、どうしますか？　山神百貨店の催事は。いまは無理せずほかの生徒に機会を譲るのも、心を楽にする手段のひとつだと思いますよ」

催事！　すっかり頭から飛んでいた。確かに、この状況では無理な気もする。しかし、関君に会うチャンスを逃すというのも――。

窓枠に腰掛けていたかさねちゃんが、あっけらかんとした口調で言う。

「いいこと思いついた。その催事で売り上げナンバーワンだったら、バイヤー一押しコーナーにずっと置いてくれるんでしょ。だったら、その売り上げを下宿代に充てたら万事解決じゃね？」

「かさねちゃん、天才！」

と盛り上がったのも束の間。ふわりん先生が慌てて打ち消した。

「ダメですよ、ナカスイとしての商品になりますから。売り上げは鈴木さん個人のものにはなりません」

不満そうに、かさねちゃんは腕を組む。

「じゃあ、誰のものになんの」

「ナカスイは県立学校ですから、県に納付されます」

なんてロマンがない。ああ――関君がいたら、夢と希望を語り合えるのに。そして彼に知ってほしい、私だって能天気なだけじゃないんだと。家庭の事情で自分の道に赤信号が点灯しているのは、麻里乃ちゃんだけでなく私もなんだよと。

「そういえばさ、なんかあったの。先生たち、さっき超真面目な顔してたじゃん」

かさねちゃんが思い出したように訊くと、ふたりの先生は目を見合わせる。

神宮寺先生が、気まずいように咳払いした。

「ナカスイも出たEテレの『咲け！　キャラ立ちの花』があるでしょう。あの中のコーナーに『キャラ立ちライバル校対決』があるんだけどね、対決予定の二校のうち一校が、諸般の事情でドタキャンになっちゃったんですって。代わりに対決相手で出てくれませんかとプロデューサーから私に電話があったんだけど、収録予定日がお盆直前じゃ急すぎて。とりあえず回答を保留にしたのよ。校長先生にご判断を仰がないと」

「事情？」

ふわりん先生は、私に向かって「しーっ」と人差し指を立てた。

「ここだけの話ですからね。参加する部で、顧問の先生の部費使い込みが発覚したらしいのです……確かに、ニュースになってましたね。あまりにも多額で」

「へぇ。ウチの水産研究部なんか、使い込みしたくてもお金ないのにね」

かさねちゃんの情け容赦ない言葉に、眉間に皺を寄せながら神宮寺先生は腕組みした。

「多分だけど、一度番組に出て勝手がわかっているから、ナカスイに声をかけたんだと思うの」

「でもさ、『対決』なんでしょ。相手は？」

胸の鼓動が高まる。かさねちゃんだけでなく私が知りたいのは、それだ。ナカスイがライバルになるとしたら。そう、関君も言っていた。八月に収録があるのは――。

「茨城県立那珂湊海洋高校」

大当たり。頭の中で、天使のファンファーレが鳴り響く。しかし、表に出さないように落ち着きはらって先生に訊いてみる。関君の言葉の確認だ。

「神宮寺先生、湊海洋側は誰が出るんですか」

「キャラ立ちの部活ということで、マリンスポーツ部だそうよ」

「じゃ、じゃあ、ナカスイはどこの部が？」

「プロデューサーのご指名は水産研究部なのよね。でも、相手が運動部だからレスリング部の方がいいんじゃないかと思うんだけど……」

「マジー！」

換気のために開けていた窓から、甲高い叫び声とともに女子が顔をのぞかせた。この、あざとい髪型は結菜ちゃんだ。なぜか小百合ちゃんもその隣にいる。

「実は私、『キャラ立ちライバル校対決』に水産研究部で応募してたんだ。だったら出るのはウチの部でしょ」

「でかした！」

私は窓に走っていって彼女の両肩をポンポンと叩いた。「結菜株」は私の中で急上昇だ。しかし、結菜ちゃんは不満げに唇を尖らせた。

「言ったじゃん。あちこちに応募してるって。なのにさくらちゃんは、『ひとつに絞ってなかったの？　そりゃダメだよ』って説教するしさぁ」

「ごめん！　見直した。偉い、結菜ちゃん！」

「そういや、なんで夏休みなのに来てるの。実習着まで着ちゃって」

「だってえ。小百合ちゃんが、暇なら魚の世話手伝えっていうからさ。一応、私も部員だし」

小百合ちゃんを横目で見ながらブツブツ言っているけど、意外に義理堅いんだな。「結菜株」はストップ高だ。

「神宮寺先生！　水産研究部員である結菜ちゃんが応募したんだから、出場はもちろん私たちですよね！」

苦笑いしつつも、キッパリと神宮寺先生は言う。

「さっきも言いましたように、最終判断は校長先生です。ただ、その旨は伝えておきます」

このへんの固さが、いかにも神宮寺先生だった。

小百合ちゃんが養殖池の方向を指さす。

「じ、神宮寺先生。鮎の養殖池でウシガエルが一匹泳いでました」

「なんですって！」

神宮寺先生の血相が変わった。

「鮎の稚魚を食べちゃうじゃないの。すぐに捕まえて！」

「は、はい。すぐにふたりでやります」

小百合ちゃんは「ウシガエルなんてイヤぁ」と騒ぐ結菜ちゃんを引きずっていった。逞しくなったなぁ、あの子も。

「変わり身、早っ」

ついでにウグイの池のコイも捕まえてねーと叫び、神宮寺先生は窓をパシャリと閉めた。

「それはさておき、鈴木さん。話は戻りますが下宿の件です。ナカスイの下宿規約では月途中の解約ができないので、たとえ今日退去したとしても、下宿代は日割りで戻ってきませんよ」

そうだ、忘れてた。今日の相談の趣旨を。

「じゃあ、もったいないから月末まで下宿にいます」

「その前に、ちゃんとご両親と話し合いをなさいね。泣いて逃げたり反抗ばかりしてないで」

神宮寺先生、すごい。まるで目の前で見ていたようなことを。さすが一年間一緒に過ごしただけある。

ふわりん先生も、ふわふわした笑みを浮かべながら頷いた。

「イヤだと言うだけで終わるのではなく、それならこうしたらどうかしらと鈴木さん自身も対案を考えてご両親に伝えれば、ちゃんと受けとめてくれると思いますよ」

自分で対案を――。

長い道のりを、再びバスと電車に揺られて帰った。その道中、どうやったらママに「うん」と言ってもらえるか、ひたすら考えながら。

その日の夕飯は、カレーだった。

ママがイライラしているときに作るのが、このカレーだ。市販のルーを入れ、具はジャガイモだけなのがお約束。

パパとママと私は無言でジャガイモをつついていた。覚悟を決めよう。私は水を飲んでジャガイモを飲み込むと、隣に座るママを見た。

「ママ、あのね――」

「昨日言ったことがすべてだよ」

「でも」

「同じこと言わせないで」

ダメだ、取りつく島もない。泣いて二階に上がっちゃおうか。いや、それじゃ神宮寺先生の言う通りになっちゃう。

「ママ、パパ。お願い、下宿を続けるチャンスをください」

私は頭を下げた。

「成績も悪いし、ナカスイに行っても勉強せずに下宿で遊んでるだけのように見えてしまったのかもしれない。心を入れ替えて、勉強も実習も頑張ります。まずは、一位になってみせる。今度の、山神百貨店の催事の売り上げでトップになる」

「で？　催事の一位になることで、ウチの経済状態のなにが改善するの？」

「かさねちゃんのお姉さん――撫子さんの嫁ぎ先って、お土産屋さん兼観光レストランなんだよ。そこのお土産コーナーに、催事用とは別に私個人が開発したものを置いてもらう。あの山神百貨店の催事で一位をとった鈴木さくらが開発した商品っていうあおり文句がつけば、いっぱい売れると思う。その売り上げを、下宿代にまわす。これは、撫子さんもオッケーくれた」

ふたりが目を合わせた。

ママは「あー、甘い甘い」と深いため息をつく。

「だ、だけど一生懸命考えたんだよ。私なりに精一杯……」

「でも、初めてだわね。親にダメだしされて泣いて逃げ出すんじゃなくて、さくらがちゃんと自分の考えを言ったのは。ねぇ、パパ？」

「え？」

いきなり話を振られて、パパは目に見えて動揺している。

「う、うん！　そうだな、パパも驚いた」

床の振動からして、ママがパパの足を踏んだような。

グラスの水をイッキに飲み干して、ママは私を覗き込むように見た。

「一歩先しか考えられない、いままでのさくらからしたら二歩先を考えてるって感じかな？　いや、一歩半くらい。まぁ、少しは成長したってことか。ほんの少しだけどね……じゃあ、とりあえず一時保留にしとく」

「え……」

壁のカレンダーを眺めながら、ママは右の頬を掻いた。

「下宿代は前月末日までに振り込むことになってるから、八月分は明日入金する。てなわけで、催事の結果が出るまでは下宿するしかないね。お金もったいないし」

「えっ」

「約束だからね？　絶対に一位だよ。二位以下だったら九月からは認めない」

「もちろん！　ありがとう、ママ！　大好き」

「や、やっぱり、カレーにお肉ないと寂しいよね。冷凍庫にハムカツがあった気がしたなぁ」

ママが目頭を押さえて台所に行く。パパと目が合うと、ニコっと笑ってVサインをした。

「でもパパ、来月分の下宿代はどこから……」

ふと気づいた。

テレビの脇の棚にズラリと並んでいた、「任侠(にんきょう)映画ＤＶＤコレクション」がキレイさっぱりない。パパが青春時代から集めていたプレミアがつくシリーズばかりで「パパが死んだら棺桶に入れてくれ」と言っていたのに。

私は震える手で棚を指さした。

「パ、パパ、もしかして……売っちゃったの」

「うん、でもいまはＤＶＤの価格も下がっちゃってて……マニア仲間に売っても、下宿代の二か月分くらいにしかならなかった。卒業までの分を出してあげたかったんだけど、ごめんな」

「パパぁ……パパも大好きだよ……いつかお金持ちになったら、全部買い戻すからね」

パパは、ウインクしながらダブルピースした。


その日の夜。部屋のベッドに横たわり、私は悩んでいた。はたして「ふりかけ」で、高級百貨店の売り上げ一位が取れるだろうか。庶民的すぎやしないか。

最初から考え直した方がいいかも。幸い、まだバイヤーさんに回答はしていない。あれ？　してないよな。まさかふわりん先生、既に連絡しちゃったりして。明日、早めに学校に行って確認しよう。


翌日の午後、下宿より先に水産実習棟に行ってみた。

ふわりん先生の場合、水産教員室ではなく校舎の職員室にいる場合が多い。どっちかなと迷ったけど、こっちで正解だった。神宮寺先生といつもの缶コーヒーを飲んでくつろいでいる。

「先生！　私、商品を一から練(ね)り直します。まだ間に合いますよね？」

笑顔を崩さないけど、ふわりん先生は驚きで目が丸くなった。

「大丈夫ですけれど、ふりかけはやめるのですか？　いいものだと思いますが……」

「あれでは、弱いです。なんせ、売り上げナンバーワンが絶対条件ですから」

「絶対条件？」

「あ、あの……」

私はふわりん先生と、神宮寺先生を交互に見た。

「ママ……母が、折れてくれました。催事で売り上げ一位になったら、下宿を続けていいって」

「よかったですね、鈴木さん。よくがんばりました」

「あらあら、泣いて逃げなかったのね。えらいこと」

ふたりの先生が褒(ほ)めてくれるなんて。私は照れて、くねくね体をひねった。

ふと、ふわりん先生の表情が曇る。

「じゃあ、鈴木さんは忙しくなりますね。番組は難しいでしょうか」

「番組？」

ふわりん先生は、しまったという顔をした。

「まだここだけの話ですよ。『キャラ立ちライバル校対決』には、水産研究部が出ます」

「グッドニュースじゃないですか！　もちろん番組にも出ます、大丈夫！」

不幸な中で良い知らせが届くと、運命が好転したような気になる。

「もう一つ、スペシャルなグッドニュースがあります」

「え？」

ふわりん先生は神宮寺先生と顔を見合わせ、ふふふと笑った。

「さっき、正式発表になりました。ナカスイは、当面の存続が決まりましたよ」

「えっ。去年騒いでた統廃合の話は、なくなったんですか」

「なしというより様子見ですね、あくまでも『当面』ですから」

「それでも、超グッドニュースです！」

かさねちゃん、そして小百合ちゃんにも教えなきゃ！

きゃーきゃー騒ぎながら、下宿までの道のりを全力疾走(しっそう)した。


「やめる？」

広間に飛び込んだら、超バッドニュースが待っていた。

息を落ち着かせようとしたけど、麻里乃ちゃんに言われたことが想定外すぎて、逆に息が荒れる。私は座ることもできず、そのまま広間で棒立ちになっていた。

かさねちゃんと小百合ちゃんは、座ったまま呆気にとられている。

麻里乃ちゃんは視線を落としながら、もう一度繰り返した。

「うん……私、ナカスイをやめることになった。これから、先生に言いにいく」

「なんで……なんでやめちゃうの」

「お父さんとお母さん、カフェは断念するって。どこか別の場所に行って、就職するって……」

別についていかなくても、下宿すればいいじゃない。と言おうとして、それはとても無理なことだと気づいた。そう、お金の問題だ。

気が抜けたように、私は畳に座り込んだ。

「いつやめるの」

「まだわからないけど、たぶん二学期が始まるタイミングだと思う。ただ、それは書類上の話だから、引っ越すのはもっと早まるかも」

「待った」

かさねちゃんは、スマホで地図アプリを起動した。「那珂川水産高校」と入力して表示させ、水戸黄門の印籠みたいに麻里乃ちゃんに見せる。

「別に転校しなくてもナカスイに通えるんじゃない？　県内最長距離だと、ここから対角線上にある栃木市から片道三時間かけて、始発電車とバスで通学したレジェンドがいたって話だよ」

「ううん……両親は、ほかの県に行きたいって」

小百合ちゃんも動揺しているのか、震える手でお茶を注いだ。

「け、県外だってなんとかなるよ。し、島崎君なんか埼玉から通ってるし」

麻里乃ちゃんは寂しい笑みを浮かべながら、湯飲みをふうふう吹いて冷ました。

「あの人は大宮駅のすぐ近くに住んでいて、新幹線が使えるからでしょ。それに新幹線通学なんかしたら、いくらかかることか……無理だよ」

私は自己中なんだろうか。とても気になることがある。

「あの……山神百貨店の催事はどうする？　出られる？」

考えてみれば、催事終了の翌日はもう二学期だ。

「それはもちろん出る」

麻里乃ちゃんは何度も頷いた。

「ほかのことはさておき、催事には出る。転校するのは、催事が終わってから。これは、お父さんもお母さんも承知しているから、心配しないで」

そしてきっとそれが——麻里乃ちゃんがナカスイで作れる、最後の思い出になるんだろう。

「あれ、そういやあんた、下宿どうすんの」

毎度の酢イカをかじりながら、かさねちゃんが私を見る。私はふふふと笑って、胸を張った。

「チャンスをもらった」

ママの話をしたら、三人は拍手をして喜んだ。

「やったー！　アニ活続けられる。いや、まだ決まってないか。ちょっとあんたたち、意地でもナンバーワンになりなさいよ！」

「ひ、ひとりじゃこの建物怖いから、いてくれて良かった」

人づき合いの苦手な小百合ちゃんが、他人の存在を喜んでくれるなんて！

「頑張ろう、麻里乃ちゃん」

私は、目の前に座る彼女にガッツポーズする。自分への鼓舞と、彼女へのパワー送信だ。

「ふたりでナンバーワンを勝ち取って、人生最高の夏にしよう！」

「うん！」

力強く、麻里乃ちゃんは首を縦に振った。

そうだ、いちばんスペシャルなことを教えてあげなきゃ。

「みんなー！　さっき、先生たちが教えてくれたんだけどね。ナカスイの統廃合はしばらくなしだって。つまりは、存続が決まったんだよ！」

耳をつんざくような絶叫をして、小百合ちゃんとかさねちゃんは抱き合った。

「かさねちゃん、去年みたいに私を鍛（きた）えてよ。商品は最初から考え直す。甲子園みたいに特別審査員賞に終わるんじゃなくて、もう、ぶっちぎりナンバーワンを取れるような、そんな商品を作ってみせるから。そしたら、もっともっとナカスイが注目されるかもしれない」

「おっしゃあ！」

四人は、がっちり手を握った。

このメンバーが揃ってなにかするのは、きっとこの催事が最後になる。心残りのないよう全力で挑むんだ。


「……思いつかないね」

誰もなにもアイデアが出てこない。

私はスマホ、小百合ちゃんは自室の蔵書、かさねちゃんは自分の脳内ライブラリー、麻里乃ちゃんはナカスイの教科書でそれぞれヒントを探してみたけど、さっぱりだ。

スマホを畳に放り投げ、天井を見上げてため息をついた。

「根本的な問題があると思うんだよね。私は百貨店の催事に行ったことがないという。買い物に行くとしてもスーパーだし。そもそも論としてさ、宇都宮って百貨店がほとんどないじゃん」

「ほとんどなくたって、あることはあるんだから文句言うんじゃないよ」

かさねちゃんがヒガミっぽい視線を向けてくるけど、そんなの相手にしている暇はないのだ。

「小百合ちゃんなら、いっぱい行ったことあるでしょ。天下の都民だし」

「な、ないよ」

ブンブンと首を振りながら、小百合ちゃんは即答した。

「だ、だって私、海や川に行った方がいいし」

「そっか。麻里乃ちゃんは？　川口市民だったということは、東京にはすぐ行けたんでしょ？」

「ううん、百貨店には行かなかった。せいぜい駅ビルくらい」

「やっぱりさ、百貨店もロクに行ったことのない私たちが、高級百貨店の催事で売れそうなものを考えるというのが、そもそも間違っているのではないのかな」

四人は顔を見合わせ、ため息をつく。

「まぁ、アイデアなんてもんは出そうと思って出せるもんじゃないよ。関係のないことをしているときに案外思いつくもんなの。ということで、あたしの推しアニメを観よう」

かさねちゃんはリモコンをいじって、テレビとレコーダーを起動した。

「いまは、なんのアニメにハマってんの？」

「夏アニメの『仕事帰りにカフェに入ったらロッテンマイヤーさんがいたんだけど』」

「内容が全然想像つかない」

「原作は小説投稿サイトの人気作品をコミカライズした四コマ漫画でね、短い五分アニメなんだけど、これが面白いの！　テンポはいいしギャグはキレてるし」

かさねちゃんはいそいそと、録画一覧から番組を選びだす。

「あんたも、執事カフェとかメイドカフェとか知ってるでしょ？　これは『アルプスの少女ハイジ』で、クララお嬢様の家で執事をやってるロッテンマイヤーさんが現代の日本にタイムスリップしてきて、カフェの店主を始めたの」

「はぁ」

「で、お客が来ると説教たれんのよね。これが面白いんだよ」

著作権の問題か、私が見知った絵柄のロッテンマイヤーさんじゃないけど、これがそうだよと言われればなるほどと思える風貌だった。髪を高く結い上げ、メガネをし、濃紺のドレスをピシっと身にまとっている。

毎回お客さんは替わるらしくて、今回のゲストは仕事に悩む若い女性だった。このカフェでは、お客さんはみんなロッテンマイヤーさんに「アーデルハイト」と呼ばれるらしい。

「なんで『ハイジ』って呼ばないの、かさねちゃん」

「さぁ。なんでだろ」

麻里乃ちゃんが参戦した。

「さくらちゃん、実はハイジの物語を知らない？　ハイジの洗礼名はアーデルハイトなの」

「そうなんだ！」

「それと、ロッテンマイヤーさんはアニメ版だと執事だけど、原作小説は家政婦長なんだよ」

『アーデルハイト！　なんですか、その椅子(いす)の座り方は！　背もたれに背中をつけてはなりません。シャッキリなさい、シャッキリ！』

『ロッテンマイヤーさん……。ありがとう、私、実は誰かに喝(かつ)を入れてほしかったんです……。優しい慰(なぐさ)めなんて、いまの私には不要なんです……』

要は、厳しく叱(しか)るのはご法度の昨今の世の中で、ビシバシ遠慮なく（愛ある）指導を入れてくれる「ロッテンマイヤーカフェ」に癒しを感じる人々の物語らしい。

「神宮寺先生カフェみたい」

ふとつぶやいたら、残りの三人が噴き出した。

「いいね！　メニューが全部鮎のカフェなんだよ。鮎プリンに鮎ゼリーに鮎パフェ」

かさねちゃんがそう言いながら笑い転げている。

「コ、コーヒー頼んだら、町内にある農機具チェーン店の缶コーヒーが出てくるんだよ。先生がよく飲んでるプライベートブランド缶。い、一本三十円の」

小百合ちゃんも、意外にノリがいい。

麻里乃ちゃんはキョトンとした顔で私を見る。

「神宮寺先生って、噂（うわさ）に聞くけど本当に鮎一色なの？」

「ううん、噂（うわさ）以上だよ。でも、去年『ご当地おいしい！甲子園』の決勝メニューを相談したときは、モズクガニも推してたけど」

「ぶっぷー！」

かさねちゃんは、顔の前で大きなバッテンを作った。

「はい、よくある間違いナンバーワンでーす。正しくは『モクズガニ』でーす」

「えっ。間違いなんだ」

「ゆ、由来は、両方のハサミに長くて軟らかい毛が多く生えて『藻屑（もくず）』に見えることなんだよ」

さすが小百合ちゃん。両手でハサミを作ってチョキチョキ動かしながら説明すると、「な、なんで神宮寺先生がモクズガニの話をしたの？」と首を傾げた。

「いや、那珂川で獲れる食材の相談してたらさ、『中国料理の食材で有名な上海蟹（シャンハイがに）の仲間で、とても量は少なくて市場に流通しないけど、町内の川魚店で運が良ければ買える』って教えてくれたの。ただ、値段が高いから、予算の制約が厳しい『ご当地おいしい！甲子園』じゃ無理でさ」

「………」

全員が黙った。そして、同じことを考えた。

「こ、高級百貨店の催事でしょ。いいんじゃない？　モクズガニ」

小百合ちゃんが、チラチラと私を見る。それはいいんだけど――。

「どこで手に入るのか、わからない」

あっけらかんと、かさねちゃんが言う。

「渡辺の父ちゃんから買ったら？　川漁師だよ」

「で、でもシーズンには早いよ。九月にならないと……」

小百合ちゃんが焦っているけど、かさねちゃんは余裕の笑みを浮かべる。

「渡辺ん家の業務用冷凍庫にいっぱい入ってるはずだよ」

「かさねちゃん、詳しいねぇ」

さすが那珂川ネイティブと思いながら彼女を見ると、イヤそうにため息をついた。

「ウチの民宿でよく使うから、あたしが買いに行かされるのよ」

「とりあえず食べてみたいけど……いくらするのかな」

試食じゃ、学校から予算も出ないだろう。今月分の残金がわずかな私のお小遣いで買えるレベルなんだろうか。やはり、実家への往復交通費の出費は痛かった。しかも二往復しちゃったし。

「規格外品なら、安く出してくれるんじゃね？　味見程度でいいんでしょ。そうだ、ウチの冷凍庫にも少しあるかも。オヤジに訊いてくる」

ものすごい勢いで、かさねちゃんが飛び出していった。

ドキドキしながら待つ。ああ、どうかありますように——。

ドタドタと足音を立てて、かさねちゃんが戻ってきた。襖を開けて覗いた彼女の頬は、走ったからなのか高揚したからなのか、その両方なのか真っ赤だ。

「オッケー！　骨折したとき、民宿を手伝ってくれたお礼だって。明日のお昼、モクズガニ料理作ってくれるってさ。みんなで母屋に来なよ」

「やったー！　かさねちゃんのお父さん、神！」

「髪はないけどね」

久々に、笑い転げた。

料理をする前に、一般的なサイズのモクズガニを解凍したものをオジさんが見せてくれた。

「いいか？　寄生虫がいるから、絶対に加熱すんだぞ！　まな板や包丁も熱湯消毒だ」

モクズガニは真四角とまでは言わないけど、平面的で角ばっていて、私の手のひらより一回り大きい。大きなハサミが二つ、足が四本ずつ左右にある。加熱していない状態だからか青に近い色だ。そして、小百合ちゃんが言ってたとおり、確かに藻屑のような長い毛が生えている。

「私の記憶が確かなら、神宮寺先生は味噌汁にして食べるのが好きだって言ってたな」

かさねちゃんは「あたしも好きだよ。イチオシ」とニヤリと笑った。

そして迎えたランチタイム。

母屋の座敷の食卓は、加熱されたモクズガニの赤さで宝石箱のようになっていた。

軽く咳払いし、かさねちゃんは食卓の上を指さしていく。

「本日のメニューを説明しよう。まずはモクズガニの味噌汁、シンプルに塩茹(しおゆ)で、サラダ……」

「いっただっきまーす！」

もう、待ちきれない。かさねちゃんの説明が終わるのを待たず、一斉に箸(はし)に手が伸びた。

まずは、味噌汁から。

「おいしい！」心から言葉が溢(あふ)れてくる。なんて澄んだ清らかなカニ風味。サワガニとはまた違った次元だ。

「塩茹ではね、やっぱりカニミソだよ」

かさねちゃんが手早く殻(から)を開けると、黄色いホコホコしたものが現れた。取り分けてもらって口に含むと、清麗(せいれい)で芳醇(ほうじゅん)な風味が口に広がる。

「こんな味が、世の中には存在してるんだ……」

咀嚼(そしゃく)する口を手で押さえながら、麻里乃ちゃんは信じられないといった表情をしている。

「はい、殻は回収しまーす。オヤジがパスタ作るのに出汁(だし)をとるから」

パスタができるまでの間に、サラダに取りかかった。カニフレークみたいに、ほぐした身が野菜にまぶしてある。ごま油の中華ドレッシングにめっちゃ合う！

「炭水化物タイム、炊き込みご飯だよー」

かさねちゃんが大きな土鍋を持ってきた。

座卓に置いて蓋(ふた)を開けると、もわっと白い湯気が広がる。やがて消えると——。

「す、すごすぎ」

思わず口に出てしまう。

黄金色に炊きあげられた混ぜご飯の上に、真っ赤なモクズガニが二匹のっている。

「じゃ、ほぐすね」

素早く丁寧に、かさねちゃんは殻から身を出し、ほぐしてご飯に混ぜる。その手わざも「すごすぎ」だ。お茶碗によそって三つ葉までのせてくれるかさねちゃんは、光り輝いて見える。

全員が無言で、ひたすらご飯をかっこんだ。お焦(こ)げのところなんか涙ものだ。油揚げやニンジンとの優しいハーモニーが口の中を満たす。

「はい、パスタお待たせ！」

こんなに食べちゃったのに無理だよ！　なんて言うはずがなかった。

「さっきの殻で作ったから身はないけど、出汁はすんごいよ」

トマトソースベースだ。いままでのカニ味が何倍にも増幅された旨味を麺(めん)がまとっている。

「このトマトソース、もしかしてあれ？　かさねちゃんのおばあちゃん家で栽培してるフルーツトマト……甲子園で使ったやつ」

「そう！　ソースにして冷凍してあんの」

ただでさえ甘いフルーツトマトを常温熟成させたものなので、酸味が抜けてめちゃ濃厚でめちゃ甘い。それがモクズガニと合わさったら、もう――。

無。すべては消えていった。お腹がこれ以上ないほど膨らんでいて、眠気が襲ってくる。

「でも、問題はどんな加工食品にするかだよね」

麻里乃ちゃんの言葉は、私を夢の世界から引き戻した。

「そうか、その場で食べて終わりじゃなくて、加工食品として買って帰ってもらうことが前提だもんね。素材を活かして、カニフレーク缶とかどう？　シンプルイズベストでさ」

「誰がほぐすか、よく考えな。あたしはメンバーじゃないからやらないよ」

かさねちゃんの言葉が刺さる。そうか、私と麻里乃ちゃんがやるのか。とにかく数をこなすことを考えると――なににしよう、加工食品。

ふと、ふわりん先生の言葉が蘇った。

――食品加工とはたとえるなら「恋」のようなものです。「この食材の魅力を私の力でみんなに伝えたい、届けたい」という思いの発露ではないでしょうか。詩人なら詩、歌手なら歌、そしてみなさんは加工食品で伝えるのです――

そうだよ、恋！

例えば、茨城県にいる関君に宅配便で送ったり、航海に出る関君に「これを食べるときに私のことを思い出して」なんて言いながら渡したり。

いや、むしろこのモクズガニを関君だと思うんだ。みんな、見て。私のアイドルスターを。こんなにもスゴイんだよーっと。

　腕を組んでいろんな妄想に浸っていると、大和のオジさんが「残った炊き込みご飯を雑炊にしたぞー」と鍋を持ってきた。

　考えるのはあと！　もちろん、しっかり食べたのだった。


　その日の午後、神宮寺先生から水産研究部全員に一斉メールが来た。

　八月十日、十一日に「キャラ立ちライバル校対決」の収録が行われるため、明日の事前打ち合わせに来られる人は部室に来なさいとある。

　そして当日は、まさかの全員集合だった。

「島崎君、わざわざ埼玉から来たの」

　呆れて彼を見ると、なにやらバッグの中をゴソゴソ探り私に緑のカードを示した。Ｓｕｉｃａ定期券だ。

「定期、まだ日数が残ってますから。それに遠距離通学に慣れちゃうと、毎日家にいるのが苦痛なんですよね。なんか、ダレちゃうというか」

　なるほど、納得。

　神宮寺先生がパンパンと手を叩いた。

「昨日、プロデューサーから連絡が来たので、対決種目をお伝えします。今日は、それに向けて種目別に選手を決めたいと思います」

種目別？　てっきり、水産のペーパーテストでもやるのかと思っていた。

「まずは、クイズ。対決コーナーの一種目は、必ずクイズです。観たことがありますが、相当マニアックな知識が要求されますよ。男女各一名ずつ出すように言われてます」

進藤君と小百合ちゃんが手を挙げた。結菜ちゃんはもとより、異論を挟める者はいない。

「はい、決定ね。次は魚料理対決。なにをやるのかは、事前には教えてもらえません。おそらく、捌（さば）きだと思いますが。こちらも男女一名です」

「あたしと渡辺。それがベストじゃね？」

実務ベースのふたり。かさねちゃんの言葉は説得力がある。こちらも異論は出ない。

「それと、体力対決。これは十人で参加と言われています。わが部は十人しかいませんから、全員参加ですね」

「まさか、マラソン大会でもやるんですか？」

そんなの私は倒れちゃうと思ったら、神宮寺先生は首を横に振った。

「それも、前日に発表と言われています。ただ、実習服で参加するようにとのこと。激しい動きをすることが想定されます」

そうだ、ひとつ重要なことを訊かねば。

「収録場所はどこなんですか」

茨城県立那珂湊海洋高校です、と返事が来るのを期待していたら、想定外の答えが返ってきた。

「中禅寺湖です」

「へ？」

意外すぎて、思考が止まった。中禅寺湖というと――。

「日光市の、いろは坂の上にある？」

「ほかのどこにあるんですか」

神宮寺先生の眉がキリキリと上がっていく。

「私の考えですけれども……。おそらく、どちらかの高校で開催すると、不公平になってしまうからではないでしょうか」

同席していたふわりん先生の癒しボイスが、場を和らげる。しかし、闘志が燃え盛る神宮寺先生の耳では右から左に抜けていったようだ。

「中禅寺湖ならば、わが校が有利です。なにせ同じ栃木県ですし、『ヒメマスの採卵実習』でおなじみですから。ある意味、みなさんには第二のホームグラウンドです。さあ、若鮎さんたち！頑張りましょう。海なし県の水産高校の名にかけて、負けるわけにはいきません！」

黒板をバンバンと叩きながら、神宮寺先生は力説した――。

その日の夜、布団に横たわりながら久しぶりにインスタを開いてみた。

最近、水産研究部の投稿をしているのは島崎君と結菜ちゃんばかりで、つまりは那珂川の風景写真か結菜ちゃんの自撮り画像のどちらかしかないという、カオス状態が加速していた。

ちょっとはマシにしないと。昨日の「モクズガニざんまい料理」の画像を上げてみようか。

「なんて文章入れるかな。えーと……『民宿やまとのスペシャル料理。那珂川名物のモクズガニざんまいです。味も見た目も宝石箱のような料理でした（鈴木さくら）』っと。えい、投稿」

ハッシュタグに「#モクズガニ」を入れたからか、あちこちのアカウントからものすごい勢いで「いいね！」がついていった。

「わお、モクズガニ人気じゃん。やっぱり選んで正解だ」

コメントが入った。マリンスポーツ部だ、どうせアリサちゃんだろう。

『希少なカニですね。民宿やまとに何度も行きましたが、まだ出会えていません（関）』

関君だ！

ああ、やはりモクズガニを選んで大正解。食べたことがないなんて、なんとかしてあげなきゃ。催事会場で彼に会ったらいっぱいお土産にあげよう。まだ商品を思いつかないけど。

早くコメントを返さないと。いや、すぐ返したらがっついてると思われてしまうかも。でもでも、関君はいま起きて、同じ画面を見ているはず――。

そうだ、重要なことを伝えなければ。

DMを開いて、文字を打った。あくまでも、関君個人ではなくマリンスポーツ部全員宛てという体で。

「マリンスポーツ部のみなさん、こんばんは。既にご存知かもしれませんが、『キャラ立ちライバル校対決』でナカスイ水産研究部がお相手することになりました。どうぞお手柔らかにお願いします（鈴木さくら）」

送信！

画面を見ていると、マリンスポーツ部の誰かが文字を入力している。相手の返信画面に「…………」が増えていくからわかるのだ。きっと関君だ！　なにを書いてくれるのかなと待っていたら、文章が表示された。

「いえーい！　進藤君、待ってるよ！（遠藤アリサ）」

ガックリと首を垂れたら、すぐに別の文章も表示された。

「鈴木さんをはじめ、みなさんにお会いできるのが楽しみです！（関）」

私を名指し！　そして、文末に「！」って入れてくれたの、初めてじゃなかろうか……！

スマホを関君と思い、ギュッと抱きしめた。

第六章

白鳥と黒鳥の湖

栃木は海なし県なのに海があるんだ。

――と子どものころは勘違いした、広大な中禅寺湖が目の前に広がっていた。

東武日光駅前から路線バスで約一時間のここは奥日光。湖面を渡る爽やかな風がここはリゾート地だと告げている。

夏は強烈な湿気と熱気に包まれる宇都宮とは違い、なんて気持ちがいい――。

「あー、気持ち悪い」

バスを降りたかさねちゃんは、その場で座り込んでしまった。

「だ、大丈夫?」

ポンポンと背中を叩いてあげている小百合ちゃんも、ちょっと顔色が悪い。

「あたし、山道くねくねってただでさえ酔うのに、いろは坂越えでしょ。限界突破よ。あんた、よく平気だねぇ。去年もそうだったけど。鈍感なんだね」

「失礼しちゃう!」

そう、なぜか私は乗り物酔いには強いのだった。

「これが中禅寺湖なんだ。私、初めて。テレビで観たスイスのレマン湖みたい」

麻里乃ちゃんは、軽やかな足取りで湖畔に駆け寄る。

「あ、そうか。麻里乃ちゃんは一年生のとき、ナカスイにいなかったもんね」

隣に並んで立つと、彼女は不思議そうに私を見た。

「ナカスイは、一年生でここに来るの？」

「うん、実習で。そうか、もうすぐ一年経っちゃうのか……」

澄んだ水を眺めていると、当時の記憶が湖面に映し出されるような錯覚を覚えた。


去年の十月中旬。

ナカスイ一年生は、三台の貸し切りバスに分乗して中禅寺湖にやってきた。降りたのは、湖畔にある漁業協同組合近くの駐車場だ。

やっぱりかさねちゃんが車酔いして、小百合ちゃんが背中をさすっていたっけ。

アマゾン先生が生徒を前に仁王立ちすると、背後にそびえる男体山と先生のワイルドな風貌が見事にマッチしていた。

「ここが中禅寺湖だ！　こないだ観たテレビで、『日光は知ってるけど栃木県にあるのは知らない』ってアンケート結果があって、先生はショックだったぞ。ここは、奥日光の入り口だな。標高一二六九メートルにある中禅寺湖の周囲は約二十五キロ、最大水深は約百六十三メートル。およそ二万年前に男体山の噴火で出た溶岩で渓谷がせき止められ、湖ができたといわれている！

さて、ここに生息する魚は何種類かわかる者はいるか？」

　ものすごい勢いで小百合ちゃんが手を挙げた。

「はい！　ニジマス、ヒメマス、スチールヘッドトラウトなど二十四種類と言われています。中禅寺湖にはもともと魚は生息していませんでした。明治期から放流が行われ、現在に至ります」

「正解！　本日はその中の一種類、ヒメマスの採卵実習を行う！　ヒメマスとは？　説明できる者、挙手！」

　今度は、進藤君の方が早かった。

「サケ科の淡水魚で、ベニザケの陸封型です。陸封型とは、湖や川などの淡水域で産卵し、ある時期を海で過ごす性質の魚が、地形などの環境条件の変化で海に下らずに淡水域に留まって繁殖を繰り返すようになったものをいいます。北海道の水産試験場の技師により、『紅の小なるは姫に通ず』という意味でヒメマスと名付けられたそうです」

　すごい。生徒からどよめきと拍手が起こった。

「その通り！　ヒメマスは銀白色だが、オスは産卵期に入るとベニザケのように紅色に染まる！　では、漁協にレッツゴー！」

　午前中は漁協の職員さん（ナカスイOBだそうだ）が講師の座学。お昼を挟んで、午後から採卵実習の予定だった。

　団体様御用達的な雰囲気がムンムンしている近くの観光食堂で、みんな同じ内容の幕の内弁当を食べながら、思わずポロっと言ってしまった。

「私、怖い……。こないだやったドジョウの採卵実習と全然違う。だって、ヒメマスの場合はお腹を切開するんでしょ？　私、魚を捌いた経験ないんだよ。しかも体長三十センチくらいあるんでしょ？　暴れたらどうしよう。ごめんなさいとか言って、湖に返しちゃうかもしれない」

講義中に爆睡したので体力と気力が回復したかさねちゃんは、煮物を箸でポイポイ口に運びながら言った。

「大丈夫よ、めん棒みたいな棒を貸してもらえるからさ。それでうまくゴツンと殴って失神させれば、ヒメマスは動かないし」

「無理だよ！　そんな、殴るなんて……」

と言いつつ、あっさりできてしまった。

かさねちゃんは言わずもがなだけど、小百合ちゃんの「一撃必中」は見事だった。

できなかったのは男子に割といて、特に島崎君は頭を抱えて座り込んでしまった。

「ダメです、できない！　僕の専門分野は撮影なんです。そんな、頭を殴るなんて……」

小百合ちゃんは無言で彼の傍らに来ると、あっという間にヒメマスの頭をゴツンとやって動かなくさせた。

「へ、ヘタに何度も殴った方がヒメマスがかわいそうでしょ。一回できっちり決めて失神させてあげなきゃ」

そして、そこからがさらに難関。包丁を使ってお腹を切開し、卵を取り出すのだ。「魚に包丁を入れる」のが人生初体験だった私の包丁を持つ手は、ぶるぶる震えていた。

「小百合ちゃん……私、できないよ。怖い」

「た、卵を大切に取り出してあげることは、次の命につなげてあげることを意味するんだよ」

命をつなぐ――。

小百合ちゃんの言葉が闘志に火をつけ、私は包丁をヒメマスに差し込んだ。歯を食いしばりながら包丁を動かすと、宝石のようなオレンジ色の輝きが目に入った。これが――命。卵だ。

大切に取り上げた卵をザルに入れてほぐし、バケツに集める。

バケツ数十杯分の「命」は、その後受精処理をされた――。


現在の湖を眺めながら、私は実習で取り出した卵のその後を考えていた。

「お正月のころ孵化して、孵化槽で育って、梅雨明けに中禅寺湖へ放流されたらしいから……いまごろは、この広い湖をノビノビと泳いでいるんだろうな」

「採卵したあとのヒメマスはどうしたの?」

湖を吹き渡る風に長い髪をなびかせながら、麻里乃ちゃんが訊く。この場に関君がいなくてよかった。こんな姫っぷりでは、一目惚れしてしまう。

でも、私だってちょっとは髪が伸びた。後頭部で結んだリボンも、もう落ちることはない。

「ナカスイに持ち帰って、食品加工コースの二年生が実習に使った。あ、今年は私たちだ」

「ああ、残念」

寂しそうに麻里乃ちゃんが微笑んでいる。そうか、その前にいなくなってしまうんだ。

一緒に過ごしたのはたった四か月チョイだけど、ナカスイで味わうことのできなかった「女子の青春デイズ」を体験させてくれた（なんせほかの女子はかさねちゃんと小百合ちゃんだし）。

「寂しいなあ……。麻里乃ちゃん、機会があったらまた中禅寺湖に遊びに来てよ。そして、ヒメマスが泳いでいるのを見たら、私やかさねちゃんや小百合ちゃんを思い出してね」

「ヒメマスって何年生きるの？」

「三年経つと産卵で接岸するって座学で言ってたし、産卵したら死んじゃうから、そのくらいじゃないかな」

「じゃあ、それまでに見に来るね」

麻里乃ちゃんは、湖に視線を落とした。

「……でも私、ヒメマスが見分けられるかな」

「はい、ではあらためてスケジュールをお知らせします」

神宮寺先生がパンパンと手を叩く。慌（あわ）てて、水産研究部の十人が集まった。

「日程は本日から一泊二日。まもなく十時からスタッフさんの説明があり、その後、撮影に入ります。会場は、湖畔にある中禅寺グランドホテル。みなさん、ご存じですね。百年以上の歴史があるホテルです。そちらの会議室で、まずクイズが行われます。お昼休憩を挟み、午後はパーティルームでの魚料理対決で本日の日程は終了。明日の早朝、七時から体力対決となります」

「先生、なんでそんな朝早いの」

早起きが苦手なかさねちゃんが、不満げに唇（くちびる）をすぼませている。

「おそらく、屋外でやるのでしょう。観光シーズンですから、観光客で混雑する前に済ませたいのではないかしら」

なるほど、納得。

「宿泊は、キャンセルした高校の部屋をそのまま使わせてもらえることになっています。中禅寺グランドホテルに泊まれる貴重な機会を活用し、日光リゾートの歴史を肌で学びましょう」

神宮寺先生が、ニヤけそうになるのを必死に抑えてポーカーフェイスを繕っている。きっと、「ここに泊まれるなんて超ラッキー」と思っているのだろう。

重要イベントということで、ふわりん先生とアマゾン先生も同行している。ふわりん先生の笑顔もいつもの三倍増しくらい。アマゾン先生は、なぜか寂し気だ。

「アマゾン、なんで嬉しそうじゃねえの」

「渡辺さん、アマゾンとはなんですか！　天園先生と呼びなさい！」

神宮寺先生の叱責も、渡辺君には蚊の羽音くらいにしか感じないらしい。鼻歌交じりに明後日の方向を向いている。

「いや、俺はリゾートホテルなんて肌に合わなくてなぁ。そこのキャンプ場に泊まった方がいい……。男体山の山頂を見上げながら……標高二四八六メートル……」

「へー、アマゾンって山男なんだ」

「大和さんも、天園先生と呼びなさい！」

湖畔での「車酔い回復タイム」も終了し、バスの停留所からほど近い中禅寺グランドホテルへ徒歩で移動した。テレビでよく見るホテルは想像よりは小ぢんまりしていたけれど、百年以上の歴史があるからか、建て直しを経ても重厚な雰囲気が漂っている。

宿泊する部屋に荷物を置き、実習服に着替えて会議室に行くと、既に湊海洋のメンバーがいた。同じように実習服姿なのはもちろん番組側の要望で、水産海洋系高校ならではの「キャラ立ち」を感じさせるためだろう。ナカスイと同じ上下つなぎだけど、色はさらに濃い。深海を感じさせる濃紺で、同じ色のキャップを被っている。いかにも校名に「海洋」が入る雰囲気だ。

私は「いの一番」に関君を探した。

いた！　最前列に座って、熱心に資料を読んでいる。

ああ、実習服が彼の凜々しい雰囲気にぴったり。

インスタに載っていた画像はウエットスーツやジャージだったから、とても新鮮だ。

ナカスイのメンバーは、最後方に座った。熱意の差が出る。

「笹崎先生！　お世話になります。今年はホント、湊海洋さんとご縁がありますわねぇ」

「いやぁ、神宮寺先生。鮎に割く時間を本校に頂戴しているようで、申し訳ありませんね！」

先生同士が挨拶兼雑談に励んでいると、慌ただしくスタッフが入ってきた。プロデューサー、ディレクター、AD、カメラマンと照明で五人。サケの放流実習のときと同じメンバーだ。

説明してくれるのは、プロデューサーの牧島冴子さん。前回の収録のときの雑談によると、現在三十半ばで、ずっと教育番組畑を歩んできたそうだ。

「おはようございます！　那珂湊海洋高校のみなさん、茨城からおいでいただき感謝いたします。ナカスイのみなさん、こちらからの急なお願いをご快諾いただき、ありがとうございます」

スタッフのみならず、振り返った湊海洋からも拍手が起きる。私たちはペコペコと頭を下げた。お礼を言いたいのはこちらなのに（関君に会える！）、とても恐縮だ。

「それではみなさんに、あらためてご説明いたします。『キャラ立ちライバル校対決』は『咲け！　キャラ立ちの花』の人気コーナーのひとつで、毎月最終週に放送されています。コーナーの時間は十五分と短いですが、大変濃い内容です！」

「あんた、観たことある？」と隣に座るかさねちゃんが私を見る。

「ない。そもそも自分が出た回しか観たことないもん」

壁時計を指しながら、牧島さんは続ける。

「この説明のあと、十一時からクイズの収録が始まります。合計十問の早押しクイズで、正解が多かった方が勝利となります」

私は右斜め後ろに座る小百合ちゃんと進藤君を見た。ふたりとも、自信に溢(あふ)れた表情をしている。なんの心配もいらないなと思い、正面に向き直った。

「午後二時からは、魚料理対決。これは食べる勝負と作る勝負がひとつずつです」

「よっしゃー！」

並んで座る渡辺君とかさねちゃんが、ガッツポーズしている。

「事前にスマホなどで調べられないように、詳細は現時点では申せません。水産系高校のみなさんならではの内容となっておりますので、お楽しみに」

ニッコリ笑い、牧島さんは全員を見回した。

「そして翌日は、朝七時から体力勝負となります。それは――」

どよめきが起きた。彼女が高く掲げた写真はなんと――。

「スワンボートのレースです！」

観光客が、きゃーきゃー喜んで漕いでいた白鳥型のボートだ。去年の実習のとき中禅寺湖で見た。湖畔にいろんな観光会社のボートがずらりと並び、白どころか黒や赤などカラフルで、かさねちゃんが「あれじゃ白鳥じゃないじゃん」と文句をたれていた。

「早朝にさせていただいた理由は、おわかりですね。モーターボートや遊覧船などで湖が混雑し、湖面が揺れる時間帯を避けるためです。ボートは定員二名、両校五艘ずつ乗船していただきます。男女比は自由。男子二名、女子二名で乗ってもOKです」

関君と乗りたい。無理だけど。

「ルールは簡単。一斉にスタートし、設置した目印まで漕いでいきます。そこでUターンしたらスタート地点まで戻ってきて、ゴール。ただ、スワンボートレースは順位で傾斜配点します。一位十点、二位九点、三位八点……と来て、十位が一点。合計五十五点となります。クイズは一問につき一点で、十点を分け合う形です。魚料理対決は作る対決が五点、食べる対決が五点。つまり、ほぼスワンボートレースの順位で決まり、最後の大逆転も可能です」

かさねちゃんが無表情で黙り込んでいる。計算できなくなっているに違いない。私もだけど。

「それでは、本日のリポーターから挨拶と激励です！」

前のドアが開き、サイドテールの女の子が入ってきた。ポロシャツに短パンとレギンスというおしゃれなアウトドアスタイルは、私たちの実習服とは対角線上にある。そんな彼女は――。

「りょんりょん！」

渡辺君の絶叫が部屋に響き渡った。

「キャラ立ち〜！　皇海梨音です。ナカスイのみなさん、お久しぶりです！　那珂湊海洋高校のみなさん、初めましして！　今日と明日、よろしくお願いします！」

「りょんりょん！　新曲サイコーだよ！　特にりょんりょんのソロ部分は……」

アマゾン先生が、アイドルに向かって飛び出した渡辺君の襟をつかんで元の席に引きずっていった。地獄の門番のように、そのまま渡辺君の隣に立っている。

「結菜の方が可愛い……結菜の方が可愛い……結菜の方が可愛い……」

私の左後ろの席で、結菜ちゃんがブツブツつぶやいていた。うらやましい、こんな自信が私にも欲しい。

牧島プロデューサーは、「それではみなさん、クイズの会場に移ってください！」と声を張り上げた。

ザワつきながら、みんなが立ち上がる。

正直、私にとって勝敗は二の次。関君と同じ空間にいられればそれだけでいいのだ。

今日と明日は神様からの贈り物だと感謝し、彼の背中を見つめながら移動を始めた。

クイズの会場となった会議室は既にセッティング済みで、りょんりょんが司会をする演台の前に「ハの字」にテーブルが設置してある。彼女から見て、右がナカスイ、左が湊海洋だ。

ナカスイ代表の小百合ちゃんと進藤君は、落ち着き払っている。まぁ、あのふたりなら絶対的自信があるんだろう。しかし、魚が絡んでいるからとはいえ、小百合ちゃんがテレビ番組に自ら出るなんて、本当に成長したと思う。

湊海洋代表は関君と、アニメオタクの彩羽ちゃんだった。

手元の問題を見ながら、りょんりょんが声を張り上げる。

「それでは第一問！　ヒ……」

ピンポンが鳴った。

もう？　会場には二校のどよめきが広がった。早押しボタンが輝いているのは――。

「は、はい、ナカスイの進藤君。答えをどうぞ」

動揺するりょんりょんと、余裕の笑みを浮かべる進藤君。見事な対比だ。

「サクラマス！」

「せ、正解です！」

どよめきが一段階大きくなる。

りょんりょんは、信じられないといった表情だ。

「問題全文は、ヒメマスは中禅寺湖に生息し、ベニザケの『陸封型』と言われています。では、同じく『陸封型』といわれる『ヤマメ』は、海に下る『降海型』だとなんと言われるでしょう……でした。な、なんでわかったんですか？」

進藤君はハハと笑いながら言う。

「ヒで始まるからには、ヒメマスと判断しました。僕、このコーナーのアーカイブ五年分を全部チェックして、出題傾向を分析済みです。パターンからすると、第一問は会場の地域性を絡めた問題が出ますね。ヒメマスといえば『陸封型』、対義語は『降海型』。その代表的なものを問うてくるはずだから『ヤマメ』の『降海型』が来ると思いました。ヤマメも地域性がありますし」

会場の盛り上がりは、すごかった。ライバル校の関君と彩羽ちゃんですら拍手している。いや、ただひとり……小百合ちゃんは無表情でじっとしていた。

「さくらちゃん、なんで小百合ちゃんは嬉しそうじゃないの」

会場の隅っこに設けられた応援席で、結菜ちゃんが耳打ちしてくる。

「そりゃ、進藤君に負けたからでしょ」

「え、だってあのふたりは仲良しなんじゃないの？　ってか、つき合ってると思ってたけど」

「違うよ。小百合ちゃんと進藤君は学問のライバルであり研究仲間でもあるけど、それ以上でもそれ以下でもない。知識量で絶妙なパワーバランスを保っている、危うい関係なんだよ」

「へぇ」

気を取り直したように、りょんりょんは咳払いをした。

「それでは、第二問です！　ヒ……」

ピンポンが鳴った。まさか、ありえない。でも、ボタンが輝いているのは――。

「は、はい、ナカスイの進藤君。答えをどうぞ」

「死滅回遊」

「正解です！」

なんで同じ「ヒ」で違う答えが導かれるんだ。

声を震わせながら、りょんりょんは問題に目を落とした。

「問題全文は……ヒメマスのような『陸封型』は陸と海をめぐる回遊の結果、川に閉じ込められたものと言われています。その回遊の種類で、回遊性を持たない動物が、海流や気流に乗って本来の分布域ではない地方までやって来ることがあり、これらは本来回遊性がないので本来の分布域へ戻る力を持たず、生息条件が悪化すると生存できなくなることがあります。これをなんと言うでしょう、でした……どうしてわかったんですか？」

進藤君は、弾けんばかりの笑みを浮かべる。

「はい。第二問は第一問の派生問題が出てくる、これも僕の分析による出題パターンです。『陸封型』が出てくるなら、絶対『回遊』が問題になるだろうと思いました。適温回遊、索餌回遊のような回遊の種類を訊いてくるか、『陸封型』のような川と海をめぐる『通し回遊』の種類を訊いてくるか、どちらだろうと思いましたが……。しかし第二問はインパクトのある答えがパターンですからね、ここのクイズは。強烈に耳に残る『死滅回遊』に賭けてみました。ただ、『死滅回遊』は本質的に回遊ではないことと、サケのように産卵後死滅する回遊と紛らわしいので、繁殖に寄与しない分散という意味で、『無効分散』と呼ばれることもあります。どちらが正解か悩みましたが、良かった」

「は……はい、無効分散でも正解でした」

会場は拍手が鳴りやまない。みんなが進藤君をたたえている。ひとりを除いて――。

小百合ちゃんは無表情でブルブル震えている。進藤君も気づいたらしい。笑顔が消えた。

「続いて、第三問。魚偏に占うと書いて鮎ですが、実は異名がたくさんあります。泳い……」

「はい、『銀口魚』！　銀色の口の魚と書き、泳いでいると口が銀色に光ることに由来します！」

「先生が答えても点数になりません！」

りょんりょんの指摘で、応援席にいた神宮寺先生は慌てて口を押さえた。鮎愛が教師としての理性を越えてしまったのだ。おそるべし。きっと、放送のときにはカットされるんだろう。

「では、リテイクで」

りょんりょんはADさんとアイコンタクトを交わし、撮影モードに表情を変えた。

「続いて、第三問！　日本人が大好きなマグロは『万葉集』や『古事記』……」

小百合ちゃんと進藤君、そして関君の手が同時に伸びた。ボタンが光ったのは、関君だ。

「はい、大魚よし」

「正解です！」

湊海洋側から歓声が起きる。私も飛び上がって喜びたいのを必死に抑えた。

「問題全文は、日本人が大好きなマグロは『万葉集』や『古事記』にも『シビ』の名前で登場しますが、和歌でマグロを意味する枕詞はなんでしょう、でした」

関君は、ホッとしたようにため息をついた。

「良かった……。枕詞を訊いてくるか、『シビ』を訊いてくるかどちらかと思いましたが、『万葉集』が先に出てきたので和歌、ゆえに枕詞だと判断しました。那珂湊『海洋』高校の名にかけて、マグロの問題を外すわけにはいかないので」

進藤君は腕組みをして天井を見上げている。絶対、彼ならもっと早く答えられただろうに――。

かさねちゃんがポツリとつぶやいた。

「芳村さんに譲りにいったね、進藤。ったく、勝負の世界にそんな情けいらんのに。水産官僚になって漁業交渉なんかできないよ、あれじゃ」

「いいじゃん。頭いいだけじゃ、つまんないよ」

そう言う私に、かさねちゃんは「甘い甘い」と首を横に振る。

「進藤、しかも人混み苦手だしね。ま、人間味あっていいか」

「第四問！　紅藻類のスギノリやヤハズツノマタから抽出されるカラゲナンはゼリーに利用されますが、アイスクリーム……」

今度は、小百合ちゃんが早かった――けど、私にもわかる。なんせ食品加工コース。答えは「アルギン酸」。褐藻類のアラメなんかから抽出されて、アイスクリームの安定剤に使うんだ。一学期の終わりに「食品加工基礎」でやったばっかりだし。

「寒天！」

え。

「はい、正解！　問題全文は『紅藻類のスギノリやヤハズツノマタから抽出されるカラゲナンはゼリーに利用されますが、アイスクリームには褐藻類のアラメやカジノから抽出されるアルギン酸が使われます。では、紅藻類のテングサやオゴノリから抽出されるアガロースを使用した食品はなんでしょう』でした」

小百合ちゃんが得意そうに胸を張る。ああ、私はやっぱり一歩先しか考えられない――。

「第五問！　まず、こちらの画像をご覧ください」

りょんりょんの背後にある大きなスクリーンに、船が九艘映し出された。

「これらは、全国に配置されている水産庁漁業取締船です。今から丸が点く船の、船名と定係港、総トン数と国際総トン数を答えてください！」

私には全部同じ船に見えるんだけど、どこがどう違うんだ。

右下の船に丸が点くやいなや、超高速で進藤君の手が……いや、関君の方が速かった。

「白鷗丸、定係港は博多港。総トン数は四百九十九トン、国際総トン数は七百四十一トン！」

「正解です！」

「くっ……！」

進藤君が悔しそうに両手をテーブルに叩きつける。いつも機嫌よさそうな彼がこんな姿を！　水産庁への愛ゆえか。

「第六問！　熊本県芦北町が舞台のモデルとされ、原作漫画が大人気でアニメ化、実写ドラマ化もされた海釣り部物語の作品タイトルは？　アニメ版エンディングテーマの二番だけをフルコーラスで歌ってから解答してください！」

「はいはいはーい！　ちょっと、マイク貸して！」

「かさねちゃんが答えちゃダメだよ！」

私は必死に、飛び出していこうとする彼女を引き留めた（これは彩羽ちゃんが解答）。

結局、ナカスイは六点（進藤君四点、小百合ちゃん二点）、湊海洋は四点（関君三点、彩羽ちゃん一点）でクイズ編が終了した。次の魚料理対決は作る対決と食べる対決が五点ずつ。ナカスイが両方負けたら、湊海洋に逆転されてしまうのだ――。

会場準備の関係だとかで、お昼休憩を挟んで午後二時から魚料理対決になる。

ホテルが出してくれたおにぎり弁当を食べてスタートまでの間、ひとときの休息時間となった。

湊海洋の女子たちは固まっておしゃべりしているけど、ナカスイの女子は先生も含めてみんなどこかに行ってしまった。個人主義なのだ。

私も、爽やかな空気で深呼吸したい気分。クイズの熱気にちょっとメゲてしまったし。

二階にある昼食会場の窓を開けると、湖と山の空気を含んだ心地よい風が吹き込んできた。同じ山でも、ナカスイの屋上を吹く風とはどこかが違う。標高の関係かな。

真ん前の中禅寺湖を見ると、さすが繁忙期のリゾート地。緑の山々に囲まれた湖畔には観光客がひしめいている。

庭を見下ろしたら、関君がひとりで歩いているのが見えた。散歩だろうか。チャンス！

慌てて部屋を出て、玄関を抜けて彼の姿を捜した。

ホテルの敷地にはギザギザした緑の葉のミズナラの木が立ち並んで、林のよう。緑に色づいた光が射し込み、まるでおとぎ話の世界だ。白馬に乗った王子様がやってきそうな雰囲気だと思ったら——騎士様がいた。盛装じゃなくて実習服だけど、それがまたいい。

関君！……と声をかけるつもりが、口を押さえた。

彼はひとり、中禅寺湖を眺めていた。その視線が追うものは——遊覧船だ。やっぱり海洋技術科、船への思いが強いんだろうか。

邪魔してはいけない。そんな気がして、私はその姿をそっと眺めることにした。

しかし、邪念というか気配を察したのか彼は振り向いた。私を見て、軽く手を挙げる。

「鈴木さんも息抜きですか？　ちょっと熱気にやられてしまって」

「そ、そうですよね。クイズ、すごく盛り上がったから」

「残念ながら、ナカスイには負けてしまったけど」

悔しいだろうに、なんて涼やかな表情。彼は、そのまま散歩道の先を指さした。

「もう少し歩くけど……一緒に来ますか」

「はいっ」

おとぎ話のような風景を、ふたり並んで歩いていく。生きててよかった。神様ありがとう。

「そういえば山神百貨店の催事も、もうすぐか。ナカスイも後期でしたよね」

「は、はい。偶然にも」

ミズナラの木立の間を、さわさわと葉の音を立てながら風が吹き抜けていく。お邪魔虫は誰もいない。

「鈴木さん」

彼は立ちどまって、私を見つめた。

もしや、運命の瞬間が――。

「は、はい」

「そこに生えてるミズナラって、キノコ栽培の原木に利用されるんだそうです」

なんでキノコの話に。

「国産ウイスキーの熟成樽にも使われているらしいですよ。食品加工の世界って、いろんなものがリンクしていいて興味深いと思いませんか」

「そ、そうですよね。本当に、食品加工コースに進んでよかった。湊海洋にも海洋食品科があるなんて、ナカスイと縁が深い……」

「野原さんも安心ですね。食品の勉強を続けられるから」

「へ？」

なんでいきなり麻里乃ちゃんが。

「二学期から遠藤とクラスメートになるんでしょ？　さっき野原さんが教えてくれました」

空から大きな石がガラガラと落ちてくる。全部私の頭に当たって、ガーンガーンと連打する。そんな幻覚と幻聴に襲われた。

なにそれ。麻里乃ちゃんが、湊海洋に転校するってこと？

「そ、そう？……ですね。でも忙しいかも。催事、実は彼女とふたりで出るので……」

「九月一日はウチの始業式だから、頭の切り替えも大変ですね」

――なんで。

なんで麻里乃ちゃんは私に話してくれなかったの。なんで関君と同じ学校に転校するの。そして、なんで関君が私より先に知ってるの。

いろんな「なんで」が頭の中で泳いでいる。風に揺れる葉のざわめきは癒しの音楽ではなく、心のざわつきにしか感じられなくなっていた。

そして、麻里乃ちゃんが湊海洋の生徒になるということは、これからずっと関君のそばにいることを意味する――。

「あ、そろそろ時間だ。戻りましょうか」

腕時計に目を落とし、彼は回れ右をした。

みんなのところに行きたくない。このまま、逃げ出してしまいたい。

頬が震える。目頭が熱い。立ちすくんだままの私を、関君が振り返る。

「あれ、どうしました」

「い、いえ、魚料理対決が楽しみですね」

必死に笑顔を作ろうとしたけど、絶対歪んでいるだろうな。私の性格みたいに。

麻里乃ちゃんに会ったら喜んであげなきゃ。転校先が決まって良かったね、ナカスイと交流のある湊海洋で嬉しいよ、学校は違っても食品加工をともに勉強していけるんだねって。

ダメだ、無理。とてもそんな風に思えない！

「あの！　関君は、麻里乃ちゃんのことをどう思っているのでしょうか」

「どう？」

彼の目が丸くなる。しまった、私は勢いでなんてことを……。

「それはもちろん……」

好きなら好きで、さっさと言ってほしい。諦めがつく。

「湊海洋の生徒数が増えて、嬉しいです。定員割れしてますから」

歩く姿は朴念仁（ぼくねんじん）――アリサちゃんの言葉が脳裏をよぎった。

関君はまた歩き始める。泣きたくなるのを必死にこらえ、後についていった。

「ライバルに訊くのもなんですけど、鈴木さんたちは催事でなにを販売する予定ですか？」

麻里乃ちゃんに訊いてください、と嫌味を言いたくなるけど堪（こら）える。

「はい、実はまだ決まってなくて……」

本当だ。今回の空き時間に、気分転換しながら考えようと思ってたんだ。でも、もうそれどころじゃなくなってしまった。

私の気持ちなんてお構いなしに、番組の収録は続いていく。

魚料理対決の会場はきらびやかなシャンデリアと華やかな生花に彩（いろど）られ、さすがパーティルームといった雰囲気だった。

午前中の私だったら「ここで私と関君の披露宴が執り行われる」と妄想したかもしれないけど、もうそれどころではない。

「大和さんと渡辺君だから、すごい楽しみだね」

会場の隅に設けられた応援スペースで、背後の席から麻里乃ちゃんが話しかけてくる。私は「ああ、そう?」とおざなりな返事をした。

不思議そうな顔をして、麻里乃ちゃんが体を引く。知るもんか。

チェック柄のミニワンピに、ベレー帽というステージ衣装に着替えたりょんりょんは、帽子が飛んでいきそうな甲高い声で叫んだ。

「キャラ立ちライバル校対決! 第二ラウンドは、『魚料理対決』です!」

クイズのときと同じ「ハの字」に配置されたテーブルに座る生徒は、ナカスイは渡辺君とかさねちゃん。湊海洋は、以前渡辺君と磯場で揉めていた彼(吉永君というらしい)と、かさねちゃんと同じく民宿の娘であるアリサちゃんだ。

全員の目が燃えている。やはり、ライバル意識もひとしおなんだろう。

「審査員は、こちら中禅寺グランドホテルの城山料理長です!」

アイドルの隣に立つ料理長の年齢は、六十歳くらいだろうか。コック帽から少し見える髪は、白いものが目立つ。厳めしい雰囲気も漂っているけど、笑う目は草食動物みたいに優しそうだ。

「城山さん、まずは『食べる対決』のメニューをご紹介いただけますか?」

「はい、中禅寺湖ならではの『ヒメマスのムニエル』を用意いたしました」

生徒たちの前に、白い陶器の丸皿に載ったヒメマスが配膳された。丸ごと黄金色にソテーされ、鮮やかな人参のグラッセやローストポテトが添えられている。

日光がテーマの観光番組でよく紹介されるけど、私は食べたことがない（高いから）。

りょんりょんも食べたそうに料理を眺めていたけど、自分の仕事を思い出したようだ。慌ててマイクを持ち直した。

「これはタイムトライアルではありません。いかに、マナーに則って食事をするか、その正確さ、美しさを競います。では、両チームどうぞお召し上がりください！」

お互いのテーブルの間には衝立が置いてあって、他校のテーブルは見えないようになっている。

ズラリと並んだフォークとナイフの中から、湊海洋の生徒は迷わず魚料理用のものを選び取った。

ナカスイのふたりはじっとお皿を眺めていたけど、やがて、かさねちゃんがフフっと笑った。フォークとフィッシュナイフを手に取る。渡辺君は、横目で見ながら彼女の動きを真似した。

可食部分じゃない頭や骨、鰭や尾があるから切り分けるのも大変だと思うけど、かさねちゃんは見事だった。生まれついての貴婦人のように、優雅に華麗にフォークとナイフを操っていく。

ナカスイの応援席からどよめきが起きた。島崎君と進藤君はポカンと口を開け見つめている。

渡辺君も、かさねちゃんを見ながら一生懸命ついていった。

「はい、両校とも食べ終わりました！」

大歓声の中、りょんりょんは料理長にマイクを向けた。

「さて、いかがですか？」

「そうですね。両校ともに間違いはありません。しかし、ナカスイの大和さんは細部まで完璧です。あえて勝敗というなら、ナカスイですね」

私は落ちこんでいたのも忘れ、力の限り手を叩いた。すごい、かさねちゃん。ギャルでアニメオタクとしか思ってなかったけど、あんな優雅でエレガントに――。那珂川町の悪役令嬢だ。

りょんりょんも興奮した様子で、彼女にマイクを向けた。

「私も見入ってしまいました！　素晴らしいです。どちらでマナーを身につけたんですか？」

かさねちゃんは、左頬に右手の甲を当ててホーッホッホと笑った。

「そりゃ、アニメですわ。『仕事帰りにカフェに入ったらロッテンマイヤーさんがいたんだけど』の第一話は魚料理マナー。お見合いの席でマスのムニエルが出てきて、マナーがダメと断られたアラサー女性がカフェに来て、ロッテンマイヤーさんに叱られつつ教えてもらう回でしたの」

「はぁ」

「でもねぇ、マナーをガタガタ言うようなヤツは、こっちから振ってしまえとあたしは思うわけよ。いちばんのマナーは所作よりも残さずキレイに食べることだと思うの。そして最後に『ごちそうさま』を忘れずに、よ」

次は、作り方対決だ。これはもう、かさねちゃんも渡辺君も安泰だろう。

実習服の上にエプロンをつけて会場にセットされた調理テーブルに移ると、運ばれてきた食材を見たふたりは、あんぐりと口を開けた。

りょんりょんも、その食材の凄さにテンションがさらに上がったようだ。

「なんと、大きな鯛の尾頭つき！　ひとり一匹ずつです。これはタイムトライアル。三枚卸しにして、刺身を作って盛りつけてください。では、スタート！」

真鯛を扱うアリサちゃんたちの手さばきには、海あり県のオーラを感じた。鱗をかく手は舞のよう。鰓を取り内臓を外し、血合いを見事に取り除いて三枚に卸す。逆さ包丁の技も駆使し、切り身は柵へ、柵は刺身へと美しく変わっていった。

一方、海なし県のナカスイ。かさねちゃんは普段から民宿の厨房を手伝ってるし、渡辺君は釣ったそばから鮎の塩焼きを作っていくから、ふたりとも余裕だと思ったら意外に時間がかかっている。

心配そうに、ふわりん先生が見つめていた。

「大和さんの民宿は川魚料理を出してますし、渡辺さんは鮎専門ですから……なかなか勝手が違うかもしれませんね」

なるほど、そういうことか。

結局、作る対決は湊海洋の勝利。両校、五点ずつの得点となった。

以上で本日のスケジュールは終了。

部屋の割り当ては、二年生女子はベッドが四つあるファミリールーム。エクストラベッドが入る余裕はないので、結菜ちゃんは神宮寺先生とふわりん先生の部屋に連れていかれた。

かさねちゃんはせめてツインルームが良かったと文句をたれてたけど、私はかえってよかった。もしも麻里乃ちゃんとツインで同室になったら、いたたまれない。

夕飯を近くの観光食堂でナカスイメンバーで済ませると、あとは気楽な自由時間となった。

神宮寺先生は、明日のスワンボート対決に備えて体力温存のために早く寝ろと言っていたけど、そんなことできるわけないのが高校生。

そして、私は催事に出す商品をこの時間に絶対決める——つもりだったのに、心が騒いでそれどころではない。ひとりで悶々としながらベッドに横たわっていた。

「館内の観光パンフレットコーナーにあったんだけどさ、これ面白くない？　ザリだよ、ザリ」

ベッドの上であぐらをかき、パジャマ姿のかさねちゃんが紙をひらひら振っている。

「な、なに？」

小百合ちゃんは紙を受け取ると、目を丸くした。

「ザ、ザリガニ料理！」

「そう。大正時代のザリガニスープが、日光のリゾートホテルで再現されてるんだってさ」

私は、去年かさねちゃんが作った『ザリガニグラタンコロッケバーガー』を思い出した。確かに、エビ風味でおいしかったけど——。

「ザリって、普通に食用なの？」

小百合ちゃんは、私を振り返ってコクコクと頷いた。

「に、日本ではあまりないけど、国際的にはよくあるよ。た、大正天皇の料理番を務めた秋山徳蔵は、フランス料理で用いられるザリガニを使ってスープを作ることを思いついたの。そ、それで北海道のニホンザリガニを使ったスープが、大正四年に京都で開かれた大正天皇即位礼饗宴の儀に供されたんだよ」

パンフレットに目を落としながら、小百合ちゃんは感心したようにつぶやく。

「こ、このとき使われなかったニホンザリガニが、日光の田母沢御用邸に持ち込まれた記録があって、さらにこのザリガニの子孫とみられる個体が日光を流れる大谷川水系で生息しているとわかったの。そ、それで、観光資源に生かせないかとザリガニスープの開発が進められたけど、ニホンザリガニは絶滅危惧種で食材に使えないから、アメリカザリガニで代用しているんだって」

へえ～。と小百合ちゃんの説明を聞いていた三人の感嘆が重なった。

「ザリって高級食材なんだ。ナカスイの周りにいっぱいいるのにね」

私がつぶやくと、残りの三人が「あっ」と言って目を合わせた。

「みんな、同じこと考えてる？」

見回すと、三人は大きく頷いて私を見つめる。

「ザ、ザリの加工食品を催事に出すんでしょ？」

「小百合ちゃんの言うとおり！　そういった歴史なんかも一緒に展示したら、催事に来るお客さんにすごくアピールできるんじゃないかな」

かさねちゃんは、ちょっと残念そうに首を傾げた。

「まぁ、モクズガニは量も限りがあるからね。まだシーズンじゃないから渡辺ん家の冷凍モノ使うしかないし。冷凍は味もベストじゃないから、ザリでいいんじゃね？」

「でも、モクズガニも捨てがたいんだよなぁ」

ため息をつくと、小百合ちゃんがおずおずと私を見る。

「りょ、両方使うのは？　ダメなの？」

「いいかも！」

イッキに想像が広がる。パスタソース、チャーハン（の具）、いっそ餃子は？

「うん、ここまで来たら……もう一直線だ。ありがとう、かさねちゃん、小百合ちゃん！」

麻里乃ちゃん――と続けられないのが私の心の狭さ。

みんなも微妙な空気に気づいたのか、黙りこむ。

部屋が沈黙に支配された。

「じっくり考えたいから、ちょっと散歩してくる」

私は慌ててパジャマからジャージに着替えて、部屋を出た。

外に出ると、さすがにもう真っ暗だった。そして寒い。既に秋どころか冬になったみたい。真夏でも、奥日光ってこんなに冷えるんだ。

体を震わせて立ちすくんでいると、「さくらちゃん」と声をかけられた。

振り返ると、白のワンピースに赤いカーディガンを羽織った麻里乃ちゃんが立っている。月の光に照らされて青白く輝く姿は、まるで単衣に小袿をまとったかぐや姫のよう。

圧倒的敗北感。

姫は、心配そうな顔で口を開いた。

「もしかして私のこと怒ってる？　私、なにかしちゃった？」

私の中で、なにかがぷちんと音を立てて切れた。

「なんで訊くかな。わかるでしょ？　なんで……湊海洋に転校するって教えてくれなかったの」

「……あ」

「なんで関君の方が先に知ってるんだよ！　お昼、散歩してたらバッタリ会ったんだ。言われてビックリした」

麻里乃ちゃんは違う違うと両手を振った。

「あのね、本当に急だったんだよ。今日のお昼、お母さんからふわりん先生に電話がかかってきたの。私、携帯持ってないでしょ。で、先生に呼ばれて電話に出たの。そしたら、ふたりとも平磯海岸近くのリゾートホテルに就職決まったって……。社宅もあるし、近くに湊海洋の海洋食品科もあるから、ナカスイのような学校生活を続けさせてあげられるって……。電話を先生に返して部屋を出たら、たまたまそこに関君が通りかかったの。で、事情を説明して……。湊海洋のことで知りたいこともあったし。本当に、それだけなんだよ」

言われてみると腑に落ちた。いや……落ちない。私だったら学校生活のことはアリサちゃんに質問する。だって同性だし。学科だって同じだし。

「麻里乃ちゃんさ……関君のこと好きでしょ」

息を飲む姿は、どう見ても「ビンゴ」だ。

「そ、それは……。ごめん、私が倒れて保健室で気を遣って話をしてくれたときから……。だって、あのとき私、家のことでつらかったし。でも、さくらちゃんが関君のことを好きなのは知ってるから、それは肝に銘じてる。私からはなにも……」

「私からは？　じゃあ逆に関君から告られたら、オッケーってこと？」

違うよ、と返事はない。

「だって、さくらちゃんは……」

潤んだ目で、麻里乃ちゃんとは思えないような鋭い視線を向けてきた。思わず、後ずさる。

「なんでも好きなようにしてるじゃない。私なんて、両親は失業するし、家は住めなくなるし、学校は転校になるし。なにも、なにもないんだよ。少しくらい願いが叶ってもいいじゃない！」

「なにもない？　ちょっとそれ、笑っちゃうんですけど。美貌も身長も性格の良さも持ってる人に言われたくない！　なにもないのは私だよ！」

私は踵を返して、その場を去った。

ああ……吐き出してしまった。自分でも認めたくない心の底でドロドロしていたものを。

胸はスッキリしても、逆に頭の中は澱んだ沼のようになっていく。これってアレだ、自己嫌悪。

こんな状態で、麻里乃ちゃんと同じ部屋で過ごすのは耐えられない。

かさねちゃんたちには「私のベッドに地縛霊がいて怖いから」と言い、自分は現実主義者だから気にしないと言う結菜ちゃんと部屋を替わり、先生たちの部屋で一晩を過ごした。

翌朝。雄大な男体山に見守られ、ナカスイと湊海洋の生徒、計二十人が中禅寺湖畔に並んだ。（主にナカスイの）生徒たちは半寝ぼけの顔をしているけど、さすがりょんりょんはプロ。朝からテンションが高い。

「テレビの前のみなさん、おはようございまーす！　って、いま朝七時です。『キャラ立ちライバル校対決』、いよいよ最終決戦です！　勝敗が決まるのは……スワンボート！」

彼女が指さした先は桟橋（さんばし）。そこに、十艘のスワンボートが係留されていた。事前に調整し、ナカスイの五艘は白。湊海洋の五艘は色つきだった。黒、赤、黄、青、緑――。

「ボートはふたり乗りです！　原理は簡単、つながったペダルを力を合わせて足で漕ぎ、真ん中にあるハンドルで方向転換します。ルールも単純。桟橋を出たら、二百メートル先にある目印まで漕いでもらいます」

折り返し地点には、普通のボートに乗った漁協の職員さんがいた。目立つように大漁旗みたいな旗を持っている。私たちの視線に気づいたのか旗を振ってくれた。私たちも手を振り返す。

「あのボートを過ぎたらUターンしてスタート地点に戻ってきます。到着順に点数がつき、最終的な勝敗が決まるのです！　自分の学校に栄冠をもたらすのはどのペアでしょうか！」

ナカスイの組み合わせは事前に決めてある。私とかさねちゃん（下宿組）、進藤君と小百合ちゃん（頭脳組）、島崎君と麻里乃ちゃん（元・現埼玉県民組）、部長と副部長（三年生組）、渡辺君と結菜ちゃん（残り）だった。

「では各校に抱負を語ってもらいましょう。まずは湊海洋。先生、どなたにします？」

りょんりょんが笹崎先生に目をやると、すぐに返ってきた。

「広報担当の関からお答えします！」

いきなりマイクを向けられても、関君は動揺せず表情も変えない。

「……海でも湖でも、全力を尽くすだけです。以上」

どよめきが湖畔のギャラリーから起きる。

全国ネット（しかもＭＨＫ）のテレビ番組の撮影であることと、アイドルのりょんりょんが来ていることが、昨晩のうちに広まったらしい。早朝なのに、よくこれだけの人が集まると思う。

「おいっ。ナカスイはまさか俺じゃなかろうな」

騒いでいるのは浜田部長だ。進藤君が部長の肩にポンと手を置く。

「当たり前じゃないですか、部長ですもん」

「進藤が代わりに言えよ。いや、言ってくれ。来年の女子志願者が増えるかもしれない。ナカスイの未来のためだ、頼んだぞ！　部長命令だ」

「はぁ」

りょんりょんがマイクをこちらに向けてきた。

「次に、ナカスイは……」

「はい。監事の僕、進藤が務めます」

進藤君が一歩進み出ると、ギャラリーから「きゃー！」「カッコよすぎー！」と絶叫が起きる。苦笑いしながら彼が視線を向けると、いきなり座り込んだ。

「ダメだ、気持ち悪い……」

小百合ちゃんが慌てて駆け寄る。

「ど、どうしたの。アニサキス食中毒？」

「違う、あれ……」

進藤君の指さす先には、たくさんのギャラリーがいた。彼がなによりも苦手な、人の群れだ。

プロデューサーの牧島さんが走ってきた。

「どうしましょう。棄権して、ナカスイさんは四艘にしますか？」

「私が出ます」

実習服姿の神宮寺先生が歩み出た。

「え」

全員が呆気にとられている。

長い髪をゴムで結びながら、神宮寺先生は淡々と続けた。

「クイズと同じく、教師では失格ですか？」

牧島さんは一瞬考えこむ様子を見せたものの、すぐに微笑んだ。

「今回は緊急事態、オッケーとします！」

「あ、あの……抱負を語るのはどなたに……」

マイクを持ったままウロウロしているりょんりょんに、結菜ちゃんが駆け寄った。そのままマイクを奪うようにしゃべりまくる。

「はい！　ナカスイ一年生の松原結菜、アイドル志望です！　優勝目指して頑張りまーす！」

カメラを見つめ、顔の脇でVサインをしてウインクした。

「よろしいんでしょうか……」

牧島さんは私たちを心配そうに見る。

「申し込んだのはこの子ですから。いいでしょう」

神宮寺先生につられたように、私たちもうんうんと頷いた。

プロ意識が戻ってきたのか、りょんりょんはマイクを持ち直して叫ぶ。

「ではみなさん！　スワンボートに乗り込んでください」

ライフジャケットを身に着け、ナカスイの生徒たちは「体力に自信がない」「気合いで勝負だな」「なんとかなるんじゃね」とか言いながら、てんでばらばらにボートに乗り込んだ。

「部員一同、整列！　乗船！」

マリンスポーツ部は、部長の号令とともに見事な所作で動いていく。なんという差。ちらりと関君を見ると、アリサちゃんと組んだようだ。ふたりで黒鳥ボートに乗り込んでいった。

広さはママの軽乗用車の前部シートくらいだろうか、ボートの中は意外に広い。しかし、揺れる。湖面ってこんなに揺れるものなのか。

スタート地点は、五十メートルくらい先。Uターンの目印とは別のボートに乗った漁協の職員さんが二艘に分かれ、紙テープのスタートラインを持っているところだ。

かさねちゃんと息を合わせてペダルを漕ぎながら、スタート地点を目指す。

足に、湖を進む感覚が伝わってくる。カヌーとはまた違う。滑（なめ）らかさがないというか、うねりが大きいというか。

そして、意外に視界が狭い。前方の二か所の窓（もちろんガラスなんてない）から見える空間だけだ。サイドは見えるけど。

「あんたさぁ」

かさねちゃんが流して漕ぎつつも、真面目な顔で前方を見つめている。

「何位目指してる？」

窓枠にとまった二匹のトンボを眺めながら、私はのんびり答えた。

「別に何位でも。だって勝てるわけないじゃん。あっちは運動部だよ」

「ちょっと本気だしてみな」

「え？」

全員がラインに並んだところで、りょんりょんが叫んだ。

「それでは、スタートします。せーの、キャラ立ち〜、ライバル校対決！　ＧＯ！」

紙テープを破り、一斉に漕ぎ始めた。

なんかよくわからないけど、かさねちゃんの言うとおりに一生懸命漕いでみた。不思議なことに、あっさり前に出てしまう。

「あれ、いま……三位？　なんでこんな前にいるの」

「あたしたち、チャリ通でしょ」

「でも片道一キロもない……」

ふと思い出した。校門前の、すさまじい坂を。入学したころはとても漕いでは上がれず押しながら上がったけど、気がつけばいつの間にか漕いで上がれるようになっていた。

「もしや、あの坂で私たちの足は日々鍛えられていたのか！」

「そうだよ。もしかしたら、マリンスポーツ部よりも。太もも限定なら」

「全力でやる」

後頭部のリボンをきっちり結び直し、ペダルを踏む足に力を入れた。窓枠のトンボが吹き飛ばされていく。

前の白いボートを抜いて、二位に上がった。

抜きながら気づいたけど、神宮寺先生と小百合ちゃんペアだった。なんでこんなに前に。釣りと養殖池の掃除で体力が培われているんだろうか。

そして、その先。ぶっちぎりで一位を走る黒鳥。あれは――。

「かさねちゃん、トップは関君とアリサちゃんだよ」

「よっしゃ、行け！　民宿の娘として、民宿の娘に負けるわけにはいかないのよ！」

「私だって、関君に置いていかれたくない！」

足に渾身の力をこめた。

だんだん距離は縮まり、目の前に黒鳥が見える。しかし、わずかな差がなかなか縮まらない。

目印のボートでUターン。ちょっと膨らんでしまった。黒鳥との距離が広がる。残りはゴールまで一直線。

関君！　私を置いて行かないで。追いつけ。漕げ。死ぬ気で漕ぐんだ、自分。

どこにこんな力があるのだろうと我ながら驚いたけど、距離が再び縮まり始めた。そして、ゴールはもう目の前。また紙テープが張られている。ギャラリーの歓声が一段と大きくなった。

いま、この瞬間にすべてを賭ける。麻里乃ちゃんへの苛立ちも、自分自身へのムカつきも、すべて燃料にして燃やし尽くしてしまうんだ。

黒鳥、いや、関君――！

「行かないでえええ！」

「行けえええええ！」

かさねちゃんの叫びとともに、最後の力を振り絞る。

「ゴール！」

りょんりょんの金切り声と、ギャラリーの怒濤の歓声が私たちを出迎えた。

呼吸が荒れて吐きそう。口を押さえて息を整えていると、残りのボートが次々に戻ってくる。

「順位を発表します。一位ナカスイ！　二位と三位は湊海洋。四位ナカスイ、五位から七位まで湊海洋、八位からラストがナカスイです！」

えっ。関君に追いつくどころか、抜いてしまったのか。

ボートから降りなきゃ、降り――。

「かさねちゃん、足が……動かない。太ももが死んだ」

「しょうがないねぇ……って、あたしもだ」

ふたりで体を支え合うようにしてボートから桟橋に這い出る。そのまま揃って倒れてしまった。でも私たちだけじゃなくて、みんな同じだった。ナカスイは。

りょんりょんの絶叫が湖の上を流れていく。

「結果が出ました！　今回の体力対決の配点は湊海洋が三十二点、ナカスイ二十三点！　総合得点は湊海洋四十一点、ナカスイ三十四点。ライバル校対決は、那珂湊海洋高校の勝利です！」

「やったぁ！」

マリンスポーツ部の面々が桟橋で飛び上がって喜び、ギャラリーから拍手が巻き起こる。

ナカスイメンバーは、まだ倒れていた。ひとりを除いて。

神宮寺先生が桟橋の上で地団駄を踏んでいる。

「悔しー！　コーナーリングで失敗しなければ、三位に入れた！」

息も絶え絶えなかさねちゃんが、私に向けて人差し指を立てた。

「やったじゃん、一位」

私も同じように指を立てて返す。でも、まだ息が落ち着かない。

「かさねちゃん、私……燃えた……燃え尽きたよ……なにもかも、全部」

這いずるように、麻里乃ちゃんがやって来た。

「さくらちゃん……スゴかったよ……さくらちゃんこそ、なにもないなんてウソじゃない」

「お互いさまだよ……『あの人』のことも……全力で勝負だね！」

「うん！」

私と麻里乃ちゃんは寝転んだままハイタッチをし、大笑いした。

「鈴木さん！」

関君が走ってくる！

慌てて立ち上がろうとしたら、太ももが笑ってそのままヘナヘナと座り込んでしまった。なんてみっともない――。泣きたくなってしまう。

正面に来た彼は、私の目の高さに跪いた。

「スワンボートレース一位おめでとう。ラストスパート、ライバルながら見事でした」

「ありがとう、でも……」

隣を見ると、麻里乃ちゃんも同じように座り込んでしまっている。

私は彼女の手を取って、思い切り笑顔を作った。

「私たち、催事でも負けませんから」

「これは強敵だ」

関君が、笑った。無愛想で無粋で朴念仁の関君が、湖を渡る爽やかな風のような笑顔で。

ああ、やっぱり私は――好きだ。この人が好きなんだ。

このスワンボートレースで私の中の澱んだなにかも発散しつくしたようで、体と心を清流が流れているような気分になれたのだった。

第七章

おいしい三角関係
～那珂川グリーンカレー～

「あー、湿布薬臭い」

スワンボートレースの次の日。

民宿の夕食の後片づけを終えたかさねちゃんは、下宿の広間でブツブツ文句をたれていた。四人揃(そろ)って太ももに貼った湿布薬の匂いが充満していたのだ。

しかし、足を動かすことに難儀しても、頭は働かせなければならない。なぜなら、催事の商品を決めなければならなかったから。

麻里乃ちゃんのご両親は既に再就職先であるリゾートホテルに行ってしまったのだけど、彼女自身は八月三十一日までナカスイの生徒だからということで、催事最終日まで那珂川町にとどまることになったらしい。思い出作りも兼ねて、下宿の広間が彼女の臨時の住まいとなった。それに伴う経費は大和のオジさんの厚意により、民宿を手伝うことで賄(まかな)うそうだ。

小百合ちゃんはお盆だけ帰省すると言っていたけれど、目が血走っている私を心配したのか、台風が接近していて交通機関が危なそうだからか、はたまた実習場の魚の世話があるから帰りたくなかったのか、帰省を延期した。

山神百貨店のバイヤー遠藤さんに目玉の商品名、販売個数、画像データを送る締め切りは八月十四日。さすがにもう決めなければまずい。

ただ、メインとなる材料は決まっていたので、そこに悩みはない。

モクズガニとアメリカザリガニ――それらをどう加工するかが、課題だった。

「ありきたりな料理じゃダメだよね。いや、変わった材料だからこそ、ありきたりな料理の方が買うハードルが下がるのかな」

消費者心理を考えるなんて初めて。私はレシピ本をパラパラ開きながら、うんうん唸った。

「変わってるかね。ザリにモクズガニが」

好物の酢イカを食べながら、かさねちゃんは懐疑的な視線を私に向けてくる。

「かさねちゃんみたいな那珂川ネイティブには違和感ないかもだけどさ、去年の甲子園予選で、私たちザリ使ったじゃん。感想をSNSで検索したら、衝撃を受けてた人が多かったよ。アメリカザリガニって食べられるんだ！　臭くないのかな？　とか」

「へぇ。ちなみにさ、どのくらいの量作るのよ」

量？　考えてなかった。

「売り上げナンバーワンを目指すからには、かなりの量が必要でしょ。それを作るんだからね。あんたと野原さんのふたりだけで」

「結構……時間かかるよね」

「材料も必要なんだからね。ザリはそのへんにいっぱいいるからいいけど、モクズガニは渡辺ん家の冷凍庫の在庫しかアテにならないからね。なんせシーズン前なんだから」

「そうか……モクズガニの比率を下げた方がいいよね。でも、あまり少なくてもなぁ」

かさねちゃんはなにかイヤなことを思い出したらしく、大きく表情を歪めた。

「そうなんだよ！　あたし、お母さんにファミレスの『希少いちごフェア』に連れてってもらったことがあるんだけどさ。『希少いちごパフェ』頼んだら、頂点に載ってる一粒だけが希少いちごで、中のカットいちごやソースは普通の、よくある品種のいちごだったのよ！　二千円近かったのに！　だったら『頂点だけ希少いちごパフェ』って名前にするべきだと思わない？」

「それは割り切れないね」

確かに、クレームにつながったらイヤだ。

「あ、あの。売り上げナンバーワンって、売り上げ個数と金額、どっちで考えるの？」

小百合ちゃんの質問は、的を射ている。

慌てて、ふわりん先生からもらった書類を漁った。まだ読んでいなかったのだ。

「あった。売り上げ金額だって。ただ、ブース全体の売り上げ金額じゃなくて、あくまでも商品ごとの売り上げ金額で順位をつけるらしい」

なるほど、とかさねちゃんは納得がいったように頷いた。

「五百円のツナ缶を五百個売るより、七十万円のクロマグロを一本売った方が勝つってことね」

「キ、キハダマグロだともっと安いよ」

「たとえよ、たとえ」

かさねちゃんは小百合ちゃんに苦笑いすると、食べ終わった酢イカの串をじっと見つめた。

「作る労力を考えると、やはりある程度の価格設定であるべきだね。とすると……やっぱり希少価値のあるモクズガニは外せないよ」

麻里乃ちゃんも首を縦に振る。

「私もそう思う。お客様からしたら、アメリカザリガニ？　そのへんにいるのを捕まえたんだから、材料費タダでしょ？　なのに、お値段こんなにするの？　って考えちゃうよ」

カフェで色々あったのだろうか、彼女の言葉には重みがあった。

同じ接客業だからか、かさねちゃんも共感したように何度も頷く。

「実際には、ザリは泥抜きとか殻剝き（からむ）とか大変なのにさぁ。殻も硬いし。世の中には、手間なんて頭になくて原価しか考えない人多いからね」

よし、決めた。

「じゃあ比率は、ザリ九に対して、モクズガニ一にしよう。だから、変に誤解されないように、商品名にはモクズガニを入れない」

「どうすんのよ、商品名」

三人が私をじっと見つめる。あらためて訊（き）かれると、思いつかないものだ。

「んー……『那珂川の宝石箱』とか？」

「なんかベタ。宝石箱なのに、メインが二種類だけってのもね。看板に偽（いつわ）りあり感がある」

希少いちごパフェ事件が蘇（よみがえ）ったのか、かさねちゃんは渋い表情だ。

「び、『琵琶湖八珍』みたいのとか、どうかな」

「なに、それ。小百合ちゃん」

指を折りながら、すらすらと挙げていく。

「ビワマス、ニゴロブナ、ホンモロコ、イサザ、ゴリ、コアユ、スジエビ、ハス……。し、滋賀県が提唱してる、琵琶湖の代表的な食材だよ」

「そうか……もっとほかに色々材料使うのもありか」

「まずはさ、料理決めなよ。それからだよ」

「かさね大先生のおっしゃるとおりです。でもお腹が空いてきた」

さっきハンバーグの夕飯を食べたばかりだけど、頭を使うとエネルギーを消費するんだろうか。もうなにも考えられない。

「脳に栄養ほしいよね……夜食欲しいな……」

ちらちらとかさねちゃんを見ると、彼女も同様だったのか「仕方ないねぇ！」と立ち上がる。

「こないだ来た常連のお客さんが、そうめんいっぱいくれたんだよ。あと、撫子お姉ちゃんが百円ショップでカレー缶買いすぎて、おすそ分けに持ってきたから、それ食べよう」

なんで、そうめんと百円ショップのカレー缶が結びつくんだろう。

かさねちゃんの作業は早い。あっという間にそうめんを茹でて、広間に持ってきた。

「はい」

私たちの前にガラスの鉢に盛ったそうめんと、空のツユ鉢を置く。「グリーン」と書いてある緑色のカレー缶も一緒に。

「これつけて食べて」

茫然とする私たちをおいて、かさねちゃんは缶詰をツユ鉢にあけた。そのまま、そうめんをつけてツルツル啜っている。

「なんて……ダイレクトな」

と言いつつお腹が空いていたので、同じようにしてみた。

「！」

なんだこりゃ。そうめんにグリーンカレーをつけて食べる。ただ――ただそれだけなのに。

「おいしい！　ってか、ごちそう！」

細いつるつる麺が、エスニックでさらりとしたグリーンカレーをまとい、口の中がアジアンフエスだ。箸が止まらない。

ふと、疑問に思った。なんせ私は食品加工コース。

「グリーンカレーって、なんで緑色なんだろう」

「ペーストに青唐辛子使って、ココナッツミルク入れるからじゃね」

かさねちゃんに言われて、缶詰の原材料を見てみた。

「本当だ。へぇ、エビのペーストも入ってる……エビ……」

ふいに、「あの」イメージが脳裏にやってきた。

私は、天国のような場所にいる。周りは青い空で、ふわふわした雲の上に立ち――。

ふと気づくと、雲の上にドアだけがある。それはゆっくりと開き、その先には輝く光がある。

光はゆっくりと回転しながら「手のひら」の形になり、私をゆっくりと手招きする――。

「小百合ちゃん……見えちゃったよ」

「も、もしかして、『神様の手招き』？」

自分の進む道に迷ったとき、神様がほんのちょっと手助けしてくれる「神様の手招き」のヴィジョン。小百合ちゃんと私は見たことがある。それがいま現れたということは――。

「そう！　このことだよね」

私が缶を指さすと、みんなが頷く。かさねちゃんは惚れ惚れした様子で缶を手に取り、眺めた。

「あたしも手招きしちゃう。絶対合うよ！　ザリとモクズガニでグリーンカレー。いっぱい出る殻で出汁も取れるし」

「ちょ、ちょっとレシピ探してみる」

急いでそうめんを完食した私は、スマホで「グリーンカレー　レシピ」を検索してみた。

「さすがにザリはないけど、エビ、カニならある。でもほかの材料は人それぞれだね。グリーンの素材も割と自由なんだなあ。青唐辛子は必須として……バジルや大葉を使って和風にするのも面白いね。調味料も……このレシピ、ナンプラー使ってる。なんだっけ」

「魚醬の種類だよ。魚介を発酵させた調味料」

かさねちゃんの言葉に、脳裏に黒い液体が入った瓶が二本浮かび上がってくる。

「なぜだろう、魚醤と言われるとナカスイを連想してしまうのは。なんかあったような」

「ナカスイ名物商品にあるじゃん。サケの魚醤と鮎(あゆ)の魚醤。ちなみにどっちも、魚の内臓命の元部長が開発したやつね」

「それだー！」と思わず絶叫してしまった。

ああ、料理を思いつくときの、この気持ちよさ。ミステリーを読んでいて、謎解(なぞと)きの前に犯人がわかったときと同じ快感じゃなかろうか。

さっそく試してみようと、翌朝、日の出とともに私と小百合ちゃんがガサに出かけ、とりあえずバケツ一杯分のザリを獲ってきた。泥抜きが必要なんだけど、このあたりの川の水ならキレイだから、朝イチで泥抜きを始めれば今夜には料理に使えるだろう。

かさねちゃんは渡辺君の家(うち)に行って、そうめん五箱と冷凍モクズガニ一キロを物々交換し、帰りにナカスイに寄って、神宮寺先生の私物である魚醤二種類を借りてきてくれた。

かさねちゃんと麻里乃ちゃんが民宿の夕食の後片づけを終えてから、いよいよ試作だ。

私は日中、昼寝をしていたのではない。ひたすら参考になりそうなレシピを検索していたのだ。

「試作だし、グリーンカレーは市販のペーストでいいよね。撫子お姉ちゃんからもらってくる」

どこまでを手作りするかも問題だったけど、とりあえずは味の雰囲気をつかんでからということで、かさねちゃんが撫子さんからペーストをもらってきてくれた。撫子さんはタイカレーを作るのも食べるのも好きらしいけど、お子さんたちが小さいから辛(から)いものは作れず、フラストレーションがたまっているらしい。そこで、市販のカレー缶でとりえあずしのいでいるんだそうだ。

始めるよ！　と私は気合いを入れて、エプロンを身に着けた。

ザリは茹でて、殻と身を外す。モクズガニも一度茹でて、同じように殻と身と味噌に分ける。ところが手のひらより一回り小さいサイズのモクズガニは――。

「ほとんど身が取れないよ、かさねちゃん」

「小さいから仕方ないよ。出汁として割り切るしかないんじゃね？　渡辺ん家も、味噌汁用にキープしてるらしいし」

殻の山を見ながら、私はため息をついた。

「ザリも殻はいっぱい、身は少ない……。野菜かなにかで具を増した方がいいよね。スープだけだと寂しいし。グリーンカレーだと野菜は……」

日中の検索結果を思い出した。タケノコ、キノコ、パプリカ、ナス――。

私が挙げていく野菜名を聞きながら、かさねちゃんは笑った。

「今の時期、タケノコの生は無理だけど、水煮なら道の駅に売ってるよ。ほかの野菜も、だいたい揃うんじゃね？　キノコだって、このあたりなら栽培されてるし。生キクラゲ、シメジ……」

那珂川町成分多めで作れる。テンションが上がってきた！

鍋にオリーブオイルを入れてザリの頭と殻、カットしたモクズガニを入れる。香りが立ってきたら、ヘラでザリの頭をつぶし、水分を飛ばしながら強火で煮詰めるようにしっかり炒める。

「アメリカザリガニって、こんないい香りなんだね。こういうメニューをカフェで出せたらよかったのに。意外性と地域性があって、わざわざ行って食べたいと思える……」

麻里乃ちゃんが、ふと寂しそうにつぶやいた。

殻などを一度全部取り出してからペーストを入れて弱火で炒め、香りが立ったらキノコやタケノコなどの野菜を入れて再び炒め、鶏(とり)ガラスープ、ココナッツミルクを入れて五分ほど煮る。仕上げに魚醬ときび砂糖を入れるのだけど、この時点で二つの鍋に分け、一つは鮎、もう一つはサケの魚醬を入れてみた。

まずは、そうめんなしでそのまま味見する。

小皿に分けてスプーンを添えて渡すと、みんな一口ずつ食べて固まった。

おそるおそる、三人を見回す。

「どうかな。『有り』？　それとも『無し』？」

「有り！」

歓声を上げて、みんなでハイタッチをした。


翌日。

ひとりで水産教員室に行ってみたら、やっぱり休みに関係なく神宮寺先生がいた。試食のお願いをしたら、ふわりん先生を内線電話で呼び出してくれた。校舎の職員室に来ていたらしい。

レシピと材料を説明して、小皿に入れて出してみる。ドキドキしながら審判を待つと、先生たちは目を合わせた。

そうですね……と口火を切ったのは、ふわりん先生だった。

「料理として出すのではなく缶詰となると色々改善しなければならないですが、コンセプトとしては良いのではないでしょうか」

やった！　思わず飛び跳ねた。

「魚醬が目立ちすぎ。もう少し控えてもいいかな。残念だけど、鮎の魚醬はミスマッチね」

さすが、神宮寺先生はシビアだ。

「で、缶詰のサイズは？」

「百円ショップのグリーンカレー缶ありますよね。あの三倍くらいのサイズでどうでしょう。大きすぎず、小さすぎずでちょうどいいかなと」

「鈴木さん、食品加工基礎で缶詰の規格を教えましたね？　くらい、ではいけません」

ふわりん先生もシビアだった。

「えーと、6号缶です」

「はい、正解です。価格の設定はどう考えていますか？」

「百円缶の三倍だから、三百円とか……」

おずおず言うと、ふわりん先生の笑顔が、ちょっと厳しくなる。

「手間、光熱費、材料費をきちんと考えて算出してください。それもまた、食品加工の勉強です」

「はい、では……十四日までに考えます」

「ちわっす！」

ドアを振り返ると、島崎君だった。ジャージ姿で手を振っている。

「どうしたの？　もう定期券切れてるんじゃない」

「まったく鈴木さん、こんな面白い企画、僕が黙っていられるわけないでしょう！」

ぼさぼさ髪を振り乱しながら、彼は叫んだ。

「渡辺君が教えてくれたんですよ。ザリやモクズガニを使うって。しかも、天下の山神百貨店の催事で、売り上げ一位を目指すんでしょ？　超エモい！　エモすぎる！　これはもう、僕の出番じゃないですか！」

「なんでユーチューバー見習いが」

「会場で、動画流しましょう！　僕が作りますから。ザリやモクズガニの魅力、那珂川のイメージ動画も」

「流すったって、プロジェクターは使えないよ。ほかの出店者もいっぱいいるし」

「テーブルにタブレット置いて、そこで流せばいいんですよ！」

言われてみれば、なるほど。

「いいじゃんー！」と思わず彼の背中をバンバン叩(たた)いてしまった。

「簡単なリーフレットも置いた方がいいと思う。手土産に使う人もいると思うし」

このイケボイスは――進藤君！

やっぱり彼は王子様。オーラを振りまきながらニコニコ機嫌よさそうに水産教員室に入ってきた。

「島崎君が騒いでるから、僕もなにか手伝いたいなと思ってついてきた。専門知識を一般消費者にかみ砕いて伝えるって、楽しそうだし」

「ありがとう。でも小百合ちゃんがなんか言いそう。私がやりたかったとか」

「僕がリーフレット、芳村さんは動画の説明テロップで住み分ければ大丈夫だと思うよ」

なるほど。さすが相棒、傾向と対策がわかっている。

「渡辺君はモクズガニ出してくれるし……ほんと、水産研究部のみんなには頼りっぱなしだなぁ」

神宮寺先生は腕を組んで笑っている。

「元副部長の桑原さんからは、ラベルデザインやりたいってメール来てるし、元部長の安藤さんは、大学で試作中の魚醬も試してって電話かけてきたし……。みんな相変わらずだわね」

ありがたや。私は何度も頭を下げた。

「それで鈴木さん、缶詰はいくつ作りますか？　限定何個ということで百貨店の最終版チラシやサイトで告知されるのでしょうから、きちんと決めないと」

ふわりん先生の口調は厳しい。そうか、現実が迫ってきている。

「作れるだけ作ります。一位とれるくらい」

「大丈夫ですか？　作るのは鈴木さんと野原さんですよ。それに、材料も有限ですからね。モクズガニの残量は把握してますか？」

そうか。でも少なすぎても売り上げナンバーワンになれないし。多すぎてもモクズガニが足りないし。渡辺君家の冷凍庫を覗（のぞ）いてきたかさねちゃんが、モクズガニの残りは十キロくらいかなと見積もっていたから、これらから導きだされる解は――。だめだ、頭が疲れた。

「それもまた、十四日までに……」

結局、個数は千。価格は税込み五百五十円で決まった。

それからは、怒濤（どとう）の勢いで時間が過ぎていく。

まずは大急ぎでパッケージデザインを元副部長に頼み、宣材写真を島崎君に撮影してもらい、私たちは材料となるザリの捕獲と泥抜き、そして試作と試食――。

実際の調理は、私と麻里乃ちゃんが食品加工室に籠（こも）って行った。さすがに、ここから先は食品加工コースの生徒であるふたりでなんとかしなければならない。

もちろん、担任のふわりん先生もつきっきりだ。

今回知ったのは、その場で料理として出すのと缶詰のグリーンカレーとでは、製法が異なるということ。

野菜やザリの身はグリーンカレーで煮込まず、先に缶に入れる。そして殻や頭部を細かく砕いて煮込み、アクを丁寧にとりながら出汁を作る。その出汁を使ったグリーンカレーソースを缶に注ぐ。ひとつずつ真空巻締機（しんくうまきしめき）で缶内部の空気を抜きながら、蓋（ふた）を巻き締めて密封する。最後に圧力釜（あつりょくがま）に入れて二時間加圧調理。そのまま釜の中で六時間かけて冷ましたら、キレイに布で拭（ふ）いてできあがり。

元副部長デザインのラベルをプリントアウトし、缶に一枚一枚ペタペタ貼っていく。

「なんていうか……家庭内手工業って言葉が似合うよね。いや、学校内手工業か」

思わずつぶやくと、麻里乃ちゃんは大笑いした。

山神百貨店の「キャラ立ち水産加工食品フェア」が行われるのは、八月二十四日（木）から二十九日（火）までの六日間。私たちが登場するのは、後期の二十七日（日）から最終日までだった。

八月十八日。バイヤーの遠藤さんからチラシ見本のデータがメールで来たと、ふわりん先生から私に電話があった。

水産教員室に四人で見に行って、全員が噴き出した。

「なに、これ！」とかさねちゃんなんか、涙が出るほど笑い転げている。

それは、私と麻里乃ちゃんが商品の缶（撮影時点では中は空）を持って差し出している写真だった。ふたりとも、夏の制服姿で満面の笑みだ。

「だってさ、島崎君が言うんだもん。現役女子高生が開発した商品なんだから顔を出してアピールした方がいいって。別に、私が出たいって言ったわけじゃないし」

むくれていると、麻里乃ちゃんが笑いながら目元を拭った。

「でも、ありがとう。嬉しい。ナカスイの記念写真になったよ」

そうか。彼女がナカスイの生徒でいられるのも、残りわずか。

「頑張ろう、麻里乃ちゃん！　目指せ一等賞だよ」

「うん！」

ふたりでガッツポーズすると、かさねちゃんがモニターを眺めて意味深に言った。

「あらー、栃木と茨城で並んじゃって。隣の写真は、御曹司の会社じゃん。セキ水産加工。残念ながら人物画像ではなくて商品だけど」

えっ。そういえば、あちらはなにを出すんだろう。

モニターを覗き込むと、ふわりん先生はチラシ画像を拡大してくれた。私たちの商品の隣には、串にささった酢イカの画像がある。

「かさねちゃんがよく食べているアレかな。一本が税込み……三百三十円だって」

「違うよ。あたし愛用のは、コンビニで一本五十五円だもん」

私はマジマジと画面を見つめた。

「商品名ってコレだよね。『突き詰めた酢イカ』。水産加工会社が材料と製法にとことんこだわり、突き詰めて作った酢イカです……だって」

「マジ！　絶対買いに行く」

「酢イカとしては高いけど、百貨店催事の商品として目立つ価格だね」

あんたたちの商品のネーミングも目立ってんじゃん、とかさねちゃんがニヤニヤと指さす。

「いいじゃん。目立ってなんぼだよ」

私がつけた名前は、『おいしい三角関係～那珂川グリーンカレー～』だった。三角関係はもちろん、モクズガニ、ザリ、サケ（の魚醤）だ。私と関君と麻里乃ちゃんではない。

売り切れに備え、ほかにも色々ナカスイ名物商品を持っていくことにした。鮎のオイル煮、鮎の甘露煮、魚醬二種類。こっちの方が売れたら笑っちゃうけど。

バタバタしている間に、あっという間に本番当日を迎えた。

八時半に百貨店前で現地集合し、警備室で貸してもらった出店者バッチをつけると、がぜん本番モードに入った。

気合いを入れて頭のリボンを結び、私と麻里乃ちゃん、そしてふわりん先生が、バックヤードで商品の入った段ボールを台車に載せる。荷物は事前に宅配便で送っておいたので、今朝は時間的にも気持ち的にも余裕があった。「ご当地！おいしい甲子園」のときとは大違いだ。

台車を押しながら搬入用通路を進んでいくと、ある気持ちに襲われた。

「なんかさ……私たち、関係者っぽくない？」

だって関係者じゃない、と麻里乃ちゃんがケラケラ笑う。考えてみれば、こういう快活な笑いをするようになったのも、最近だ。彼女も変わったなぁと嬉しくなる。

催事会場は五階。既に、「戦場」のような慌ただしい雰囲気だ。今日から後期出店者に総入れ替えになるということもあるからだろうか。

私たちの指定場所は、催事会場のいちばん奥だった。すみませんすみませんと頭をペコペコ下げながら、他の出店者の間を縫って台車を押していく。

通路の行き止まりに、「那珂川水産高等学校食品加工コース（栃木県）」とプレートのある台があった。あそこだ。

「意外に狭いんだねぇ、麻里乃ちゃん。お祭りの屋台みたい」

「そんなに広いかな。あの半分くらいじゃない？」

とまどいながら段ボールを台車から降ろし、設営を始める。

ふわりん先生は場慣れしているのか、ふわふわした雰囲気ながらもテキパキと指示を出してくる。さすが食品加工コース担任。

「はい、まずは台にクロスを敷いて。缶は全部出さず、必要最低限でピラミッド状に積んだら残りはしまいます。あまりいっぱいあると思われても、お客様の手は伸びません」

島崎君に借りたタブレットを置き、進藤君が作ってくれたリーフレットを設置。オイル煮などのサブ商品も忘れずに。割とあっさり終わってしまった。

「どうも、おはようございます」

隣のブースに挨拶(あいさつ)をして気がついた。

関君に似ているオジさんが、同じく関君似のオバさんと台車から荷物を下ろしている。

ということは――。出店者プレートを確認すると「セキ水産加工有限会社（茨城県）」とある。

私は軽く咳払(せきばら)いをして、よそ行きの声を出す。

「あ、あの。もしかして関清斗さんのご両親ですか？」

はい、と作業着姿のふたりは、不思議そうに私を見た。

「私、那珂川水産高校の鈴木さくらと申します。息子さんには、那珂湊海洋高校での実習や『キャラ立ちライバル校対決』などで大変、大変お世話になっております」

ああ！　とオジさんが笑顔で私を指さした。

「ナカスイさんね。面白い人が揃ってるって、息子も話題にしてました」

私は面白い人カテゴリーなのか。

「どうぞ、今日から三日間よろしくお願いしますね」

オバさんが優しく笑う。さすが関君のご両親、とても良い雰囲気。これなら結婚しても同居でやっていける。

ふたりは「あうん」の呼吸で、あっという間に設営を終了した。

「あの、その『酢イカ』だけなんですか？」

ナカスイもほかのブースも、主力商品のほかにサブ商品も置いている。けれど、お隣は酢イカだけだ。ただ、その場で食べられる単体売りと、五本、十本入りの真空パック入りがあるけれど、『酢イカ』しかない。

「そうだよ！」

さすが関君のお父さん、涼やかな笑顔はそっくりだ。

「この酢イカにすべてを賭けてるからね」

定番の味が脳裏をよぎった。突き詰めた酢イカってどんな味なんだろう、あとで買わなきゃ。

開店二十分前。

ふわりん先生は会場入口にいたバイヤーの遠藤さんに気付き、挨拶に走っていった。

その光景をブースから眺めていると、隣から「どうぞ！」と男性の声がする。

視線を向けると、関君のお父さんだ。

その手には紙皿があり、串に刺さった酢イカが三本並んでいた。もしや、私に？　いや、三人分だろうけど。でも、なんて優しい……さすが、彼のお父さん。

「あ、ありがとうございます」

ふわりん先生を待とうと思ったけど、抗（あらが）えない魅力があった。すみません先生、先に食べちゃいますねとつぶやいてから、串を持って思い切りかじりついた。

「なにこれ、おいしぃー！」

思わず叫んでしまう。

「ま、麻里乃ちゃんも早く食べなよ。こんな酢イカ、食べたことない……」

麻里乃ちゃんも一口かじると、同じように「なにこれ！」と叫んだ。

私が知っている味とは、全然違う。たとえるなら、いつもの酢イカは公園で遊ぶお友達。この酢イカは、天上界を飛び回る天使たち。異次元というか異世界というか。材料と製法にこだわり抜くと、こうなるのか。

これは――負けてしまうかも、グリーンカレー缶。

「あの、こちらもよろしければどうぞ。お口に合うといいんですけれど」

麻里乃ちゃんがグリーンカレー缶とプラスチックスプーン、アルミ皿をご両親に渡す。

すぐに皿に開け、試食してくれた。ふたりとも、満面の笑みを浮かべる。

「エビやカニのグリーンカレーを食べたことがあるけど、全然違うね！　清らかというか爽（さわ）やかというか、目をつぶると那珂川にいるみたいだよ！」

嬉しそうなお父さんを見ながら思い出した。そうか、大和家の民宿の常連さんだっけ。

そして思った。この商品が全国に広まればナカスイや那珂川町の観光大使みたいな存在になってくれるのかなと。山神百貨店ならインバウンドのお客さんもいっぱい来るだろうし、バイヤー一押しコーナーに常設してもらえたら世界に広まっていくかも。

頑張らなきゃ。なんとしても売り上げナンバーワンになってみせる。私の下宿生活と、ナカスイの未来のためにも。

「開店五分前です。従業員は、お客様をお迎えする位置についてください」

百貨店全体にアナウンスが流れると、ブースの雰囲気が一変した。会場が緊張感に支配される。

「頑張ろう、麻里乃ちゃん」

「うん！」

ナカスイの制服にエプロン姿の私たちは、目を合わせてガッツポーズをした。

「なにこの酢イカ、めっちゃウマー！」

かさねちゃんの絶叫が会場に響く。

応援という名目だけど、本当は池袋のアニメショップめぐりが目的の彼女は、開店と同時にやってきた。タッチアンドゴーで池袋に行ってしまうんだろう。

定宿の娘が来たことに喜んだ関君のご両親は、かさねちゃんに酢イカを一本あげたのだ。

「実は、これを思いついたのはね、今年の春に『民宿やまと』に行って、オヤツにコンビニの酢イカを君が差し入れてくれたときだったんだ」

かさねちゃんは頬を染めて串を受け取った。

「マジ！　あたしは幸運の女神じゃん！」

そして食べるやいなや、「ウッマー！」っと叫んだのだ。

「ちょっと、お客さんたち見てるよ、かさねちゃん。恥ずかしい」

「恥ずかしいもなにも、あたしこれ全部買って帰りたい。しかしアニメグッズ買わなきゃだし。明日も来て酢イカ買うかな」

いつにも増して派手なギャル姿で、（パッと見）可愛いかさねちゃんが酢イカをおいしそうに食べている構図は、注目に値したらしい。お客さんが次々に酢イカを買いにくる。いや、殺到し始めた。あっという間に行列ができていく。

「ちょっとかさねちゃん、私たちのグリーンカレーも話題にしてよ！」

「あたしもう池袋に行かなきゃ。じゃあね、頑張って～」

なんて塩対応。そして、一般のお客さんも冷たい。全然来ない。正直、開店と同時に完売なんて夢想していたのに。

「す、鈴木さん。野原さん」

儚げな声は、小百合ちゃんだった。インテリっぽい男性と、上品な女性が背後にいる。

「い、いま帰省してるから、お父さんとお母さんを連れて買いに来た」

そう言うと、彼女は照れたように笑った。

「小百合と仲良くしてくれて、ありがとうね」

お母さんの目に、光るものがある。そういえば「小学生からずっと不登校だった私に勉強を教えてくれたのがお母さんだよ」って、前に小百合ちゃんが言ってたっけ。そうか、ご両親も安心だよなぁ。あの気弱だった小百合ちゃんが、こんなにナカスイに根を張って。

「その缶詰、十個いただけるかしら？」

「はい！」

麻里乃ちゃんはお母さんから代金を受け取ると、缶を慌てて紙袋に入れた。

「ど、動画流さないの？」

小百合ちゃんに言われて気づいた。そうだ、タブレットは置いたものの電源を入れてなかった。慌てて起動して動画アプリを操作すると、「君はまだナカスイを知らない」というプロモーション映像が始まった。

島崎君が作ってくれた動画だ。喧噪(けんそう)で音声はかき消されてしまうだろうと、テロップの動きを大きくしてアピールする作戦だった。

「ザリガニだー！」

小学生低学年っぽい男の子が、タブレットに近寄ってくる。ちょうど映像は、かさねちゃんと小百合ちゃんと私がガサをやってザリを捕まえているシーン。このあたりは、去年「ご当地おいしい！甲子園」用にPR動画を作ったときの流用だ。

「ほら、ママから離れないの。また迷子になっちゃうよ！」

男の子のお母さんらしき人が、慌てて飛んできた。いかにも「見るだけで買わないわよ」というオーラに溢れている。

「ママ、ザリガニのカレーだって！　食べたーい！」

「ザリガニを食べるの？　やだぁ、気持ち悪い」

イヤそうな雰囲気むんむんのお母さんを見て、小百合ちゃんのお母さんは紙袋から缶を一つ取り出し、ちょっと演技がかった口調で言った。

「このカレー、買えてとてもラッキーだわ。清流に棲むザリガニをきっちり処理すると、高級エビ顔負けのおいしさなのよね。行きつけのフレンチのシェフもザリガニを絶賛してるわ。しかも、とても貴重なモクズガニも使ってるんでしょう？　それがこのお値段なんて！」

小学生のお母さんは、缶のピラミッドを指さした。

「……一個だけちょうだい」

「はい、ありがとうございます。五百五十円です！」

私は慌てて男の子に一個渡した。

やったぁ！　ザリガニのカレーだぁ！　と缶を両手で掲げた男の子の歓声が響く。

「ザリガニ？」

「ザリガニカレーだって！」

男の子につられたように、子どもたちがわらわらと集まってきた。

「お子さんが来るということは、親御さんたちも来るということですからね」

ふわりん先生が意味深に笑っている。

行列が形成されるのは、あっという間だった。飛ぶように売れるというのは、こういうことを言うんだろうか。見る見るうちにピラミッドが低くなっていく。

「イッキに補充してはいけません。残数が少ないと思わせるように、少しずつ補充するのです」

ふわりん先生がアドバイスしてくるけど、そもそも補充が追いつかない。

「こんにちは、大盛況ですね」

この声は——。

「関君！　こ、こんにちは！」

会社の作業着姿はカッコいい以外の言葉が出てこない。なに着てもそうだけど。

出店して良かったー！　いま、この空間を共有するために私は五月から頑張ってきたのだ。

それなのに私は売り子が忙しくて関君と話していられないという。なんたるジレンマ。

「交代要員で来たよー」

大きな紙袋を抱えたかさねちゃんが、そばにいた。

「え！　戻ってきてくれたの」

「うん、グッズ買いすぎて予算瞬殺。お昼ご飯食べてきたら？」

もうそんな時間！　慌てて腕時計を見ると、確かに正午を大きく過ぎていた。

「私も手伝いますよ」

スーツ姿の神宮寺先生がいた。

「わざわざ来てくれたんですか！」

「そりゃ、ナカスイの生徒が出ますからね」

ふわりん先生は慌ただしく言う。

「お言葉に甘えて、交代で昼休みにしましょう。ひとり四十五分ずつ。まず鈴木さん、行っていらっしゃい」

確かに、行けるうちに行っておいた方がいいかも。はいと答えてエプロンを外すと、隣のブースにいる関君と目が合った。

「鈴木さん、ひとりでお昼ですか？　一緒に食べに行きます？」

なんたる超絶ラッキーデー。私は、首がもげるんじゃないかと思う勢いで頷いた。

しかし時間もないので、地下のパン屋さんでサンドイッチを買い、イートインコーナーの端っこで立ちながら食べることになった。

それでも関君がいれば、私には高級フレンチレストランより贅沢だ。

「関君家の酢イカ、すごくおいしいです。大人気ですね！」

缶コーヒーを飲みながら、関君は顔を曇らせた。

「売り上げトップにならないと、困るので」

「困る？」

彼は、ふと視線を床に落とした。

「こう言うとなんだけど……父の会社、かなり経営が厳しいんです。正直、僕も卒業後に進学どころか……いま高校やめて、会社を手伝おうかなんて思っているくらいで」

「えっ」

「だから……絶対、売り上げトップになってほしい。話題になったら通販でも売れるだろうし、バイヤー一押しコーナーに置いてもらえれば、世界に広まるチャンスもあるし……そしたら、僕も安心して高校生活を送れるし、就職じゃなくて船員の大学に進学できるかもしれない」

サンドイッチを持ったまま黙りこくった私を見て、関君は慌てて手を振った。

「あ、すみません。ヘンな話をしてしまった」

そうか――私が勝つということは、関君の未来が閉ざされることを意味するのか――。

頭が混乱している間に、昼休みは終わってしまった。

会場に戻ると、第一陣の戦闘は終わったようだった。ナカスイのブース前は閑散(かんさん)としていて、ふわりん先生と麻里乃ちゃんがげっそりしている。神宮寺先生とかさねちゃんは元気そうだ。

私と交代で昼休みに入る麻里乃ちゃんが、エプロンを外しながら泣きそうな顔をした。

「カフェもそうだったけど、お客様ってどうして平均的に来てくれないのかな」

「どのくらい売れたの？」

「あ、そういえばカウントしてない」

「グリーンカレー缶については、三百五十四個です」

ふわりん先生が即答した。

「『ご当地おいしい！甲子園』の記憶があるお客様も多いからか、鮎のオイル煮も好調ですね」

「そりゃ鮎ですもの、鮎」

神宮寺先生が嬉しそうにぷぷぷと笑っている。

「千個、明日で売り切れてしまうかもしれません。神宮寺先生、私の判断が甘かったでしょうか。もう少しあっても良かったかしら」

責任を感じているのか、表情が暗くなるふわりん先生の背中を神宮寺先生が優しく叩いた。

「追加しようにも、材料のモクズガニがもうありませんし。完売でよろしいんじゃないかしら。ほかの商品は補充できますよ。鮎のオイル煮は在庫がいっぱいありますもの。甘露煮もいいですね。先生、いまのうちにお昼どうぞ」

ふわりん先生と麻里乃ちゃんが出て、私と神宮寺先生、かさねちゃんがブースに入った。お隣の行列は絶えることなく、次々に補充している。わんこそばみたいだ。

この流れだと、一位はもうセキ水産加工に確定だろう。

私とママとの約束は「一位になること」。でなければ、私の下宿生活は終わる。あの空間からはさようならだ。

でも、そうしたら関君は高校生活を続けられるし、卒業後は船員の大学にも行くことができる。よくよく考えてみたら、あの無口な関君が自分の悩みを言うなんて、よっぽどだもの。きっと、本当に悩んでるんだ。

それが解決するなら、私が下宿を我慢するくらいなんでもない。

……ない？　本当に？

みんなが夏休みを犠牲にして手伝ってくれたのに？　渡辺君の家はモクズガニを全部出してくれて、島崎君も進藤君も、定期が切れているのにナカスイに資料や映像を作りに来てくれた。かさねちゃんが「池袋で買いすぎて予算が尽きた」ってのも絶対ウソだ。手伝いに戻るために、池袋には行かなかったに違いない。だってアニメグッズが入った紙袋に書いてあるアニメショップの住所、秋葉原だったもの。麻里乃ちゃんも、ギリギリまで引っ越しを待ってくれて……。

これもみんな、私の「下宿を続けたい。そのためにナンバーワンになりたい！」という自分勝手な願いをサポートしようと――。

「神宮寺先生……」

私の心の底から言葉が湧（わ）いてきて、唇（くちびる）からこぼれる。

「どうしたの、鈴木さん」

「ナカスイにある圧力釜って、6号缶なら一度にいくつまで作れるの」

「そうねぇ」

神宮寺先生は、ふと遠い目をした。

「二千くらい……いける」

それなら、逆転できるかもしれない！

「私、ここで諦めるのイヤだ。モクズガニがなくても、ザリだけで作って売る」

「それはダメよ。ラベルの原材料と違ってしまう」

「ラ、ラベルも作り変える。別な商品にすればいいんでしょ」

「なに言ってるの。三日目だけで、ほかの商品の売り上げ三日分を超えなきゃならないのよ！　しかも広報もしていない、口コミもない真っ新な商品で。そんなの無理よ」

「やってみなきゃ、わからないじゃん！」

「その前に、申請してある目玉商品以外もランキング対象になるの？」

私は、パラパラとしか見ていなかった資料を必死に思い出した。確か……。

「なる、なるよ！　全商品対象ってあった。新商品でも大丈夫だよ。たぶん」

「まったくの新商品よ？　ラベルのデザインはどうするの」

かさねちゃんが「あっ」とつぶやいた。

「いま、元副部長帰省してるよ。昨日、町なかで会った。ラベルも作ってくれるんじゃね？」

神宮寺先生は厳しい表情で首を横に振る。

「ザリガニはどうするの。明日の朝ガサガサしたって、加工できるのは泥抜きのあと。明日の夜は徹夜でカレーを作ることになるし、それでも間に合うか……。無理よ」

「大丈夫、まかせとき！」

親指を立てながら、かさねちゃんがウインクした。

「渡辺に電話するよ。いまからガサしろって」

神宮寺先生の表情の厳しさは変わらない。

「明日の朝に泥抜きを終えたとしても、日中、誰が作るんです。鈴木さんはここで販売でしょう」

「あたし作ろうか？」

「ダメだよ！」

私は首を横に振った。

「生徒で食品加工室に入れるのは、食品加工コースだけだもの。衛生上の理由で認められてないでしょ」

「ああ、検便ね」

そう、検便をしないと食品加工ができないのだ。ナカスイは予算の関係で、食品加工コース以外の生徒の分は検査費用がなかった。

「だからお願い、かさねちゃん、明日ここで売り子やって。私、その間に作るから」

「ひとりで全部？」

「そうだよ、やるしかない」

早めに戻ってきたふわりん先生は、私の計画を聞くと目を丸くした。

「いったい、いくつ作るつもりなのですか？」

「お隣に勝てるくらいです。私、なんとしても一位をとりたい。でないと、下宿生活が……」

ポロポロ涙をこぼす私を、先生たちが困った表情で見ている。

そう、「たかが下宿のことで」と思われているかもしれない。だけど、あの空間で過ごす時間は、かけがえのない大切なものなんだ。

ごめん、関君。でも、でも、酢イカ大ブレイクの方法を絶対に考えるから。

わかりました……とふわりん先生は首を縦に振った。

「明日の販売は、大和さんに手伝ってもらいましょう。今日は帰らず先生たちと一緒の宿に泊まりなさい、鈴木さんの代わりに。私があなたのご両親に電話します」

「やったぁ。夜、池袋に行ける！」

飛び跳ねるかさねちゃんを横目に、神宮寺先生は言った。

「じゃあ、私は鈴木さんの指導に入ります。水産実習棟の管理担当として、生徒をひとりで作業させるわけにはいきませんからね」

口調に反して、その目は優しい。どこまでも優しい。

私は「すみません、先生」と言いながら、涙を手の甲で拭った。

閉店後、一日目の商品売り上げ順位と金額がホワイトボードに発表された。

一位　セキ水産加工／突き詰めた酢イカ（単品）／千二百八十六本／四十二万四千三百八十円
二位　那珂川水産高校／おいしい三角関係／七百六十八個／四十二万二千四百円
三位――

十位まで書かれた数字を見て、出店者たちが口々に感想を述べている。

「おいしい三角関係」は、明日の午前には売り切れるだろう。これから作るザリガニカレーを出せるのは明後日（あさって）の朝イチ。最終日だけで、酢イカの三日分を上回らなければならない――。

そんなの、できるんだろうか。いや、やれ。やってのけろ。

自分自身に暗示をかけるように、ひたすら「やってみせる」とつぶやいた。

最終章　オタマジャクシの初恋

催事二日目、八月二十八日の朝七時。

ナカスイの食品加工室は、赤い平原のようだった。

生徒ひとりあたり三十平方メートルを超える広さを確保というＰＲ文をナカスイのパンフレットで読んだことがある。生徒全員なのかと最初は思っていたけど、食品加工コース一クラス（二十人）のことを意味していたらしい。

いずれにせよ広いその部屋の床は、真っ赤なアメリカザリガニが入ったバケツで埋め尽くされていた。獲って実習場に持ってきてくれたのは渡辺君、中に運び入れたのは私だ。この段階で体力をかなり消耗してしまった。

「おい、鈴木。大丈夫なんかよ。獲れるだけ獲れと大和に言われたからそのとおりにしたけど」

半開きドアの外から、渡辺君が心配そうに声をかけてくる。

「泥抜きまでしてくれてありがとう。もはや、大丈夫か大丈夫じゃないかの問題じゃない。やるしかないんだよ」

頭に白いキャップを被り、全身これ白衣という食品加工実習服を身にまとった私は、自分自身に言い聞かせた。

「それ全部茹でて殻剥きするんだろ。何時間かかるんだよ」

「殻剥きした後は調理だけだから、そんなにかからない」

そう、問題は殻剥きだった。

「俺、手伝ってやるよ」

「それはダメ」

ここは外せない。ビシッと言った。

「ここに入れるのは、食品加工コースの生徒だけだもの」

そう、ここは私たちの「聖域」なのだ。

ドアを閉め、気合いを入れる。自分の限界に挑んで、やれるだけやる。

販売は、ふわりん先生と麻里乃ちゃん、ヘルプで入ったかさねちゃんと島崎君にお願いしてある。私は製造にすべてを尽くすんだ。

巨大な業務用の鍋に水を入れながら、ふと笑いが漏れる。

関君と同じ空間にいられるからという理由で催事を目指したのに、関君に勝たなければならないという理由で会場を離脱してしまった。

なんたる皮肉――。

「それじゃ、いつ終わるかわからないわよ」

おそろいの白衣に身を包み、マスクをした神宮寺先生が入ってきた。

「だ、大丈夫です！　私がひとりで……」

「あの催事には、鈴木さん個人ではなくナカスイとして参加していることを忘れないように。万が一にも不良品を出すわけにはいきません。ナカスイの名折れになる」

言葉に反して、目は優しい。素直に従った。

「さ、沸騰した。茹でるわよ」

膨大な量のザリに臆することなく、先生が凜々しく言う。

「はい！」

私の戦いが始まる。「よしっ」と小さくつぶやき、バケツを次々に運んだ。

食品加工室に、ザリの香りが熱気とともに充満する。換気扇を最強にしても、気休め程度だ。

でも、これはザリの命をもらった証でもあるのだ。文句なんて言えない。

「茹であがったわよ！　殻剝きに入りましょう」

茹でるまでは、「まぁ終わるだろう」なんて思っていたけど、殻剝きの時点で「終わらないかも」と不安が湧いてきた。やってもやっても、量が減らない。

「先生……すみません……」

「謝る暇があったら手を動かしなさい。手袋はケチらず、こまめに交換しなさいよ」

手袋が——すぐ破れる。原因は硬い殻。薄いプラスチックの手袋ではガードしきれないのかも。かと言って厚い手袋じゃ細かい動きができないし。

先生が呆れたように言った。

「ここまでして下宿を続けたいなんて、あなたはどんだけ好きなのかしらね、あの場所が」

「………」

剝きながら考えてみた。どんだけ？

「他人から見たらくだらないって思われるかもしれないけど、鮎が生きていくのに清流が必要なら、私にとっての清流はあの下宿なんです」

「若鮎さんだものね」

先生の目が笑った。

ああ、久々に聞くこの言葉。

「いえ、最近思うんです。私って、むしろオタマジャクシじゃないかと。外を飛び跳ねることを夢見てるけど、中身が全然追っついていかない――」

「神宮寺先生、鈴木さん！　手伝うよー！」

ドアが開き、マスクをした食品加工実習服の生徒たちがわらわらと入ってきた。十七、八人くらいいるだろうか。

この子たちは――同じクラスの男子だ。

「あら、どうしたの。あなたたち」

「だって先生、渡辺から『食品加工の野郎たち、四の五の言わず手伝えや』ってＬＩＮＥがまわってきたら、手伝うしかねえじゃん。あいつに言われたらさ」

笑い交じりのこの声は、クラス内の審査で競った緑川君だ。

「あ、あ、ありがとう」

目の前が涙でぼやけてくる。

「さぁ、若鮎さんたち。頑張って剝きましょう！」

「おー！」

みんなで一斉に殻を剝き始める。

ふと、海洋実習のカッターボートを思い出した。みんなで力をあわせてかいを漕ぎ、目的地へ進んでいく――。

みんなで取り掛かった殻剝きを終えたのは、午後三時だった。ついでに野菜もカットしてくれた同級生たちは、ここで終了。

帰っていくみんなにお礼を言いながら頭を下げた。

ここからは、グリーンカレーペーストを作ってソースを作って缶に注いで――。

「あっ！」

調味料棚を見て思わず叫ぶと、先生が「どうしたの」と振り返った。

「サケの魚醬が……ないです」

しまったとつぶやき、先生はため息をついた。

「もともと本数が少なかったのよね。在庫は全部催事に持って行っちゃったし……仕方ないわよ。カット野菜、オーブンで少しグリルして水分を抜きましょう。そしたらカレーの味が濃い目になる。ちょっと方向性を変えて、別商品であることを強調しましょう」

「は、はい」

あとはグリルが終わったら野菜とザリの身を缶に入れ、殻で出汁をとったカレーソースを注いで缶を巻き締めて、圧力釜に入れて――。

「鈴木さん、ちょっと休みましょう」

「いま休んだら、寝込んじゃいそうですけど……」

先生に言われて実習服を脱ぎ、首と肩を回しながら水産教員室に行ったら、安藤元部長と桑原元副部長コンビがいた。ふたりでソファに座り、ニコニコと笑って手を振っている。

「頑張ってるね、さくらちゃん！　私たちはパッケージ手伝うからねー」

「来てくれたんですか！」

「うん、大学も夏休みだし。桑原ちゃんがいまからデザインしてプリントアウトまでするから。缶が冷めたら、拭いてラベル貼るのも手伝うからね」

そんなの、徹夜確定なのに――。

「ありがとうございます……！」

ソファに腰を下ろしたら、動けなくなった。

「先生……どうしよう。腰が埋まった」

「体力勝負だから、とりあえず食べなさい」

先生はお湯を注いだカップラーメンを出してくれた。こてこて豚骨背脂たっぷり味だ。

できあがるまで三分。ちょっと気分転換しようとスマホを見たら、かさねちゃんからＬＩＮＥ

が来ていた。

『残ってたグリーンカレーは午前中で完売したよ。午後の売れ線は鮎のオイル煮。お隣のブースは朝から戦場』

やっぱり売れてるんだな、あの酢イカ。勝てる見込みはない――。いや、ダメだ。そんな弱気になったら、手伝ってくれたみんなに申し訳ない。やるんだ、やらなくちゃ。

『私たちの本番は明日だー！』

そう打って返そうとしたら、手先の痛みに気づいた。ボロボロだ。できるだろうか。これから缶を巻き締めてラベルを貼るまで――。

「さくらちゃん、このデザインでどうかな」

桑原元副部長がＡ４用紙にプリントアウトしたラベルを持ってきた。さっき、ざっと商品を説明しただけなのにもうできあがったんだろうか、早い。これが才能というものか――驚きながら紙を受け取った。

一匹の真っ赤なアメリカザリガニが、清流の底から夜空の星を見上げている。漫画調にアレンジしてあるのが、可愛くてめちゃいい。

「最高です！　これベースでお願いします」

「ちなみに、商品名は？　普通に『ザリガニカレー』？」

「いや、せっかくですし、個性あるものを。いま売ってる商品が『おいしい三角関係』だから……」

体がめちゃくちゃ疲れてるときって、脳は逆に活性化するんだろうか。すぐに思いついた。

「那珂川のザリガニはソロ活動に励む～ザリソログリーンカレー～」

桑原元副部長はギャハハと笑った。

「安藤ちゃんの彼が書くラノベのタイトルみたいだねぇ。いや、元彼か」

先生の隣に座っている安藤元部長も一緒になってケラケラ笑っている。

「元？」

聞き捨てならないことを。動かないと思った体が、動いた。慌てて居住まいを正す。

「別れちゃったんですか？　和洋菓子屋の彼と」

とっくの昔よ、みたいなサバサバした表情で安藤元部長はあっさり言った。

「大学の実習が超忙しくて、ナカスイの比じゃないの。バイトもあるから睡眠時間も精神的余裕も足りなくてさ。ある日、彼が投稿サイトにアップした小説の感想を電話で訊いてきたんで、『起伏が足りなくて途中で寝落ちした』って素直に言っちゃったら、『そんな気遣いのない子だと思わなかった』とキレられてサヨナラ。ついでに言うと、桑原ちゃんのところも別れたよね」

「うん、ほぼ同時期だったよね。美大の課題がいっぱいあってさ、デートに帰省するのも面倒だなと思ってたら、『俺ファーストじゃないのは耐えられないから』って新たな彼女を作られてしまった。ははは」

そんな――そんなものなんだろうか。初恋というものは――。

「いざつき合うと、見えなかった現実が見えてくるもんなんだ。でも、青春の日々を思い返すとき、記憶の端々にそのときの彼氏がいるってのも、いいもんだよ」

遠い目をしながら、桑原元副部長が笑う。

「そ、そうなんですか」

「オタマジャクシほどじゃないけど、人間だって成長して変化していくんだから。その段階ごとに違う相手がいても、それは自然だと思うんだ。ね、安藤ちゃん」

「だよね、桑原ちゃん。相手と一緒に成長していくのも有りだけどさ。まぁ、人それぞれだよ」

なんか、納得したようなしないような。

「はい、乙女の恋愛談義はここまで！　鈴木さん、カップラーメン伸びてるわよ」

先生が手をパンパンと叩く音に、現実に戻った。

「うわっ」

カップの蓋を開けると、既に水分はなくなっていた。でも、食品加工の苦労を知っているだけに無駄にはできない。私は、ぶよぶよの麺を全部食べ切った。

安藤元部長たちが差し入れてくれた栄養ドリンクを飲み、頬をパンパンと叩いて気合いを入れ直した。さぁ、あとは缶に詰めて巻き締めて釜に入れ、冷めたら拭いてラベルを貼れば終了。

――高い山を登ってて、山頂が見えたらホッとするだろう？　ところが、見えてからが長いんだよ、これが。

登山が趣味のアマゾン先生が、ふと口にした言葉を思い出した。

終わりが見えたと思ったけど、まだまだ時間がかかりそう。徹夜でも間に合うかどうか。

「私たちはいつまでも待てるから大丈夫。あせって工程をミスる方が問題だからね」

安藤元部長たちはガッツポーズを作って送り出してくれた。

「最後の聖戦。行きましょう」

調理用マスクの上の先生の目がきらりと光る。

「はい、先生！」

残っている力を絞り出せ、自分。

材料を缶に入れ終わった時点で午後六時。ここから缶を巻き締める作業が始まる。

私と先生はひたすら巻き締め作業に専念した。手袋越しでも、指にマメができているのがわかる。痛いけど、今を乗り切らなければ。

部屋の隅の椅子に置いたスマホが鳴った。電話だ。余裕がないので放置しようと思ったら、鳴りやまない。催事でなにかあったのかな。

応答したら、かさねちゃんだった。

「ちょっと、あんた。明日どうやって荷物持ってこっちまで来るの？」

そうだ、全然考えてなかった。

「先生も先輩たちも徹夜だし、車は無理だよね……」

「オヤジが乗せて行くって言ってるけど。骨折のときのお礼」

「えっ。民宿の朝ご飯は？」

「撫子お姉ちゃんが来てくれるから大丈夫！」

ああ、大和家は私にとって第二の家族だ。きっと、生涯おつき合いするんだろう。

「だけど、あたしはオヤジの車に乗せられて帰るんだ。うえー」

ただちに作業に戻る。加圧し、冷めるのを待って丁寧に拭き、最後のラベルを貼り終わったのは朝の五時だった。

六時に大和のオジさんが迎えにきてワゴン車にみんなで積み込み、後片づけをするからと先生はその場に残り、私は缶詰と一緒に乗せられて日本橋へと運ばれていった——。


催事会場に着いたのは、開店三十分前。

既にふわりん先生や麻里乃ちゃんたちは準備を終えていて、台車を押して入ってきた私の姿を見て麻里乃ちゃんが悲鳴を上げた。

「だ、大丈夫？　さくらちゃん。ゾンビみたい」

それはわかっている。オジさんの車のミラーで見たら、顔色が真っ青なうえに目の下に大きなクマができていたから。

「大丈夫。今日の催事が終わるまでは、私は生き抜いてみせる。並べるの手伝って、ザリソロカレー缶……」

「すごい量だね。結局、いくつ作ったの？」

「千九百。二千はできなかった……」

「がんばったね！　う、売れるかな」

麻里乃ちゃんが段ボールの山を見て不安げな表情になる。しかも、バックヤードにはまだまだ置いてあるのだ。ふわりん先生は笑顔を崩さず、頷いた。

「催事の最終日だから、お客様のお財布の紐も緩むかもしれません」

「先生……昨日の売り上げ一位は？」

顔は動かさず、ふわりん先生は目だけでお隣のブースを見た。やはり、関くん家の酢イカか。

「金額だけ教えてください」

「四十五万七千三百八十円」

すると、二日合計で八十八万千七百六十円。ザリガニカレーを売り切ったとしても、百四万五千円。酢イカが昨日までのペースで今日も売れたら、勝つ可能性はもう――。

いや、考えちゃダメ。自分のなすべきことをしろ。それだけだ。

「おはようございますぅ～」

焦った様子で、島崎君がタブレットを持って走ってきた。

「良かった、僕も間に合った」

「なにが」

「PR動画の差し替えですよ！　モクズガニがいないんだから、ザリガニでアピールしなきゃ」

「あ、そうか。ありがとうね、島崎君ももしかして徹夜だったりして」

ここに向かう車の中で仮眠を取ろうとしたものの、アドレナリンが放出されすぎていたのか、興奮して眠れなかった。まだ放出中なので、きっと催事が終わるまでは眠れない。その代わり、今夜は泥のように眠るのだろう。

「さくらちゃん、販売は私たちに任せて。少しでも休んでね」

麻里乃ちゃんが心配そうに私を見つめている。

「大丈夫。徹夜ハイでかえって元気なんだ。初日みたいに、開店直後は閑古鳥かもしれないし」

なんて笑っていたら、大間違いだった。

最終日だからお客さんが多いのかなと思ったけど、そんなもんではない。なぜなら、みんな一直線にナカスイのブースを目指してくるから。

あっという間に並び始め、かさねちゃんが行列の整理に入った。

「ナカスイ、最後尾はこちらですー。本日のイチオシはザリガニカレー缶！　今日しか出ない逸品です！　そこのお姉さん、これを買わずに帰ったら超もったいない！」

売れるのは嬉しいけど、なんでこんな行列が。

「昨日の夜、『咲け！　キャラ立ちの花』で『キャラ立ちライバル校対決』が放送されたんですよ。原因はそれでしょう」

ふわりん先生の言葉に、すっかり忘れていたことを思い出した。

「そうか、昨日でしたっけ。忙しくてそれどころじゃなくて……」

「私もです。疲れて爆睡してしまって」

「でも、あの番組そんなに視聴率あるんですか？」

「甘いです」

タブレットを調整していた島崎君が、割って入った。

「前に言ったでしょう？　いまどき重要なのは視聴率じゃなくて、配信の再生回数だって。昨日の対決はＳＮＳでバズってましたよ。まず、進藤君の超高速回答が話題になって、大和さんの『ロッテンマイヤー』ネタでさらに盛り上がり、とどめにあのレースでしょ。トレンド一位でしたから、『キャラ立ちライバル校対決』。ちなみに二位は『ナカスイ』です。だから、放送後に配信を観る人も多かったんですよ」

私たちがひーひー言っている間に、そんなことになっていたのか。

「だから、『ナカスイ』で検索した人が多かったんじゃないですかね。学校の公式サイトにアクセスすれば、今日の催事に出店することはトップのお知らせに出てますから。しかも放送翌日が催事の最終日でしょう。殺到しますよ」

なるほど……すべて納得いった。

確かに、並んでいる子どもが「ロッテンマイヤーのギャルがいる」とかさねちゃんを指さして喜び、「スワンボートレースの人だ」と私を見てクスクス笑っている。

スマホでナカスイの公式サイトを見た島崎君が「あっ」とつぶやいた。

「最新情報に今日限定のザリガニカレー缶が出てます。神宮寺先生が更新したんですね」

「さすが神宮寺先生、抜かりないね」

行列は嬉しいけど、千九百個が捌けるほどの勢いではないかな……と思ってたら、お昼近くになってまたイッキに増えた。若い男の子の割合が、目に見えて多い。

「な、なんだろう」

「わかったー！」

島崎君がスマホを見て叫んだ。

「小松原茜が、一時間くらい前のインスタでザリガニカレー缶をアップしたんですよ」

「渡辺君推しの小松原茜？　あ、元推しか」

小松原茜は、いまをときめくアイドルグループ「薔薇少女軍団」のセンターだ。去年、私たちが出た「ご当地おいしい！甲子園」で特別審査員を務め、ナカスイに「特別審査員賞」をくれたのだ。小百合ちゃんの不登校の一因となった存在ではあるのだけど、彼女なりに反省したらしいし、小百合ちゃんも「別にもういい」と言っていた。

「投稿を読むに、同じ事務所の『りょんりょん』から教えてもらって、朝イチで買ってきたとなってます」

「へぇ。声かけてくれりゃいいのに」

「さすがに、マネージャーさんに買ってきてもらったんじゃないですかね。本人が来たら、大騒ぎになってしまいますよ」

やっぱり時代はＳＮＳなんだなぁと実感していると、神宮寺先生が遅れてやってきた。恐るべし、私とは正反対で生気と元気のオーラに満ち溢れている。

「鈴木さん、少し休んできなさい」

「場所がないです」

「私の車が地下駐車場に停めてある」

「いつもの、鮎の痛車ですね」

先生に車の鍵を渡され、教えてもらった駐車位置に行こうとしたら、近くのワゴン車から人影が出てきた。

「あれ、鈴木さん」

関君！

「うわっ」

想定外のことに驚き、鍵を落としてしまった。

「大丈夫？」

跪いて拾ってくれるなんて、さすが騎士様。ああ、この場所が高原や湖だったら、もっと盛り上がるのに。哀しいことに地下駐車場だった。

「あ、ありがとう」

受け取った私の手に気づいたんだろう。彼は目を丸くした。

「どうしたの、その指！」

傷だらけ、マメだらけ。見られたくなかった。

慌てて笑顔を作って、手を背中側に隠す。

「きゅ、急遽ザリガニカレーを作ることになって。昨日から今朝まで徹夜で作業したからかな。へへへ」

「ああ、だから昨日いなかったんだ」

私がいないことに気づいてくれてたんだ。よかった、少しは彼の中で存在感があるんだ。

「うん、グリーンカレー完売しちゃったし。私だって……ナカスイだって、やっぱり売り上げナンバーワン目指したいもん。ごめんね」

「なんで。別に謝ること……ああ、僕が余計なこと言っちゃったからか！　すみません」

「いや、関君こそ謝らないで」

なんて言いながらも、ペラペラと本音が出てしまう。徹夜明けでヘロヘロだから、理性のストッパーが利かないんだ。

「麻里乃ちゃん家のこと大変だなって思ってたら、自分ん家も経済状態が悪化してたんだよ。全然気づかなくって……。ダメだね、足元が見えてなかった。この催事で一位になったらね、親との約束で下宿生活を続けさせてもらえることになったんだ。そりゃ、ほかの人から見たら『下宿なんてやめりゃいいだけじゃん』と思われるかもしれないけど、そんなのイヤだ。私には、私にはあの場所が必要なんだもん……！」

「そうか。鈴木さんも、大変だったんだ……」

関君の視線も口調も優しい。それは、ズタボロの私には栄養ドリンク以上の癒し効果があった。さらに、徹夜ハイと疲労の極みの合わせ技に襲われているこの精神状態。普段ならありえないことを口走ってしまった。

「関君！」

「はい」

「私は関君が好きです！　武茂川で初めて会ったときに一目惚れしました！」

「え」

目を見開いて固まってしまっている。

そうだよ、ドン引きだよねぇ。なんて後悔する余裕は、いまの私にはなかった。

「テレビの対決に出たのも、催事に出たのも、そもそもは関君に会えるかもという下心から来るものです！　でも、関君は麻里乃ちゃんが好きなんだと思う！　私も麻里乃ちゃんが好きです！　よって、ふたりがつき合う分には私には納得のいくところです。では」

なにが「では」だよ。とセルフツッコミを入れたのは、その場を走り去って外のコーヒーショップでアイスコーヒーを飲んだときだった。

その冷たさで、だんだんと冷静さが戻ってくる。

ああ、私は——なにをしてしまったんだ。って、告ってしまったのか。

なんてことを。村娘Aが、騎士様に畏れ多くも告白するなんて、あってはならないことだ。

「うわーっ」

頭を抱えて叫ぶ私を見る、周囲のお客さんの視線が痛い。ああ、新たな黒歴史になってしまった。これから生涯、事あるごとに蘇ってきて私を苛むんだ。

——もういいや。

ここまで来たら、悟りの境地だ。

もう、気にすることもない。遠慮なく売り上げ一位を目指そう。私は仕事（というか勉強）に生きるんだ。

会場に戻ると、ナカスイだけじゃなくほかのブースも戦場状態になっていた。ふわりん先生の言うとおり、最終日だからお客さんの財布の紐が緩んでいるらしい。

「全国オンリーワン！　ザリガニのカレー缶はいかがですか！」

私は声を限りに叫び、持ち場に戻った——。

最終日は撤収作業のために催事会場のクローズ時間が早く、十六時で終了となった。投げ売りした出店者もいたけど、ナカスイを含めてあちこちのブースはほとんどなにも残されていない。まさに、祭りのあと。

ふわりん先生は売り上げ報告に行ったので、残ったメンバーで片づけを始めた。かさねちゃんは大和のオジさんに連れられて帰ってしまったので、麻里乃ちゃんと島崎君、私の三人だけだ。いま気づいたけど、神宮寺先生がいない。考えてみれば、車の鍵を返したあとは姿を見ていない。どこに行ったんだろう。疲れて帰っちゃったのかな。

そうだ、疲れている、私も。

「燃えた……燃え尽きたよ」

すっからかんの段ボールを片づけながら、気持ちがダダ漏れになってしまう。

ぱちぱちぱちぱち。

小さな拍手が聞こえる。音の方向を見ると麻里乃ちゃん、島崎君――。ふたりが精いっぱい、手を叩いてくれている。

「あ、ありがとう」

そうか、終わっちゃったんだ――私の夏が、私のチャレンジが。ついでに初恋も。

「鈴木さん、気づいてましたか?」

戻ってきたふわりん先生が、意味深に笑っている。

「あなたのご両親、さっき催事にいらしてましたよ。少し離れたところから、一時間くらい見ていらしたかしら」

パパとママが!

「全然気づきませんでした。ったくもう、なんでなにも言わず帰っちゃったんだろう。冷たい」

「あの戦場のような状況では、とても声はかけられないでしょう」

「まぁ、そうですけど……」

なんで来たんだろう。もしかしてあの番組を観て、娘が恋しくなったんだろうか。

考えこんでいたら、ざわめきが起きた。ランキングが発表されたらしい。

「鈴木さん、見に行かないのですか?」

発表されているホワイトボードに背を向け、荷物を台車に載せている私にふわりん先生が言った。その笑顔は、どこまでも優しい。

「だって結果は……。お隣の今日の様子で、お察しです」

「見ていらっしゃい。どうであれ結果を受け止めるのも、成長には必要なことですよ」

「でも」

「さくらちゃん、行こう」

麻里乃ちゃんに手を引っ張られ、会場出口近くにあるホワイトボードに走っていった。人垣ができている。みんな大人ばかりだから、平均身長の私は視界に入る場所を探すのに一苦労。

それでも、見えたのは――。

後期ランキング（三日間累計）
一位　セキ水産加工／突き詰めた酢イカ（単品）／五千本／百六十五万円
二位　那珂川水産高校／那珂川のザリガニはソロ活動に励む～ザリソログリーンカレー～／千九百個／百四万五千円

以下、十位まで続いていた。

「突き詰めた酢イカ」は、五本パックと十本パックもランクインしている。

「やっぱり私たち負けてんじゃん。ふわりん先生の言葉で、期待しちゃったよ……」

鼻の奥がツンとする。

「でも、三日目だけなのに二位だよ！　すごくない？　私には、さくらちゃんが一等賞だよ」

麻里乃ちゃんが私の肩を優しく抱いた。

「麻里乃賞か……それもいいね。賞品はなに？」

「私の愛」

「いらないよ！」

私たちは顔を見合わせて笑い、思い切り抱き合った。鼻の奥のツンとしたものが、目の周りに広がってくる。

「一等賞は、私だけじゃないし。麻里乃ちゃんだってかさねちゃんだって島崎君だって渡辺君だって進藤君だって小百合ちゃんだって、クラスのみんなも先輩たちも神宮寺先生もふわりん先生も、大和のオジさんも……みんな一等賞だもん」

「そうだね。賞品、全然足りないか」

そのまま、麻里乃ちゃんの胸で泣いてやると思ったのだけど……。

「鈴木さん」

背後から聞こえたこの声は――関君。

正直、もう会いたくない。逃げたい。でも、大人の対応をしなくては。

私は必死に笑顔を作って振り返った。

「セキ水産加工さん、一位おめでとうございます！」

「ありがとう。でも、鈴木さんたちも……」

私は頭をペコリと下げた。

「あの酢イカ、きっと世界的な大ヒットになるのではないでしょうか。関君、これから高校生活と部活、思い切り楽しんでください。私のことは別に心配しないでほしいです。下宿は出るけど、暇さえあれば入り浸ると思うので……ははは」

目の端に涙がにじんでくる。引っ込め、いま出てくるんじゃない、イヤミになってしまうじゃないか。引っ込め、引っ込めってば。

「ま、麻里乃ちゃんを二学期からどうぞよろしくお願いします。色々不安だと思うので」

彼女の背中を押して、関君の前に立たせた。

「関君がそばで支えてくれるなら、これ以上安心できることは……」

ここまでが限界だった。ダッシュでその場を離れ、地下駐車場を目指した。神宮寺先生の車の陰で泣こうとしたら、あの鮎の痛車がなかった。

「鈴木さん」

関君。なんで追いかけてきたんだ。この顔を見られるわけにはいかないのに。涙でぐしゃぐしゃの、こんなみっともない顔。ただでさえ可愛くないのに。

「……な、なんでしょう」

振り返らず、嗚咽が漏れそうな口を押さえながら言った。

「僕たち海洋技術科二年生は、来月十六日から一か月の航海実習に出るんです」

「そ、それはおめでとうございます」

そうか、その間は麻里乃ちゃんのサポートをしてもらえないんだ。アリサちゃんにお願いしておこうか。

「それで、実習に出るときは出港式があるんです。船が大きいから、那珂湊じゃなくて大洗港なんですけど。土曜日だから、もしも良ければ見送りに来てくれると……嬉しい」

嬉しい？

思わず振り返りそうになったけど、このひどい顔は晒せない。

そのまま無言で突っ立っていると、背後から気配が消えた。関君はこの場から去ったんだ。そうだ。私も去る準備を始めなきゃ——下宿から。

トイレで顔を洗って、後片づけで騒がしい会場に入ろうとしたら、声をかけられた。

「さくら」

ママだ。パパも一緒に立っている。

「ふたりとも来てくれたんだ、ありがとう。でも、二位だった。へへ、残念」

一生懸命笑顔を作って頭を掻くと、ママがその手を取った。そのまま、じっと見る。

「……ひどい手。さっき不破先生に挨拶したら、娘さんの手を見てやってくださいって言われて……。普段、家事もやらないくせに、徹夜で千九百個も缶詰作ったらこうなるわよね」

「だって、仕方ないじゃん。やるしかなかったんだもん……」

せっかく顔を洗ったのに、また嗚咽の波が来る。ここで泣いたら当てつけと思われるから我慢しようと思ったけど、あっさり泣き崩れてしまった。

「さくら、ママとの約束覚えてる？　一位になったら下宿継続を認めるって」

「お、覚えてるから泣いてるんじゃん」

「スワンボートレースで一位だったね。あれで認める」

「え」

「一位は一位だから。テレビでアップになったさくらの顔――あんなに一生懸命なの、ママ初めて見た」

「だって、お金ないんでしょ」

ママは私の手を包み込むように握った。

「娘にこんな根性出されちゃったら……親も覚悟を見せなきゃでしょ。ママ、転職するよ。ウェブライターはまたいつでもできる。さくらが卒業してからでもね。残り、ほんの一年半だもの。あっという間だよ。下宿生活を満喫しなさい、青春は短いんだから」

ウェブライターはママの生きがいだって、前に言ってたのに――。

「ママ……ママ……ありがとう」

抱きつき、わぁわぁ泣いた。

その日はパパたちと自宅に帰り、翌朝まで泥のように寝た。

起きずに一日寝てようとしたのだけど、始業式だった。休んじゃおうかなとも思ったんだけど、クラスのみんなにお礼を言わなくては。結局、ママの車に乗ってナカスイに行った。

赤い軽自動車は、山を越えて国道二九三号をひたすら進む。まもなく――。

「若鮎大橋西交差点を過ぎ、若鮎大橋でございまーす」

バスガイド調に話す私に、ママは楽しそうに笑った。

「橋なんて、いままで興味なかったんだけどね。なんか、那珂川町に来るたびに若鮎大橋が気になるようになっちゃったわよ」

「神宮寺先生ワールドへ、ようこそ」

ふたりで爆笑した。

教室に入ると、クラスメートの歓声と口笛に包まれた。ありがとうありがとうと手を振って気づく。

そうか、二学期からはここの生徒じゃないんだ。昨日、那珂川町じゃなくてご両親のもとへと電車で帰っていったし。

心にぽっかり穴が開いた気分。一緒にいたのは半年にも満たないのに。

本当に、かぐや姫みたいだ。

急に現れて、あっという間に大切な存在に育って、去っていき——。

そういえば昨日、会場を引き揚げるときに麻里乃ちゃんが言ってたっけ。

「さくらちゃん、私……いつか必ず那珂川町に戻ってくるね。そして、両親の古民家カフェを再建するんだ。そのときは、ザリガニカレーとモクズガニカレーを名物にするから、来てね!」

「いいねー。でも、私はそのころ船舶料理士になって大海原にいるだろうから、そうそう行けないかも」

「ええ、そんな冷たい!」

麻里乃ちゃんは目を潤ませながらも、笑った。

「大和さんや芳村さんは来てくれるかな」

「そうだねぇ。かさねちゃんはアニ活しながら都立の魚養殖センターで仕事に励んでるだろうし、小百合ちゃんは水産の大学院で魚類研究一色の生活だろうし……。やっぱり難しいかもね」

「そうか……。毎日みんなと一緒だったなんて、ウソみたい。私、ナカスイにいた五か月間のこと、ずっと忘れないからね」

もういつ会えるかわからない麻里乃ちゃんが私を思い返すとき、いまの姿が蘇るんだなぁ。地球からいま見える夜空の星は、何年も何十年も、何億年も前の光を放っているように。

でも、麻里乃ちゃんの中で関君の姿は、共にこれからも成長していくんだろう。

そうだ、関君といえば思い出した。出港式がどうしたこうしたとか。爆睡して、記憶の底に埋もれてしまっていた。

なんということ……私にとって関君は、もう思い出になり始めているのか。我ながら、ちょっとドライすぎやしないか。

いや、きっと神様が「初恋なんてそんなもんだ、早よ立ち直れ」と言ってるんだ、うん。

学校が終わって下宿に歩いて戻ると、かさねちゃんと小百合ちゃんが門の前で出迎えてくれた。ふたりとも、ニヤニヤ笑っている。

「オヤジから聞いたよ。あんたのお母さん、さっき寄って挨拶していったんだって。下宿、続けられることになったんだね？」

「うん、スワンボートレース一位が効果あったみたい。私とかさねちゃんの、愛の共同作業の結果だよ」

「へへ」

かさねちゃんがグーを作り、私のグーとパンチした。

「わ、私もニュースがあるんだ」

小百合ちゃんが、体をもじもじと動かしている。

「え。なに」

「全国水産系高等学校生徒研究発表大会で、私と進藤君の研究が全国大会に進めることになったんだ。昨日、神奈川で関東大会があって優勝したの」

「そうか、神宮寺先生はそっちに行ってたんだ。なるほど」

「な、なんか鈴木さん、全然驚いてない」

「だって、進藤君と小百合ちゃんなら、全国優勝までが既定路線だし」

小百合ちゃんが鈴を転がすような笑い声を上げた。

いえーいと叫びながら、かさねちゃんが私と小百合ちゃんの肩に背後から両手をのせる。

「今日の夕飯、オヤジがご馳走作るってさ。芳村さんの全国大会進出、あんたと私のスワンボートレース一位、そして催事の売り上げ二位を祝して！」

「わぁ、ちょっと自転車漕いでお腹空かせてこようかな」

「太もも、さらに鍛えるの？　将来はプロのスワンボートレーサーだ！」

私たちは笑いながら、下宿に入っていった。

新たな青春が、またここで始まる——。


九月に入って二週間が過ぎ、久々にインスタを開いたら那珂湊海洋高校マリンスポーツ部が画像をいっぱいアップしていた。

カッターボートやダイビングの練習風景ばかり。さすが湊海洋、こういうのが部活インスタの本来あるべき姿ではなかろうか。今度、水産研究部でそう訴えよう。

画像を指でスライドしてたら、あることに気づいてしまった。

「麻里乃ちゃん、マリンスポーツ部に入ったんだ……」

ここ数日の写真に、楽しそうな彼女の姿が写っている。関君の隣に——。

「良かったね……」

私は、インスタのアプリを削除した。

十五日の帰り道、約半年ぶりに美容院に行って髪をばっさりカットした。一年生のころと同じショートボブだ。もうリボンでくくれない。

「うわー、久々に首筋が涼しい」

うなじをさすりながら下宿に戻った。

部屋着になったら、自室でゴロゴロするのが至福の時間。

でも、ママが下宿代のために近所のスーパーでフルタイムのパートを始めたので、くつろぎタイムは短くすることにした。

ちゃんと真面目に勉強しなくては。体を起こして「食品加工基礎」の教科書を開こうとしたら、早々に邪魔が入った。

「ちょっと、あんた」

かさねちゃんが、スマホを片手に部屋に入ってくる。

「インスタのＤＭ返事しなさいよ。マリンスポーツ部から来てんじゃん」

「なんで私が。もうスマホから削除しちゃったよ。誰か気づいた人が返せばいいでしょ。個人じゃなくて、部のアカウントなんだから」

「あんたご指名だし」

「え？　誰から」

「関家の御曹司（おんぞうし）」

奪うようにかさねちゃんのスマホを借り、ＤＭを見てみる。

『鈴木さんへ。明日の出港式、来てくれるのでしょうか（関）』

スマホを返しながら、早口で答えた。

「行かないよ。代わりに返しといて」

「あたし、前後関係が全然わかんないんだけど」

失恋話になってしまうから言ってなかったんだけど、駐車場でのできごとをざっと説明した。

聞くごとに、かさねちゃんの顔色が変わっていく。

「わかった、あたしが代わりに返事する。えーと、『絶対行くから待っててね！（鈴木さくら）』

「……っと。ハートマークもつけとく」

「ちょっと、なにを……」

かさねちゃんからスマホを奪おうとしたら、送信ボタンを押されてしまった。

「送信取り消して！」

「ダメ、絶対行きな。行かないんなら、あたしが引きずっていく」

「行くって……無理だよ。ここからバスと電車じゃ、始発でも式に間に合わないし。朝九時開始だもん」

「交通手段を調べたってことは、内心行きたいんでしょ。撫子お姉ちゃんに車出してもらうよ」

「そんな、悪いからいいって」

「しかも今日美容室に行ってきたなんて、御曹司に逢う気まんまんじゃないの！」

「偶然だよ！」

「とにかく、行けー！」

結局、小百合ちゃんも一緒に行くことになったけど、手ぶらで行くのもなんだなと思い、航海の安全を願うという名目でプレゼントを渡すことにした。服装も悩んだけど、ナカスイの夏服はセーラー服だから場に合ってるだろうということで、みんなで制服にした。

翌朝、八時半ごろ大洗港に着いた。

出港場所は第四埠頭だと湊海洋の公式インスタに書いてあったけど……。

「見送りの家族かな、駐車場が空いてないや。とりあえず降りちゃって！」

撫子さんに促され、私とかさねちゃん、そして小百合ちゃんは下車し、係留されている船の中から関君が乗る実習船「湊水丸」を探そうとした。

でも、すぐわかった。見送りの人がたくさんいる船があったから。

海に張り出したマッチ棒みたいな形の第四埠頭は、先端の方が小さな緑地公園になっている。そこには丸テーブルを囲むようにベンチもあった。松が並び立つ公園を横目に埠頭を突っ切り、人だかりの方へと向かう。

私の胸の高さまである灰色のフェンスの向こうには、保護者に先生方、制服姿の湊海洋の生徒たち。在校生全員が見送りに来ているんだろうか。麻里乃ちゃんやアリサちゃんたちもいるのだろうけど、埋もれて全然わからない。

でも、出港する海洋技術科二年生は、ほかの生徒と簡単に見分けがついた。理由は、通常の制服ではなくて海員制服姿だから。

海上保安官みたいな凛々しい船員帽に、真っ白な半袖シャツに紺のネクタイ、そして同じく真っ白のズボン。その姿は、とても……。

「ねぇ、あんたにもわかるでしょ。これが『萌え』という感情だよ」

かさねちゃんが目を潤ませ頬を染め、海員制服の生徒たちを指さしている。

「うん……うん……わかる」

きっと私も、かさねちゃんと同じ表情になっているんだろう。なんてことだ。関君のこんな姿を見たら、遺跡になった恋心が発掘されてしまう。

「あたしは予言する。海技士を目指す高校生の青春アニメがあったら、絶対に流行(はや)るよ。そうだ、安藤元部長の元カレに頼んで、まずは小説を書いて投稿サイトにアップしてもらおう。あたしがストーリー監修をやる。そこから人気に火がついて書籍化、コミカライズ、そしてテレビアニメ化につなげ……」

ブツブツつぶやくかさねちゃんの隣で海員制服の集団を見つめていた私は、その中の誰かが手に持った船員帽をこちらに振っていることに気づいた。

関君だ！

海の騎士様がリアルな正装を。ただでさえステキなのに、海員制服加点は無限だ。どうしよう。恋の遺跡発掘どころか、一面の花畑に変わってしまう……。

「ほれ。あとで報告してよ」

かさねちゃんが私をフェンスまで押し出し、バイバイと手を振って小百合ちゃんと緑地公園に行ってしまった。

なにを報告しろと——。

「来てくれたんだ！　ありがとう」

関君がフェンスに走り寄ってくる。

笑っている！　スワンボートレースのとき以上に。

無骨な彼が微笑(ほほえ)んでいるだけで、涙が出てきそうになる。

「う、うん。そうだ、航海の安全を願って作りました」

私はバッグから、透明の袋に入れてリボンをかけたものを取り出した。彼はフェンス越しに受け取ると、嬉しそうに眺めてくれる。

「クッキー？　チョコクッキーかな」

「あ。黒いのは竹炭パウダー。健康にいいらしいです。航海は健康第一だと思って。そして丸型なのは、オタマジャクシを意味してます」

「これ、オタマジャクシ？　なんで丸がふたつ重なりあってる形なの」

「その……ネーミングが『オタマジャクシの初恋』なので……相手に想いを重ねるということで……はい」

私はもじもじと答えた。

彼は一瞬考えると、日に焼けた頬を染めた——ような気がした。

「鈴木さん。僕が出港式に来てほしいと言ったのはね。百貨店の駐車場で、その……なんだ、告白してくれたでしょ」

うわっ。やめて勘弁して。お願いそれ以上言わないで！　耳を塞いでわーわーわーと叫びたくなる。

「鈴木さんの気持ちに全然気づいてなくて、すみませんでした。遠藤が言うように朴念仁だから、そういうの本当に疎くて。ただ正直、鈴木さんのことは『愉快なナカスイの人』という認識でしか……」

つ、つ、辛い。この場から走り去りたい。

「……なかったんだけれど、あらためて思い返してみると、ウチの高校での実習とか、テレビのライバル校対決とか、百貨店の催事とか……。鈴木さんは本当に一生懸命で、熱心で、僕も気がつけば姿を目で追っていることがあった。それは……えーと」

関君は、持っていた船員帽を目深に被った。

「好意なのかと訊かれると、もしかしてそうなのかもしれない」

「え？」

「ただ僕は、とりあえずつき合ってみるとか、まずは友達からとか、そういうのができない性格で。だから、この一か月間の航海で自分の気持ちに向き合ってみたい。——来月帰港するまで、きちんとした返事を待ってくれますか」

口がポカンと開いているのが、自分でもわかる。とても間抜けな顔に違いない。

「え……だって関君は、麻里乃ちゃんのことが好きなんじゃ……」

「野原さん？　いい子だよね。家庭で大変なことがいっぱいあったから、気持ちもわかるし助けになりたいとは思っているけど、恋愛感情とはまた別の話だよ」

重なりあっている丸は、実は関君と麻里乃ちゃんをイメージして作ったんだけど。じゃあ、彼に重なるのは——。

「あ、あ、あの、ありがとうございます」

頭を下げた。

「でも、その言葉をもらえただけで充分です」

顔を上げて、彼の目を見据える。ああ、なんて澄んだ瞳。やっぱり私の――。

「関君は、お城にいる騎士様なんです。私なんて、オタマジャクシで……。外の世界を飛び跳ねたいけど、住んでるのは池なんです。ただ、いつの日かカエルになったら、池の外に出られたら、お城に行けたらまた違う……」

自分でもなにを言ってるのか、わからなくなってきた。唇を噛んで、私たちを隔てるフェンスの金網を握り締める。

「つ、つまり私は、このフェンスの向こうに行けないんです。クッキーを食べたら、私のことなんか忘れてください。お願いします」

「じゃあ、返事はいらないってこと?」

「はい！　さっきの言葉だけで充分です。ありがとう。無事の帰港を祈念し、これにて失礼いたします。さようなら」

くるりと背中を向け、そのまま全速力で走りだした。

生徒集合のアナウンスが聞こえる。これから式が始まるんだろう。

力を限りに緑地公園まで走っていくと、かさねちゃんと小百合ちゃんがテーブルを挟んでベンチに座っていた。

「はい、結果報告よろしく」

腕を組んでニヤニヤしているかさねちゃんは、内容を聞くと血相を変えて立ち上がった。

「あんたバカじゃないの！　御曹司の返事は、ＯＫみたいなもんでしょ。いまから行って修正してきな。まだ間に合うから」

私は首を横にブンブン振った。

「いい、いいの。下手につきあって、別れたらもったいない。関君には憧れの騎士様のままで、ずっと私の中に存在してほしいんだよ」

「それって、いま流行りの『蛙化現象』ってヤツじゃやね？　ずっと好きだった人が振り向いてくれたとたん、相手のことがイヤになっちゃうの。おとぎ話由来らしいけど」

「違うもん、イヤになってない。理想の姿でいてほしいだけ」

「ま、要は『恋に恋するお年ごろ』だったってオチか」

かさねちゃんはケラケラ笑いながら、私の髪をグシャグシャとかき回した。

「バカだねぇ、ホントに」

内容とは逆にその目も口調もひたすら優しくて、私の涙腺を刺激してくる。

「バカって言わないでよ。バカって言う方がバカなんだからね。かさねちゃんのバカ……。しょせん私は、村娘Ａなんだよ。騎士様のお相手になんてなれない。いつボロがでて、呆れられて見捨てられるか……。悪役令嬢のかさねちゃんには、私の気持ちなんてわかんないんだ。かさねちゃんみたいに可愛かったら、かさねちゃんみたいにナイスバディだったら、かさねちゃんみたいに愛嬌があったら……私だって私だって……自信を持って、待ってますって……うわああ」

「あー、バカバカバカ」

さらにグシャグシャとかき回す。

私はしゃくりあげながら、かさねちゃんと小百合ちゃんにバッグから取り出した袋を渡した。

さっき関君に渡したものと一緒に作ったのだ。

「なにこれ。黒焦げせんべい？」

「竹炭クッキー！　関君にあげたのと同じ。初恋に憧れるオタマジャクシを表したものだよ」

ただし、このふたりに渡したクッキーは丸が重なりあってない。ただの丸型なのは、ここだけの話だ。

かさねちゃんと小百合ちゃんは、袋から出してマジマジと眺めた。

「オタマジャクシにしちゃ、デカくね？」

「うるさいな。ウシガエルのオタマジャクシならいいでしょ！」

「じゃ、じゃあ……いつの日か、鮎の稚魚を食べちゃうくらいに大きく強く変われるよ。だ、だから、自信を持って待てるよね？」

魚にしか興味のない小百合ちゃんが、そんなことを言ってくれるなんて。

目を拭っていると、大きな汽笛が聞こえた。

振り返ると、船が動き出している。

出港だ。

ブリッジ横の手すりに結びつけられた無数の紙テープの端を、見送りの生徒たちが「ハの字」になるように持ち、紙テープがまるでドレスの裾のように広がっていく。

ふいに、私の右手首を関君が掴(つか)んで助けてくれたときの感覚が蘇った。

船から伸びる見えない紙テープが、右手首に結びついたような――。そのまま船に引きずられるように、埠頭の先端まで走っていった。

目の前を船が通り過ぎていく。手が届きそうなくらい近い。ブリッジ横では、海員制服の生徒たちが敬礼をして並んでいた。

左端に立つ生徒と一瞬目が合う――関君だ！　彼は後方に走ってきて、私になにか叫ぼうとした。

「…………！」

でも、二度目の汽笛がその言葉をかき消した。

勢いよく加速する船は、どんどん遠ざかっていく。もう、関君の姿も見えない。

「強くなる……」

右手首をぎゅっと握りしめ、つぶやいた。

「変わるんだ……強くなれ……私……」

船は、三度目の汽笛を残して海と空の境へと消えていく。その彼方(かなた)から吹き寄せる涼しい潮風は、私の十七歳の夏が終わったのだと告げた。

謝辞

本書の執筆にあたりましては、次の方々に多大なるご協力をいただきました。ここに厚くお礼を申し上げます。

・栃木県立馬頭高等学校　様（栃木県那須郡那珂川町／水産監修）
・同校平成二十九年度卒業生　生井美沙季　様
・茨城県立海洋高等学校　様（茨城県ひたちなか市／海洋実習監修）

本書は実在の高校をモデルにしておりますが、内容はまったくのフィクションです。
また、文責はすべて筆者にあります。

参考書籍・ウェブサイト等

「シーフード・ベーシック・マイスター食品技能検定第1類（水産資源・水産食品・調理栄養）解説書」全国水産高等学校校長協会・教科「水産」研究委員会（食品部会）二〇二〇年
「水産海洋基礎」全国高等学校水産教育研究会編　海文堂出版　二〇二一年
「弘前大学教育学部紀要　第一〇一号『日光市で発見されたニホンザリガニ個体群の由来、および大正時代に北海道から本州に持込まれた個体に関する宮内庁公文書等に基づく情報』」二〇〇九年
茨城県立海洋高等学校公式サイト　https://www.kaiyo-h.ibk.ed.jp/
水産庁ホームページ　https://www.jfa.maff.go.jp/
産経新聞二〇一九年十一月十九日配信記事「大正天皇即位時に供された『ザリガニスープ』再現」

また、次の内容については、令和四年度「栃木県立馬頭高等学校　生徒研究集録」を参考にさせていただきました（学年については同生徒研究集録発行当時）。

・**鮎のふりかけ（洋風・和風）**
水産科三年　小川幸宏さん、佐藤雫さん、古澤玲央さん
・**堆積土除去工事後の武茂川のアユ漁場評価**
水産科二年　齋藤心聖さん、遠山夏雄さん、廣田晃さん

この物語はフィクションであり、登場する人物、および団体名は、実在するものといっさい関係ありません。なお、本書は書下ろし作品です。

——編集部

切りとり線

あなたにお願い

この本をお読みになって、どんな感想をお持ちでしょうか。次ページの「100字書評」を編集部までいただけたらありがたく存じます。個人名を識別できない形で処理したうえで、今後の企画の参考にさせていただくほか、作者に提供することがあります。

あなたの「100字書評」は新聞・雑誌などを通じて紹介させていただくことがあります。採用の場合は、特製図書カードを差し上げます。

次ページの原稿用紙（コピーしたものでもかまいません）に書評をお書きのうえ、このページを切り取り、左記へお送りください。祥伝社ホームページからも、書き込めます。

〒一〇一―八七〇一　東京都千代田区神田神保町三―三
祥伝社　文芸出版部　文芸編集　編集長　金野裕子
電話〇三（三二六五）二〇八〇　www.shodensha.co.jp/bookreview

◎本書の購買動機（新聞、雑誌名を記入するか、○をつけてください）

＿＿新聞・誌の広告を見て	＿＿新聞・誌の書評を見て	好きな作家だから	カバーに惹かれて	タイトルに惹かれて	知人のすすめで

◎最近、印象に残った作品や作家をお書きください

◎その他この本についてご意見がありましたらお書きください

１００字書評

ナカスイ！　海なし県の海洋実習

住所

なまえ

年齢

職業

村崎なぎこ（むらさきなぎこ）
1971年、栃木県生まれ。2004年の開設以来毎日更新を続ける食べ歩きブログ「47都道府県 1000円グルメの旅」が、22年「ライブドアブログ OF THE YEAR ベストグルメブロガー賞」を受賞。執筆の傍ら、19年に結婚したトマト農家の夫を手伝う。30年以上の公募歴を経て、21年、『百年厨房』で第三回日本おいしい小説大賞を受賞し、翌年デビュー。ローカルな食文化や食材をこよなく愛す。本書は『ナカスイ！　海なし県の水産高校』の続編。

ナカスイ！　海（うみ）なし県（けん）の海洋実習（かいようじつしゅう）

令和５年12月20日　初版第１刷発行
令和５年12月25日　第２刷発行

著者――村崎（むらさき）なぎこ

発行者――辻　浩明

発行所――祥伝社（しょうでんしゃ）
〒101-8701 東京都千代田区神田神保町3-3
電話　03-3265-2081（販売）　03-3265-2080（編集）
03-3265-3622（業務）

印刷――堀内印刷

製本――積信堂

ISBN978-4-396-63657-9　C0093
祥伝社のホームページ www.shodensha.co.jp

祥伝社

四六判文芸書

「日本おいしい小説大賞」受賞の著者が放つ意欲作！
笑いと涙の青春グラフィティー。

ナカスイ！ 海なし県の水産高校

村崎なぎこ

栃木県立那珂川水産高校（ナカスイ）は、全国唯一の内陸県にある水産高校。
マニアックな授業とキャラ爆発の同級生に、入学早々大ピンチ!?